ADERYN PRIN

Aderyn Prin

Elen Wyn

ISBN 978-1-907424-92-2

Cyhoeddwyd gyda chymorth ariannol Cyngor Llyfrau Cymru.

Cyhoeddwyd ac argraffwyd gan Wasg y Bwthyn, Lôn Ddewi,
Caernarfon LL55 1ER
gwasgybwthyn@btconnect.com

I Mam a Dad,
diolch am yr holl anturiaethau

DIOLCHIADAU

Diolch i Dyl am bopeth.

Diolch i'm teulu a'm ffrindiau ac i bawb yng Ngwasg
Y Bwthyn, yn enwedig Marred ac i Tanwen am y clawr.

Anfonaf goflaid o ddiolch hefyd dros yr Iwerydd i
deulu'r Coreys, Virginia am atgofion oes.

Ysbyty Gwynedd neu rywle, 2 Mawrth

Drwy'r helyg moel mae yna ffordd gul ddi-liw yn mynd
tu hwnt i weld. Nid di-liw fel dŵr, ond rhyw ddi-liw
llwydaidd yn bowdwr o ludw dros y llawr. Mae miliynau
a mwy wedi cerdded drosti cyn hyn, ond fuodd Magw
erioed yma yn ei byw. Tan rŵan.

Cododd ei phen, wrth i oglau ffrisias lenwi'r lle a
dwylaw rhyw awel gynnes lapio rownd ei gwar.
Edrychodd yn ddryslyd ar y gŵr o'i blaen.

Ei gŵr.

"Nes i'm nabod ti am funud,' sibrydodd Elwy yn
addfwyn.

'Rhyfadd wir, mi 'nes i nabod chdi'n syth,' atebodd
Magw'n dawel anesmwyth. 'Ti'm 'di newid dim. Ti'n
edrych yn union fel yr oedda chdi pan est ti.'

'Ydw i?'

'W't, yn union yr un fath. Be dwi'n dda yn fama?'
Craffodd arno o'r blewyn brown uchaf ar dop ei ben hyd
at y blewiach brith ar fysedd ei draed. 'Lle ddiawl ydi
fama Elwy? Be w't ti'n neud 'ma?'

Roedd Magw fel tasa hi mewn breuddwyd, ac yn
dechnegol, mi oedd hi. Sythodd ei chefn, a llygadu'r hwn
a'r hyn oedd o'i blaen. Bu'n dychmygu'r cyfarfod yma
ers blynyddoedd. Yng nghil ei hymennydd roedd ganddi
araith wedi'i pharatoi, yn barod i fwrw'i bol am yr holl

9

loes gafodd hi a'r genod – o'i herwydd o. Ond, wrth sefyll yma rŵan hyn efo Elwy reit o'i blaen, roedd y geiriau oedd wedi eu naddu ar ei chof ar goll yn rhywle, a'r sioc wedi dileu unrhyw flaengynllunio. Felly, yn hytrach na lleisio barn yn ôl ei bwriad, safodd yn fud. Yn dawel, dawel bach.

Yn y mudandod, syllodd i fyw ei lygaid gan chwilio am atebion yn y gwyrddni. Llygaid emrallt fel lawnt mis Mai, a dagrau'n hel yn wlith ar y gwair. Symudodd ei golwg at ei wefusau. Roedden nhw mor llawn ag erioed, yn mynnu cael eu cusanu; ond daliodd Magw'r ysfa saff. Fasai ei gusanu ddim yn briodol. Ddim rŵan.

Er iddi ymatal rhag cyffwrdd ei wefusau, am chwinciad meddyliodd tybed ai blas siocled tywyll neu daffi triog oedd arnyn nhw, neu ai siom a gâi gan eu hallter. Oedd gan Elwy'r un awydd i'w chusanu hi? Go brin, a hithau wedi heneiddio gymaint. Doedd hi ddim byd tebyg i'r wraig ifanc benfelen fain a adawodd o. Hen wraig oedd hi rŵan, a gofid oes wedi gadael ei ôl rhwng rhychau ei chroen a'i henaid. Ysgydwodd ei hysgwyddau i geisio cael 'madael â'r synfyfyrio. Cymrodd goblyn o anadl, cyn llyncu'r pensynnu i ddyfnderoedd ei bol.

Rhoddodd ei llaw ar ysgwydd dde Elwy i wneud yn siŵr ei fod o yna go iawn. Prociodd y cyffyrddiad ryw awydd cryf ynddi i rwydo ei breichiau amdano a'i wasgu fel bod ei hwyneb yn sownd yn ei frest, mor dynn nes ei bod hi bron â mygu. Ond wnaeth hi ddim.

Llusgodd ei bysedd lawr ei fraich, reit at ei law dde. Roedd ei byseddu'n ansicr ond yn dyner, fel rhywun yn anwesu ci bach nad oedd yn ei bethau.

Pwyllodd eto.

Yna'n frysiog cydiodd yn ei law fel tasa arni ofn iddo doddi'n ddim. Crugai, a thynnodd yn ôl yn syth. Doedd hi ddim eisiau i Elwy feddwl bod cyffwrdd fel hyn yn arwydd o faddeuant, a bod rhyw ddal dwylo byrbwyll yn mynd i gael gwared â'r blynyddoedd o gasáu a methu maddau. Doedd Elwy ddim am gael pardwn ganddi mor hawdd â hynny. Dim ar ôl be wnaeth o – ei gadael hi a'r genod mor swta.

Roedd o'n dawel hefyd. Yntau, fel Magw, am dros ddeng mlynedd ar hugain wedi dychmygu'r cyfarfod yma ganwaith drosodd. Roedd o wedi cael sawl rihyrsal o sut y byddai'n mynd ati i esbonio'i weithredoedd, ond doedd dim golwg yn nunlle o eiriau'r eglurhad. Roedden nhw'n sownd yn rhywle rhwng ei stumog a'i wddf, yn methu'n glir â dod allan i hawlio'u tir.

Sut yn y byd oedd modd rhoi ystyr i be ddigwyddodd? Wedi'r cwbl, fo benderfynodd adael, er ei fod o'n caru'r tair â'i holl fod. Fo ddewisodd beidio dweud ta-ta.

Fo daniodd y *12 bore* yn ei geg.

Tawelwch.

Bu ugain eiliad o leiaf cyn i 'run o'r ddau yngan smic. Doedd 'na ddim brys i egluro debyg iawn, roedd digon o amser. Holl eiliadau'r byd.

'Dwn i'm sut ddois i yma,' petrusodd Magw. 'Ydw i yma dŵad, 'ta jest dychmygu petha? Ella mai cysgu dwi. Dwi'n cofio mynd i 'ngwely. Wel, dwi'n meddwl 'mod i'n cofio.'

'Mi wyt ti yma Magw . . . o'r diwedd.'

Cydiodd Magw yn ei law eto, yn anwylach y tro yma. Methodd yn glir â dal yn ôl mwyach. Gwasgodd. Mor sownd nes ei fod yn pigo. Yn llosgi cymalau. Brifo braf.

'Dwi'n sori Magw. Mor, mor sori. Am bob dim. O'dd raid i mi adael 'sti, o'n i'n methu byw yn fy nghroen ar ôl be nesh i i'r teulu bach 'na.'

'Sh . . . shshshsh.'

Gosododd Magw ei bys blaen ar ei wefus.

'Dim rŵan 'di'r amser i godi hen grachau.'

Gwyrodd Elwy ei ben, tan fod ei ên ar dop ei frest. Dyma'r tro cyntaf i'r ddau gymar ddal dwylo ers bron i dri deg a phump o flynyddoedd. Gallai Magw deimlo ei stumog yn troi, yn gymysgfa o gyffro a gwylltio. Y dyn yma drodd ei bywyd ben i waered. Fo newidiodd bopeth iddi hi a'r merched. Oherwydd bod Elwy wedi mynd, mi fuodd rhaid iddi hi aros.

Cusan.

Un ofalus, lawn ymddiheuriadau. Nid cusan frysiog fel swsio cyntaf eu canlyn. Swsys berw oedd y rheiny, efo glöynnod bach yn dengid o'i bol bob tro. Doedd 'na'm pili palod rŵan, ond mi gydiodd rhyw gynhesrwydd yn Elwy, y math o wres nad oedd o wedi'i deimlo ers cantoedd. Ac yn araf deg mi ddechreuodd yr oerfel cyfarwydd o'i gwmpas feirioli.

*   *   *

'Lle 'di fama?'

'Dwi'm yn siŵr Mags.'

O'r nef.

A dyna fo wedi ei gwneud hi rŵan. Wedi siarad ar ei gyfer. Y llythrennau'n llithro mor naturiol ag erioed o gefn ei dafod. Roedd *o* wedi ei galw *hi* yn Mags. Oedd ganddo'r hawl i fyrhau ei henw ac yntau wedi gwerthu'r fraint flynyddoedd yn ôl? Teimlodd hithau'r un anesmwythdra yn cripian reit lawr ei hasgwrn cefn. Ei

gŵr, wedi bwlch cyhyd, yn ei galw hi'n Mags – mor hy
â'r blew'n tyfu o'i drwyn.

Mags oedd ei henw anwes, a dyna roedd ei theulu a'i
ffrindiau agos yn ei galw erioed. Dyna *roedd* Elwy wedi
ei galw ar hyd y ril hefyd, ond doedd y tocio cyfarwydd
ddim yn swnio'n iawn. Doedd Magw ddim yn barod i fod
yn Mags i Elwy. Ddim eto.

I geisio gwneud yn iawn am ei gamwedd aeth Elwy
ati'n syth i geisio egluro pam fod Magw wedi cyrraedd
y dros dro rhyfedd yma.

'Ti 'di cael harten dwi'n meddwl Mags … yymm, sori,
Magw dwi'n feddwl.'

Gosododd Magw ei dwylo ar ei brest i weld a oedd ei
chalon yn dal i guro. 'Dwi'm yn barod.'

'Dwi yma i ti.'

'Wel, diolch yn fawr iawn,' atebodd Mags yn ddeifiol.
'Ti'm 'di bod dim help ers neintin eiti, a rŵan ti'n
penderfynu bod yn gefn i fi. Sori Elwy, ond tydi hwn
ddim yn "Kate Bush moment". Dwi'm yn canu "It's me,
Cathy, I've come home" 'sti.'

'Dwi'm yn disgwyl i chdi faddau i fi'n syth. Os o gwbl.'

'Tydi bob dim ddim yn troi o dy gwmpas di Elwy.
Poeni am y genod ydw i. Lena'n enwedig. Tydi hi'm yn
dallt pam fod petha fel maen nhw rhyngddon ni'n dwy.
Dwi angen egluro pam 'mod i wedi ei gwarchod hi rhag
y byd dros y blynyddoedd. Fedra i'm jest gadael. Tydw
i'm yn debyg i chdi.'

Sleisiodd yr ergyd honno reit drwy'i ganol, a
rhyfeddodd ei fod o'n gallu teimlo mor arw a fynta
mewn dimbydwch mawr. 'Mi fyddan nhw'n dallt, siŵr.
Dim dy fai di ydi o dy fod ti wedi cyrraedd fama mor
ddirybudd. Does 'na'm posib rheoli'r petha 'ma.'

'Cyrraedd? Cyrraedd? Wedi gadael ydw i. Eu gadael nhw.' Cododd Magw ei llais mewn panig. 'Ddalltith Lena fyth gymaint oeddwn i . . . dwi *yn* ei charu hi. Hi oedd 'y mabi bach i. Fedrwn i'm gadael i'm byd ddigwydd iddi. Tydi hi'm yn licio fi, chdi oedd hi wastad isio.'

'Paid ag ypsetio dy hun. Mae hi bownd o fod yn gwybod. Does 'na'm byd fel cariad mam, siŵr iawn.'

'Sut wyt ti'n gwybod hynny? Doedd gen ti ddim mam.'

Edrychodd Elwy arni'n gegagored, yn methu credu bod ei wraig dyner wedi gallu bod mor llym ei thafod. Pwysodd Magw ei bysedd ar y bwlch rhwng ei dwyfron a chwilio am guriad ei chalon. Gwasgodd ar yr asgwrn yn galetach. 'Uffar o boen gesh i, yn y frest, fel rhyw gnoi dwi 'rioed 'di teimlo'i debyg o'r blaen. A dwi'n cofio dwn i'm . . . cysgu? Cysgu'n sownd.'

Gallai Elwy gydymdeimlo. Doedd o ddim yn cofio'n union sut yr oedd o'n teimlo pan gyrhaeddodd o yma chwaith. Cofiai lithro i drwmgwsg cyfforddus, gan symud yn araf fel cerdded trwy ddŵr cynnes.

'Paid â phoeni. Ddoi di i arfer.'

'Lle ddiawl ydi fama Elwy?' Tagodd Magw ar ei phoer. 'Dwi'n siŵr mai breuddwydio ydw i.'

'Wel ie, ella mai breuddwydio w't ti i radde.' Crychodd ei wefus. 'Ella bo' chdi'm cweit yma eto. Ond mi ddoi. Mae pawb yn dod yn diwedd.'

'Blydi hel! Fedar hyn 'im bod yn wir.' Camodd yn ei hôl. 'Iesu Mawr!' Dechreuodd grynu wrth roi blaen ei bysedd yn ei cheg, cyn dechrau cnoi ei hewinedd fesul un yn wyllt.

'Weli di 'mohono Fo yn fama. Dwi 'di bod yn chwilio ers cyrraedd.'

'Gweld pwy? Am be ti'n sôn Elwy?'

'Chdi soniodd rŵan am yr Iesu 'de. Y Bod Mawr. A dwi'n deud wrthot ti – nei di'm 'i ffeindio fo'n fama!'

Caeodd Magw ei llygaid, gan obeithio y byddai cael gwared â'r golau yn gwneud i bopeth ddiflannu. Nid fel hyn roedd pethau i fod. Doedd Magw ddim yn barod. Roedd hi angen gweld Lena, angen siarad efo Naomi, ac eisiau gafael unwaith eto yn Beth bach.

Roedd yna glymau i'w datod a'u cau.

RHAN 1

1

Nid fan yma roedd Lena eisiau bod heno.

Mi fyddai tec-awê yn y fflat wedi bod jest y peth cyn suddo i'w gwely a chysgu am ganrif. Doedd hi'm tamaid o eisiau bod yng nghanol pobl. Llonydd oedd arni ei angen, ei chwmni ei hun efo murmur yr oergell a synau ambell gymydog yn mynd a dod yn gwmpeini. Ond, doedd dim posib osgoi'r *heno* yma. Roedd hi wedi bod ym mhob un o'r nosweithiau yma rhwng bodd ac anfodd ers pymtheg mlynedd, a'r dyddiad wedi ei gerfio yn ei dyddiadur bron iawn yn gyfartal â diwrnod 'Dolig. Noson Gŵyl Ddewi Cymdeithas Gymraeg Washington D.C.

Yfodd gegaid arall o'r Sauvignon Blanc. Roedd hi ar ei hail wydriad erbyn hyn, er mai ei bwriad oedd cadw at gwota o un. Llowciodd y gwydriad cyntaf yn reit handi ar ôl i'w modryb (aelod selog o'r gymdeithas ers blynyddoedd) drio ei chael i eistedd wrth ymyl rhyw feddyg ifanc oedd newydd symud i fyw dros ddyfroedd yr Iwerydd o Ddolgellau. Roedd o'n gwisgo crys-t nefi blw efo *CYMRU 1282* ar ei ffrynt o dan siaced lwyd. Roedd crysau-t Cowbois wastad yn ennyn sylw mewn digwyddiadau fel hyn, ac mi oedd Anti Sali wedi dotio at ddilledyn gwladgarol y doctor. Fanno fuodd hi'r rhan fwyaf o'r amser yn dyfynnu 'Fy Ngwlad', ond doedd Doc

18

Dolgellau ddim yn gyfarwydd â *Cerddi'r Cywilydd,* er gwaetha'r Cymreictod amlwg ar ei fynwes. Mi oedd o wedi clywed am hanes y bardd, fodd bynnag, a mopiodd Sali pan ddwedodd ei fod o wedi cyfrannu at gasgliad coffa'r cyn-Feuryn am fod yr arian wedi mynd at gronfa "Ie" Refferendwm yr Alban. Credai Sali y byddai'n gweddu'n wych fel cymar i'w nith, ac er nad oedd o'n medru'r Gymraeg roedd o'n gallu ynganu Dolgellau yn gywir, ac mi oedd hynny ynddo'i hun yn ddigon da. Doedd Lena yn sicr ddim mewn hwyliau i chwarae Siôn a Siân, felly aeth Sali yn ei blaen i gymharu rhinweddau Cader Idris a'r Blue Ridge Mountains efo fo.

Gallai Lena deimlo'r gwin yn rhedeg yn llyfn o'i hysgwyddau i waelod ei choesau gan gynhesu ei gwythiennau ar y daith. Eisteddai ar fwrdd crwn yn un o ddegawd dedwydd, a'r degawd hwnnw'n rhan o tuag wyth deg cyfrin, mewn bybl o gennin a dreigiau coch. Yn gorwedd ar bob bwrdd roedd yna lieiniau gwyn crin, ac ar ben y rheiny sgwariau o frethyn. Roedd gan bawb napcyn gwyrdd wedi ei glymu â rhuban tenau coch ac, wrth gwrs, yng nghanol pob bwrdd safai bwnshys o gennin Pedr yn dalog mewn fasys gwydr. Crogai cyfres o ddreigiau bach cotwm wedi eu pwytho ar gortyn rownd yr ystafell, a balŵns coch, gwyrdd a gwyn yn hongian o bob cornel, a'r neuadd yn debyg i Ganolfan Groeso 'Steddfod yr Urdd heb y mwd.

Roedd Mawrth y cyntaf yn noson fawr yn y Grace Club ar Seattle Street. Yn gyfle euraidd i gymdeithasau Cymraeg y dalgylch ddod at ei gilydd yn ferw gwyllt o Gymreictod. Synfyfyriodd Lena am eiliad gan ymgolli yn ei byd bach ei hun wrth i strapiau tyn ei ffrog fach ddu brysur dorri twll yn ei hysgwyddau. Byddai'n gymaint gwell ganddi fod yn ei throwsus gwaith *khaki*, ei chrys-polo glas a'i 'sgidiau dringo yn hytrach na'r sodlau uchel oedd hefyd, fel ei ffrog, yn dyfal dorri'r cyflenwad gwaed at fysedd ei thraed.

Roedd yn gas ganddi'r oriau cychwynnol o eistedd rownd bwrdd mewn achlysuron fel hyn. Fel y munudau anghyfforddus cyntaf hynny ym mrecwast priodas rhyw berthnasau pell. Neb yn nabod ei gilydd, a phawb yn teimlo rheidrwydd i greu sgyrsiau diddim.

Diolch i Dduw am Pat, y Gwyddel boliog â'i gyfflincs draig goch oedd wedi bwrw angor wrth ei hochr. Dihareb o ddyn oedd hwn, wrth ei fodd yn malu awyr. O Dún Laoghaire oedd o'n dod, yn briod â Margaret a oedd yn wreiddiol o Gaergybi, a'r ddau'n byw ar gyrion dinas Washington ers dros chwarter canrif. Byddai Lena a'i modryb Sali wrth eu boddau'n chwarae'r gêm *lookalikes*, ac roedd Pat yn un ohonyn nhw. Roedd y ddwy'n meddwl ei fod o'r un ffunud â Harry Secombe. Ei fol fel pêl, yn moeli ar ei dalcen, a chanddo sbectol rhimyn du tew yn pwyso ar flaen ei drwyn. Roedd edrych arnon'n mynd drwy'i bethau wastad yn atgoffa Lena o'r cyfnod pan fyddai ei mam a'i nain yn gwylio'r rhaglen *Highway* yn ddeddfol ar bnawniau Sul yng nghegin gefn Parc Villa.

Ysai Lena i fod yn ôl yn ei gwaith. Fanno yr oedd hi i fod heno, nid yn fama efo'r dreigiau alltud a'r *leprechaun*. Roedd hi ar binnau am fod ganddi gymaint o bethau rheitiach i'w gwneud nag eistedd rownd bwrdd lle mai'r mater pwysicaf oedd dewis un ai win coch neu wyn.

Roedd y dyddiau diwethaf wedi bod yn rhai

eithriadol. Dyma'r tro cyntaf mewn gwirionedd iddi deimlo'n rhan go iawn o dîm yr FBI er ei bod hi wedi graddio fel Asiant Arbennig ers dwy flynedd. Ers chwe mis, roedd hi wedi bod ar gyfnod prawf efo Adran Cipio Plant y Biwro yn Quantico. Roedd hi'n adran hynod o heriol, a Lena yn gwneud popeth y gallai i sicrhau ei bod hi'n cael aros yno'n barhaol. Doedd hi heb gysgu fawr ddim ers tridiau, ond nid cwsg oedd y flaenoriaeth wrth drio dod o hyd i fabi newydd-anedig oedd wedi ei gipio o'i grud yn ei gartref ei hun.

Blaenoriaeth yr FBI oedd diogelwch cenedlaethol ac atal terfysgwyr fel rheol, a phrin iawn oedd yr adegau pan oedden nhw'n mela efo gwaith plismyn lleol. Ond, gan fod diogelwch dinesydd yn y fantol, a'r dinesydd hwnnw'n fabi bach, roedd y Biwro yn gorfod ymyrryd, a Lena wrth ei bodd yn cael bod yn rhan o'r chwilio.

Roedd hi wedi bod ynghlwm â'r digwyddiad o'r cychwyn cyntaf, ac awchai i fod yn ei chanol hi yn y swyddfa yn hytrach nag yn ciniawa yn y Grace Club. Roedd ei harolygydd, fodd bynnag, wedi mynnu ei bod hi'n cael seibiant am ei bod wedi gweithio ddydd a nos am dridiau. Yn ôl ei gyfarwyddyd, mi geisiodd gysgu ryw fymryn yn y prynhawn, ond methodd yn lân â bwrw ei blinder, dim ond ryw bendwmpian wrth wylio'r sianeli newyddion o gludwch ei soffa. Doedd methu cysgu ddim yn ddiarth iddi chwaith. Roedd hi'n cael trafferth cysgu hyd yn oed os oedd bob dim yn iawn, fel tasa hi wedi ei rhaglennu rhag mynd dan y dŵr o dir y byw. Doedd hi fawr o gysgwr yn fabi yn ôl ei mam. Byddai'n deffro'n rheolaidd bob tair awr, ac yn ddibynnol iawn ar lwlian canu a sugno bawd i fynd â hi'n ei hôl i rosydd rhith uwch ei chlustog. Y dyddiau yma, a suo ei mam bedair mil milltir awyr i ffwrdd, doedd cael gwared â'r bwci bos ddim mor hawdd.

O ran sefyllfa'r babi, rhaid oedd i Lena gydnabod mai diweddglo trist oedd fwyaf tebygol erbyn hyn. Dyna oedd y norm mewn achosion o gipio, ac wrth i amser fynd heibio roedd y gobaith o'i ddarganfod yn fyw yn pylu. Ond er gwaethaf hyn i gyd roedd y gadnöes fechan tu fewn iddi'n licio'r holl hela'n slei bach.

Cafodd Lena ei dewis i fod yn aelod o'r Uned Gipio chwe mis yn ôl ac roedd yn dipyn o fraint i gyw mor ifanc. O fewn yr FBI roedd yna sawl adran y gallai swyddogion newydd ei throedio, ond y gangen yma oedd un o'r rhai mwyaf cystadleuol. Doedd hi ddim yn hawdd cael lle yno, ond mi lwyddodd Lena, diolch i'w gwaith caboledig wrth astudio yn yr Adran Gwyddor Ymddygiad.

Yn fanno, bu am flwyddyn yn ymchwilio i natur meddwl troseddwyr, gan astudio brêns pechaduriaid er mwyn ceisio canfod patrymau. Treuliodd oriau'n holi llofruddwyr ffiaidd i ffeindio beth oedd yn eu gyrru nhw a pham eu bod yn dewis lladd. Mi fyddai swydd o'r fath wedi codi pwys ar y rhan fwyaf o bobl, ond nid Lena. Roedd hi'n gweld tu hwnt i'r drwgweithredu, ac eisiau gwybod pam roedd rhai pobl yn gallu lladd ac eraill ddim. Yn ogystal â'r gwaith yma o greu proffiliau roedd ei CV wedi creu cryn argraff ar y detholwyr hefyd.

Ar droad y mileniwm, ar ôl hel ei phac am America i fyw gyda'i modryb Sali a'i phriod Gene, bu'n hel ei thamaid ar ward seiciatryddol mewn ysbyty i gyn-filwyr yn nhref Salem yn nyffryn Shenandoah – bro'r 'Country roads, take me home'. Roedd ei hewythr Gene yn nabod y *chief of staff* yno ac mi gafodd waith yn rhoi trefn ar system ffeilio'r ward cyn cael ei dyrchafu i fod yn gynghorydd adfer. Mi gymrodd at y lle'n syth – roedd yna rywbeth am yr enw 'Salem' oedd yn ei hatgoffa o gapel ei phlentyndod, a'r ffaith fod ei mam yn hoffi Endaf Emlyn!

Byddai'n chwerthin yn breifat wrth glywed yr Americanwyr yn ynganu'r enw 'Sei-lym', gan ei fod mor debyg i'r gair seilam yn y Gymraeg, a hithau i raddau'n gweithio mewn gwallgofdy. Mewn seilam yn Salem! *You say tomato, I say tomahto* math o beth. Fyddai neb o'i chyd-weithwyr wedi deall ei jôc fach hi, felly ddwedodd hi ddim byd. Callaf dawo.

Ugain mis ar ôl hynny, a hithau wedi derbyn ei Green Card, ffarweliodd â Salem a'i ddiawliaid, gan ddechrau swydd newydd fel cwnselydd cywiro. Yn y swydd honno sbiodd i fyw llygaid sawl Satan, wrth ymweld â rhai o garchardai mwyaf llawdrwm Virginia. Bu am dair blynedd yn bwrw ei phrentisiaeth, yn annog dihirod jêls Nottoway a Wallens Ridge i gerdded y llwybr cul, gan lwyddo weithiau a methu droeon.

Gwnaeth enw iddi'i hun wrth weithio yng ngharchar y Red Onion State. Un o'r carchardai *supermax* a gafodd ei adeiladu yn nawdegau'r ganrif ddiwethaf ar gyfer troseddwyr erchyll 'y gwaethaf o'r gwaethaf'. Yn fanno gwnaeth ei marc, yn gweithio'n ddiwyd efo un pechadur penodol – yr enwog God Gatherer. Yr hwn a gafodd ei lysenw oherwydd ei orchestion o hudo 'merched capel' – yn ddiaconiaid, organyddesau neu'n wragedd gweddw. Bu'n eu casglu am dros ddegawd, gan gadw eu cyrff dan fwrdd cymun yn yr atig.

Ar ôl cael ei ddal, gwrthododd siarad am fisoedd, heb ddweud yr un gair wrth neb. Yna anfonwyd Lena ato, am ei bod hi wedi arfer trin troseddwyr mud o fwriad. Wedi tri ymweliad, llwyddodd i dorri drwy fur ei ystyfnigrwydd, ac mi siaradodd y God Gatherer am y tro cyntaf ers cael ei ddal.

Dim ond efo Lena yr oedd o'n fodlon bwrw ei fol; roedd o wedi cymryd ati, hi a'i hacen Gymreig a'i llygaid tywyll. Ei sesiynau cwnsela hi lwyddodd yn y pen draw i wneud yn siŵr fod un o feibion y mans mwyaf erchyll America yn cyffesu. Roedd y ddawn gynhenid honno ganddi o allu cyfathrebu'n gwbl naturiol efo baw isa'r domen, a hwythau am ryw reswm dirgel yn driw i'r Gymraes ifanc.

O ganlyniad i'w hymdrech heb ei hail efo'r God Gatherer rhoddwyd hi ar frig y rhestr i gael lle ar gwrs cychwynnol yr FBI. Ac er bod cyrraedd y rhestr honno wedi bod yn eithaf didrafferth iddi, nid hawdd o beth oedd sicrhau ei lle ar y cwrs. Cafodd ddegau o gyfweliadau, a'i harchwilio'n drwyadl. Cafodd pob carreg o Foel Eilio i Virginia ei throi wrth iddyn nhw graffu ar holl gilfachau ei bywyd. Roedd popeth yn cael ei tshecio – cyfrifon banc, cofnodion meddygol, perthnasau gwaed a charwriaethau'r gorffennol. Cafodd ddegau o brofion cyffuriau a sawl prawf polygraff, ac mi holon nhw bawb oedd yn ei nabod, wrth i'r swyddogion cudd gyrraedd at ei pherfedd fesul dipyn.

Roedd y dilysu di-ben-draw'n gwbl dderbyniol, gan fod rhaid i bawb oedd yn cael eu hystyried i ymuno â chriw mor gyfrin gael eu gwirio'n fanwl. Ond roedd Lena'n cael mwy o *checks* na'r rhelyw, a hynny am ei bod hi'n Americanes wneud. Estron preswyl oedd hi, wedi ticio'r bocsys angenrheidiol i gael tystysgrif dinasyddiaeth (a gymrodd dros wyth mlynedd i'w

24

gwblhau) a thyngu llw dros wlad newydd, ond roedd yn rhaid i'r Biwro fod yn gwbl siŵr o'u pethau fod Lena Price o Parc Villa, Waunfawr, Sir Gaernarfon yn dryst.

O ran y rheolau arferol i gymhwyso i fod yn aelod o'r FBI, roedd popeth yn dal dŵr. Sef ei bod hi dros dair ar hugain oed (ac o dan dri deg a chwech). Roedd ganddi radd gydnabyddedig – Troseddeg, Dosbarth Cyntaf ym Mhrifysgol Bangor (Gwynedd nid Maine). Roedd hi'n medru siarad mwy nag un iaith (Cymraeg, Saesneg a chrap go dda ar Sbaeneg) ac roedd hi wedi bod mewn cyflogaeth am dros dair blynedd. Er bod ganddi'r cymwysterau i gyd, peth anarferol iawn yn hanes yr FBI oedd cael ymgeisydd nad oedd wedi ei eni a'i fagu yn yr Unol Daleithiau. Aderyn prin oedd Lena felly, ac mae adar prin yn cael eu hela a'u gwarchod.

Yn y diwedd, mi gafodd y rugiar ddu o Wynedd gyfle i nythu, a hithau, o bosib, y Gymraes gyntaf erioed i berthyn i sefydliad yr FBI. Gwyddai am Sais fuodd yn Swyddog Arbennig yn ystod yr wythdegau, ond chlywodd hi ddim am Gymro neu Gymraes oedd wedi llwyddo o'r blaen.

Yn ei dosbarth hi – 'Class SA '08' fel y'i gelwid – roedd yna drigain o recriwtiaid, dros eu hanner yn gyn-filwyr neu'n blismyn. Dyma'r llwybrau arferol i recriwtio aelodau newydd. O'r gweddill, a Lena yn eu plith, roedd pawb o gefndiroedd academaidd anhraddodiadol.

Peiriannydd biofeddygol oedd Pete, tra bo Marie o Efrog Newydd yn dwrne ac mi oedd gan Alex o Atlanta ddoethuriaeth mewn Coedwigaeth. Lena oedd yr unig un estron. Doedd yna'r un swyddog o dras Arabaidd, ond mi oedd 'na dri croenddu. 'The Dragon' roedd ei chyfoedion yn ei galw, yn gwbl gyfeillgar, wrth gwrs, gan wybod nad rhith oedd y ddraig hon.

Ers iddi gael lle yn yr uned gipio, roedd y chwe mis diwethaf wedi bod fel ffair, wrth i Lena flasu rhai o brofiadau anoddaf ei bywyd. Bu'n rhan o sawl gorchwyl cudd. Smaliodd fod yn butain er mwyn dal gangsters blaenllaw yn Buena Vista, bu'n fadam mewn puteindy uchel-ael yn Chesapeake, ac yn Richmond mi lwyddodd i ryddhau bachgen pymtheg oed oedd yn cael ei ddal yn wystl gan dacsidermydd mewn byncer bomio.

Erbyn hyn roedd hi'n dechrau ennill ei phlwyf, ac roedd hi'n benderfynol o lwyddo mewn byd lle'r oedd dynion yn tra-awdurdodi er gwaethaf hawliau cyfartal yr unfed ganrif ar hugain. Ysai i wneud yn siŵr nad oedd hi'n cael ei chategoreiddio dan y stigma oesol gan rai troseddwyr – mai 'bitches with badges' oedd merched yr FBI a dim byd uwch.

26

2

Cig oen Cymreig oedd y prif gwrs; roedd cenhadu'r undebau amaeth a Hybu Cig Cymru wedi talu'i ffordd.

74, 74, 74, 74, 74, 74 . . .

Doedd Lena ddim yn hoffi odrifau.

74, 74, 74, 7+4 = 11

Roedd saith deg pedwar yn rhif go lew am ei fod yn hanner odrif ac yn hanner eilrif, ond o roi'r ddau at ei gilydd roedd yn creu odrif o'r newydd, a doedd hynny ddim yn plesio.

Un o obsesiynau Lena oedd rhifau, a rŵan hyn y rhif '74' oedd yn ei phoeni. Roedd gwaith ymchwil diweddar wedi profi bod 74% o blant sy'n cael eu cipio yn cael eu lladd o fewn tair awr gyntaf eu diflaniad (odrif arall i'w phoeni). Roedd y babi coll, yr hwn a elwid yn 'Baby Joe' wedi diflannu ers tridiau (a dyna '3' arall i'w ychwanegu at ei phoendod). Doedd yr ods ddim o blaid Joe bach.

Yna, fe wawriodd arni – o dynnu'r 74 o 100, roedd yna 26% ar ôl. Golygai hynny fod ganddo ronyn dros un siawns mewn pedwar o oresgyn. Mi lasa Joe felly fod yn 1 o'r 26% oedd yn byw.

26, 26, 26, 26, 26 . . . *Dal ati Joe bach, ma'r eilrifau bach o dy blaid di . . .*

Roedd 26 yn llawer gwell ffigwr na 74 am ei fod o'n eilrif cyflawn. Ceisiai Lena felly wrth i'r wledd fynd rhagddi ganolbwyntio ar yr eilrif cadarnhaol hwn.

Ers pan oedd hi'n blentyn roedd hi'n cael ei thynnu at rifau a threfn rhifau yn benodol. Doedd ganddi ddim crebwyll mathemategol eithriadol ond mi fyddai wastad yn sylwi ar rifau. Rhifau ar ochr tai, ar arwyddion ffordd, ar dudalennau, rhifau ffôn ac ati. Os oedd hi'n gweld rhifau o'i blaen, yna byddai'n ceisio tynnu, adio, lluosi neu rannu er mwyn creu rhif newydd fyddai'n cael gwared ag unrhyw odrif oedd yn achosi poen meddwl iddi.

Doedd Lena ddim yn grefyddol o fath yn y byd, ond wrth wthio'r stecen cig oen i ochr ei phlât rhoddodd weddi fach i geisio cael gwared â'r rhifau'n chwyrlïo yn ei phen, gan obeithio hefyd mewn pader anffyddiwr na fyddai Joe yn un o'r 74%.

Caeodd ei llygaid ac eisteddodd yn ôl i wrando ar y mwstwr oedd o'i chwmpas. Loetrai tameidiau o sgyrsiau hwn a'r llall uwch y byrddau cyn plymio i ddŵr y fasys cennin Pedr, a hithau'n methu gwneud pen na chynffon o'r dweud. Ystyriodd ddal pen rheswm efo Pat, ond gan ei fod o'n anghyffredin o dawel wrth astudio'r fwydlen, gwnaeth yn fawr o'i dawelwch. Pharodd yr hedd fawr ddim, fodd bynnag, wrth i chwilfrydedd y Gwyddel ei drechu.

'How do you pronounce "brickilt"?'

Cymrodd Lena y ddewislen o'i law. Darllenodd y cynnwys. Roedd popeth yn ddwyieithog chwarae teg, a diolch i Dduw mai Asiant Arbennig oedd hi ac nid Plismon Iaith achos roedd yna wallau dirifedi ar y fwydlen! Pwyntiodd y Gwyddel at y gair oedd yn peri dryswch.

'O Duwcs.' Chwarddodd Lena'n ysgafn. 'That's "bricyll" – apricots. It's not a word that's used often. I'd say "apricots".'

Wrth ei hymyl yr ochr arall, eisteddai Sali. 'Ti'n iawn Lena? Ti fel tasa ti mewn breuddwyd.' Estynnodd ei modryb at ei gwydr gwin yn ofalus o araf deg.

'Dwi'n iawn, jest 'di blino braidd. Anodd peidio meddwl am be sy'n digwydd yn gwaith.' Rhwbiodd goes y gwydr rhwng ei bys bawd a'i bysedd. 'Ma'r gwin 'ma'n neis dydi? 'Dach chi isio rhagor?'

Un o fil oedd Anti Sali i Lena, ac yn yr un modd Lena oedd cannwyll llygad Sali. Gwraig ddŵad i wlad Yncl Sam oedd hithau hefyd. Priododd Americanwr oedd ar ddirprwyaeth efo'r fyddin yn Llundain ar ddiwedd y pumdegau. Roedd Sali wrthi'n gweithio fel teipyddes mewn gwesty yn Regent Street, a bu Gene Torres a hithau'n cyfarfod bob nos Sadwrn i jeifio i fiwsig Ray Ellington yn y Tottenham Royal. Syrthiodd mewn cariad efo'i *crew-cut*, ei jîns tywyll, ei bobisocs a'i 'sgidiau dal adar. O fewn pum mis mi briododd y ddau mewn gwasanaeth bach yng nghapel Gwynfa, Henllan yn Nyffryn Clwyd cyn i Sali fudo i America am byth.

Wedi deugain mlynedd o briodas, bu farw Gene gwta bymtheg mlynedd yn ôl o gancr y coluddyn, ychydig wedi i Lena symud i fyw i Virginia. Doedd ganddyn nhw ddim plant, felly Lena oedd yr unig berthynas oedd gan Sali'r ochr yma i'r Iwerydd, ac mi oedd y ddwy'n gofalu am ei gilydd.

Cyfnither i Elwy, tad Lena, oedd Sali, ond roedd hi'n fwy fel chwaer iddo. Cafodd y ddau eu magu'n glòs yn Nyffryn Clwyd am fod eu tadau'n cydredeg fferm y teulu ar gyrion pentref Henllan. Roedd Sali'n dipyn hŷn nag o, ac mi oedd o'n gwirioni cael ei chwmni ar y fferm. Pan laddodd Elwy ei hun flwyddyn ar ôl genedigaeth Lena, mi ddaeth Sali adref ar ei hunion i Gymru am gyfnod i helpu Magw i ofalu am y merched – Naomi a Lena. Byth ers hynny, roedd Lena a Sali'n ffrindiau garw. Roedd Lena'n gweld ei thad yn Sali, a Sali'n gweld Elwy yn Lena.

Er i'w perthynas agos egino pan oedd Lena'n fechan, mi gryfhaodd yn eithriadol pan oedd Lena'n bedair ar ddeg oed. Dyna pryd roddodd Magw ganiatâd, er yn gwbl anfoddog, i Lena fynd i aros efo'i modryb i'r *States* yn ystod gwyliau'r haf.

Naomi dderbyniodd y gwahoddiad yn wreiddiol. Roedd hi newydd gael ei phen-blwydd yn ddwy ar bymtheg oed, ac roedd Sali a Gene wedi cynnig talu iddi fynd drosodd atyn nhw i ddathlu. Nid gwennol mo Naomi, fodd bynnag, ac âi hi ddim dros yr Atlantig dros ei chrogi.

Llawer gwell ganddi hi oedd aros adref, â'i bryd ar gael mynd i'r Eisteddfod Genedlaethol yn Llanelwedd am fod Ffa Coffi yn chwarae eu gig olaf yno. Roedd cael gweld Gruff Rhys yn y cnawd yn apelio yn well na chrwydro palmentydd Capitol Hill.

Mor wahanol oedd ei chwaer fach. Bachodd Lena ar y cyfle euraidd yma i brofi ei bod hi'n hogan fawr, gan grefu hyd at syrffed y dyle *hi* gael mynd yn lle ei chwaer hŷn. Doedd ei mam erioed wedi caniatáu iddi drafaelio ar fws i Fangor ar ei phen ei hun heb sôn am adael iddi hedfan i ben draw'r byd, felly nid peth hawdd oedd ei pherswadio.

Methu'n glir â gollwng gafael oedd problem fawr Magw; doedd hi ddim yn gallu ymdopi â bod ar wahân i'w merched. Teimlai fod yn rhaid iddi fod o fewn cyrraedd rhag ofn y byddai'r ddwy angen ei help. Roedd y tair wedi bod drwy'r felin dros y blynyddoedd, a phrif nod Magw mewn bywyd oedd eu diogelu. Doedd bod yn fam sengl ddim yn hawdd ar y pryd, a gan fod yna lawer o ddigwyddiadau erchyll yn ymwneud â phlant wedi bod y flwyddyn honno, mi ddwysaodd ei hangen i'w gwarchod. Hawliodd marwolaeth greulon James Bulger y penawdau ddechrau'r flwyddyn, cyn y bomiau biniau sbwriel yn Warrington ac yna lofruddiaeth Stephen Lawrence wedyn. Doedd ryfedd fod rhieni'r cyfnod ar binnau, a Magw druan, a welodd sawl trychineb yn ystod ei hoes, yn poeni'n fwy na neb.

Un bengaled oedd Lena, fodd bynnag, yn swnian fel barn. Roedd hi bron marw eisiau dengid o afael ei mam a oedd wedi tocio ei hadenydd cyhyd. Chwilio yr oedd hi am rywle lle gallai anadlu heb fygu, ac iddi hi America oedd y lle. Ildiodd ei mam yn y pen draw, ar ôl i ymbilio diderfyn ei merch ieuengaf ei threulio'n dwll fel tonnau terfysg ar glogwyn. Yn bedair ar ddeg oed a phedwar mis, felly, cafodd Lena ei blas cyntaf o fywyd annibynnol tu allan i Gymru. Bywyd tu hwnt i lif y Fenai a waliau cerrig cam Waunfawr.

Haf '93 oedd yr haf hynod hwnnw. Pan oedd deinosoriaid Jurassic Park ar gefn pob bws, a dynes mewn bath llawn dop yn bwyta Flake ar ochr waliau. Gwisgai'r genod leotards efo jîns, a thyfai'r hogiau eu gwalltiau fel Nirvana. Doedd Lena ddim yn siŵr i le yr oedd hi'n perthyn ar y pryd, doedd ganddi fawr o ddiddordebau, ac roedd hi'n llawer gwell ganddi hel Paninis efo'r bechgyn na sbio ar *perms* efo'r merched.

Roedd pêl-droed yn agos at ei chalon, gan fod ei thad yn ffan mawr o dîm Aston Villa pan oedd o'n fyw. Fo roddodd yr enw ar gartref y teulu, 'Parc Villa', gan Gymreigio'r 'Villa Park' yn fwriadol, wrth gwrs, i siwtio Cymry Waunfawr. Chafodd Lena ddim cyfle i nabod ei thad, ond mi geisiai ei gorau i gadw ei ddiddordebau'n fyw, ac roedd dilyn hynt a helynt Aston Villa yn cael lle pwysig yn ei bywyd. Roedd y tymor hwnnw wedi bod yn llwyddiannus iawn i fyddin y Claret and Blue wrth iddyn nhw frwydro am y brig dan ofal Big Ron, ond edrych ymlaen at Gwpan y Byd America '94 yr oedd hi fwyaf. Mor wahanol felly i'r merched eraill, oedd yn methu penderfynu dilyn un ai Suede wrth i Britpop gydio neu wŷr glân Take That. Doedd Lena Price ddim yn dotio at yr un ohonyn nhw, achos yr haf hwnnw mi syrthiodd hi mewn cariad go wahanol, gan roi ei chalon yn gyfan gwbl i wlad ddiarth.

Peth rhyfedd oedd bod mewn cariad efo lle. Doedd 'na'm posib egluro sut roedd hi'n teimlo. O ran ei chyfoedion, roedd yna dorri ac uno calonnau wythnosol i gyfeiliant yr Anhrefn, Addewid, Topper a Diems mewn gigs ym Mhort a Chricieth, ond doedd Lena ddim yn cael mynd efo nhw felly'r mis Awst hwnnw disgynnodd dros ei phen a'i chlustiau â synau, golygfeydd a blasau rhyw dir tramor.

Yr Amerig fawr yn hudo'r Gymraes fach, a Lena fawr callach am wleidyddiaeth na gweinyddiaeth y wlad. Ar y pryd yr unig White House fuodd hi'n agos ato cyn hynny oedd yr un ar ochr y ffordd yn Rhuallt ar ôl ymweld â pherthnasau yng Nghlwyd. A doedd yr Arlywydd newydd o Arkansas ddim yn golygu lot iddi, er mi wyddai mai fo oedd rhif 42 (dau eilrif da yn fanna) i esgyn i'r orsedd arlywyddol, a bod Yncl Gene yn falch fod y Democrats yn ôl mewn grym.

Rŵan, a hithau efo gwell clem, doedd politics y Pentagon ddim yn ei phlesio, ond roedd hi'n dal i garu'r wlad, ac roedd hynny'n gur. Peth fel yna ydi cariad. Gweld ffaeleddau'r hanner arall, sylwi ar y diffyg ond bod hynny'n newid dim ar y berthynas. Roedd yr Unol Daleithiau, ei chymar oes, yn ffrind i rai o elynion mawr y byd. Roedd hi'n cael ei thynnu yma a thraw fel gwraig yn byw efo gŵr sy'n ei waldio, ond roedd hi'n aros yno'r un fath. Achos, am ryw reswm, fama roedd hi i fod, yn crwydro'r wlad a roddodd iddi ei blas cyntaf o ryddid. *Land of the free*. Hon a garodd o flaen pob un arall, a doedd rhywun byth yn anghofio'r cariad cyntaf.

Doedd Awst '93 ddim yn fis hawdd i'w mam, Magw. Bu ar bigau gydol yr haf, gydag un ferch mewn carafán yn llawn o genod hormonol ar Hooch yn awchu i'r Ffa Coffis luchio'u fflachlwch, a'i chyw arall ben draw'r byd mewn swigen Americanaidd. Roedd Magw yn gwybod y byddai Lena'n iawn efo Sali ac y byddai'n cael haf i'w gofio, ond roedd hi'n gwbl gyndyn o ddatod ei gafael yn ei babis bach. Carai'r ddwy mor ofnadwy.

O ran Lena, ei phrif bryder oedd mai Pan Am Airlines oedd yn ei chludo i'r Unol Daleithiau. Ychydig dros bedair blynedd a hanner ynghynt plymiodd Pan Am Flight 103 i'r ddaear yn Lockerbie gan ladd 270 o bobl. Er mai dim ond naw oed oedd hi ar y pryd, roedd y digwyddiad wedi'i serio yn ei meddwl byth mwy. Y rhifau'n enwedig – Boeing 747 / Flight 103 / 270 yn marw. (103 yn goblyn o odrif annifyr.) Yn sownd yn ei chof hefyd roedd trychinebau eraill. Rhai cyn Lockerbie, eraill ar ei ôl, fel y fferi ar y ffordd i borthladd

33

Zeebrugge. Mi wnaeth y llong honno droi drosodd ddiwrnod ar ôl ei phen-blwydd yn wyth oed, ac mi fuodd enw'r *Herald of Free Enterprise* yn atseinio yn ei phen am wythnosau. Dyna sut roedd hi'n cofio bod yn wyth oed. Nid am ei bod wedi cael cacen ben-blwydd siâp *rubik's cube* ond mai honno oedd y flwyddyn wnaeth y *Free Enterprise* suddo. Y Piper Alpha ddaeth wedyn y flwyddyn ganlynol, Lockerbie, Hillsborough, ac wedyn y *Marchioness* yn mynd o'r golwg o dan afon Tafwys. Roedd trychinebau fel tasen nhw'n digwydd yn amlach yr adeg honno, a'r cwbl yn cau darfod yn ei phen. Roedd ganddi ofn, a diddordeb ysol ynddyn nhw, llawer mwy na phlentyn cyffredin o'r un oed.

Doedd dim angen iddi boeni am y *flight* chwaith. Mi ddiflannodd gofidiau'i harddegau i ganol y cymylau o fewn hanner awr, wrth i'r sbri oedd o'i blaen waredu ei hofnau. Cafodd ei thrin fel brenhines am wyth awr gan fyddin o *air hostesses* ffeind yn gofalu amdani rywle rhwng y nef a'r ddaear. Hithau ddim yn meindio cael ei moli-codlo am unwaith.

Wedi'r glanio ym Maes Awyr Dulles byddai'r antur go iawn yn dechrau, a Lena Price Parc Villa yn cael bod yn berson newydd sbon. Ym mhorth yr *Arrivals* mi fyddai Sali a Gene yn disgwyl amdani efo darn o gardbord uwch eu pennau a'r geiriau 'Taxi for Miss Lena' wedi eu hysgrifennu â marciwr du. Roedd Lena wastad yn cymryd arni fod ganddi gywilydd bod ei modryb yn gwneud ffasiwn beth, ond roedd hi wrth ei bodd yn y bôn.

Dyma osod y seiliau i'w bywyd fel dafad grwydrol.

3

"Dach chi isio rhagor o win?" gofynnodd Lena eto.

Doedd clyw Sali ddim cystal ag y buodd, ddim ers i'r Parkinson's gydio ryw bum mlynedd yn ôl. Ond ni feiddiai Sali adael i ryw glefyd gymryd gafael; hi oedd yn gafael ynddo fo meddai'n dragywydd. Roedd hi'n grediniol fod Duw wedi rhoi'r afiechyd iddi fel rhodd, am ei fod o'n gwybod y gallai hi ymdopi â'i hualau. Doedd gan bawb ei groes i'w chario? Dyna oedd ei hefengyl. Doedd Lena ddim yn cytuno. Pa fath o Dduw fyddai'n rhoi salwch i rywun roedd o i fod yn ei garu? Oni ddylai unrhyw Dduw, os oedd O'n bod, fod yn Dduw Cariad a dim arall? Tolltodd Lena fwy o win i wydr ei modryb, gan droi at ei chymydog yr ochr arall a gofyn a oedd o eisiau rhagor.

'Have you ever seen or heard an Irish man reject an offer of alcohol, my dear?' chwarddodd Pat mewn acen hanner Wyddelig hanner Ianci. 'Will you join me in a Red Eye after the pudding Lena?' Gosododd ei law ar ei phen-glin.

Sbiodd Lena ar ei law oedd wedi ei gorchuddio â brychni haul a gwythiennau glas yn powndio ar yr wyneb. Ei groen Celtaidd wedi ei staenio gan flynyddoedd o fod yn yr haul. Gwyddai Lena, yn gam neu'n gymwys, nad oedd Pat yn byrfyt, jest creadur cyfeillgar i'w graidd oedd o, nad oedd cweit yn deall

rheolau'r dwthwn hwn o ran mannau priodol i roi ei
ddwylo. Felly, gosododd Lena ei llaw yn glên ar ei law o,
a'i rhoi yn ôl ar ei ben-glin ei hun. Wrth wneud,
gobeithiai na fyddai Pat yn gofyn iddi (fel y gwnâi bob
tro) adrodd enw'r pentref â'r enw hiraf yn Ewrop o flaen
pawb. Esblygodd y cais yma'n dipyn o *party piece*
ganddi dros y blynyddoedd, ac yntau'n ddi-ffael yn
ymuno yn y 'gogogoch' ar y diwedd, yn glanna
chwerthin ac yn falch gynddeiriog o'i gytseiniaid
glafoeriog. Ond heno, ofynnodd o ddim. Amen i hynny,
meddyliodd Lena, a chofiodd nad oedd hi wedi ei ateb
ynglŷn â'i gynnig am siot o wisgi.

'I don't think I can handle a whiskey Pat, I'm on call.'
Hithau hefyd bellach yn siarad Saesneg rêl Americanes,
ond ag olion Waunfawr yn llechu o dan ambell lafariad.

'It's an Irish Gaelic word you know?'

'Am be ti'n sôn Pat?' holodd Sali, oedd yn mynnu
siarad Cymraeg efo'r Gwyddel gan fod ei wraig yn deall
yr iaith yn iawn a hithau'n hogan o Gaergybi, er nad
oedd hi byth yn cydnabod hynny (ei bod yn medru
siarad Cymraeg nid y ffaith ei bod hi'n dod o Gaergybi).

'The Red Eye is part of the Bourbon family which is
as American as apple pie and Sinatra, and it's us Irish
that named it.' Esboniodd Pat mai ymsefydlwyr cynnar
o Iwerddon roddodd yr enw ar wisgi yn wreiddiol.
Roedden nhw'n arfer casglu grawn rhyg a barlys i'w
gymysgu a'i alw'n 'the water of life', sef cyfieithiad union
o'r gair Gaeleg Uisge Baugh. 'Wooze-ga-bach dear Sali.
It's just been Anglicized to "whiskey".'

'Duwcs, diddorol iawn Pat,' atebodd Sali. 'Swnio fatha
"wisgi bach" i'n clustia ni tydi Lena? Rhyfedd 'fyd, o'n i
wastad 'di meddwl mai'r Scots ddyfeisiodd wisgi.'

'The Scots?'

'I was just saying, I always thought the Scots invented whiskey.'

'Lena Price and Sali Torres.' Cliriodd Pat ei wddf wrth roi eu teitlau llawn i'r ddwy, oedd yn lled awgrymu fod yna wers hanes ar droed. 'Bourbon is the only whiskey in the world that can truly be called American but its roots are Irish because it's spelt with an 'e' like the Irish "whiskey" spelling.' A dyma fo'n estyn hances bapur a beiro o boced tu fewn i'w siaced. 'The Scottish spelling doesn't have an "e".' Sgriblodd y ddau air ar y napcyn, i'r ddwy Gymraes allu gweld y gwahaniaeth yn y sillafu. 'Lena bach.' (Roedd o'n medru dweud 'bach' yn iawn.) 'A Red Eye isn't for the faint hearted, and a cop with a hangover ain't a pretty sight I guess!'

Ond nid *cop* oedd Lena, a doedd Pat ddim cweit wedi deall hynny. Roedd o'n meddwl, fel llawer un arall rownd y bwrdd, mai plismones oedd yn mynd ar ôl lladron mewn *malls* neu'n stopio plant rhag yfed dan oed oedd hi. Roedd ei rhodfeydd hi fymryn mwy astrus na hynny, wrth gwrs, a doedd gan Mr Bumble ddim clem ei bod hi'n Swyddog Arbennig efo'r FBI. Tasa fo wedi deall, yna mi fyddai pawb wedi cael gwybod erbyn hyn. Felly, doedd Lena yn dweud dim.

'Do you miss home Lena?'

'Weithiau.'

Y gwir amdani oedd nad oedd ganddi hiraeth o gwbl. Doedd ei dyddiau gartre ddim yn ddyddiau da chwedl Hergest, a phan gafodd gyfle i ddianc, dyna a wnaeth – ei gwadnu hi ar y cyfle cyntaf.

'I do miss the gravy.' Ceisiodd Lena ysgafnhau pethau er mwyn peidio crwydro'n rhy ddwfn i'r gorffennol.

'They don't do gravy here like my Nain. Cinio Dydd Sul Nain was the best, heblaw am 'ych un chi 'de, Anti Sali!' Winciodd.

'How interesting Lena.' Gosododd Pat ei benelin ar y bwrdd a phwyntio ei fys ati.

'Rargian dyma ni eto,' mwmiodd Sali dan ei gwynt. 'Ffynhonnell pob gwybodaeth.'

'In diaries left by the first immigrants here, next to family and the family home, what they longed for most was their native foods.' Gwrandawodd pawb yn astud. 'Then entrepreneurial newcomers took advantage of this longing and opened shops with Italian, Czech and Polish food, anticipating they would drum up trade with the homesick.'

'Does gan hwn fanylion am bob dim 'dwch?' sibrydodd Lena yng nghlust ei modryb. 'Dwi eto fyth i ffeindio siop sy'n gwerthu lobsgóws a stwnsh rwdan yma!'

'Mae gen ti hiraeth weithiau does Lena fach? Am Gymru? Ti'n gweld isio Beth yn dwyt?'

Nodiodd Lena gan feddwl am ei nith wyth mlwydd oed, ei henaid hoff cytûn. 'Yndw, dwi *yn* colli Beth, ond dwi'n medru cysylltu efo hi ar y we unrhyw dro dwi isio, felly tydi'm yn ddrwg i gyd nacdi?'

Gwenodd Sali yn annwyl ar ei gor-nith, gan wybod bod yna beth wmbredd o emosiynau yn berwi tu fewn i'w chrombil. Hon na chafodd nabod ei thad, ond a oedd yn ei addoli i'r entrychion yr un fath. Hon, y ferch fach na chriai fyth ar ôl codwm, hon a gâi ei gwarchod gan ei mam a'i chwaer fel trysor cenedl heb yn wybod iddi. Hon oedd bellach yn hogan fawr â swydd unigryw, hon, fel y gwyddai Sali, oedd yn chwilio o hyd am rywbeth, a hithau'n methu'n glir â'i ffeindio.

4

Maes o law mi ddaeth y pwdinau, a hynny i gyfeiliant sawl 'waw' ac 'o' pleserus wrth i'r weitars osod y dysglau o'u blaenau. *Profiteroles* roedd Lena a Sali wedi eu harchebu, ac mi ddaethant yn fryniau bach o grwst haenog hufennog efo trwch o siocled cynnes yn rhedeg lawr yr ochrau. Sychodd Lena gornel gwefus ei modryb yn gynnil o slei efo'i bys blaen wrth i'r llwy fethu cyrraedd ei cheg yn iawn oherwydd y cryndod. Gwnaeth Sali'r un peth iddi hithau sawl tro wrth sychu jam o'i bochau bach wedi ambell bicnic wrth droed Mynydd Eliffant 'stalwm. Ei thro hi oedd hi rŵan i ofalu am ei modryb. Doedd ei gweld yn dioddef ddim yn hawdd. Bu'n ddynes urddasol erioed, a rŵan roedd y cryniadau bach niwsans yn torri ar draws y gogoniant hwnnw.

Wrth i'r sorbedau a'r crymblau riwbob gael eu llowcio, trodd golygon y gwesteion at yr adloniant oedd i ddilyn. Y gwahoddedigion eleni oedd côr cymysg ifanc o Gaerfyrddin. Corau Meibion oedd yn arfer eu diddanu, a doedd yna fyth drafferth denu'r rheiny. Ond eleni, roedd gan y Gymdeithas Gymraeg lywydd newydd, ac roedd hi isio *top of the bill* ronyn yn wahanol i frigâd y gwalltiau gwynion a'u gwragedd wrth eu sodlau. Felly, estynnodd wahoddiad i griw ifanc o Sir Gâr. Myfyrwyr oedd y rhan fwyaf ohonyn nhw yn y Drindod Dewi Sant, yn blant breintiedig oedd yn gallu fforddio'r hediadau *long haul*. Athrawon oedd y gweddill, rhai oedd wedi llwyddo i gael amser di-dâl o'r ysgol gan lywodraethwyr clên, a'r lleill yn gyfryngis oedd wedi symud i'r dref gan fod pencadlys S4C ar y ffordd yno.

Tawelodd y gynulleidfa, wrth i'r cadeirydd, Rachel James, dapio'r meicroffon o ben llwyfan. Safai'n falch ac yn awyddus. Roedd hi'n ddynes dal â gwallt byr oedd braidd yn biws, bron iawn yr un lliw â'i chardigan. Er ei bod hi'n eithaf pell o'i bwrdd, gallai Lena weld smotyn harddwch uwch ei gwefus oedd yn sefyll yn blaen ar wyneb ei chroen. Roedd o'n un tebyg i un Marilyn Monroe, ond o'i weld yn agos doedd y ddafad ddu yma ddim cweit mor gyfareddol ag un Marilyn, efo ambell flewyn byr yn tyfu ohono. Dynes smart a heini oedd Rachel James, jest dros ei thrigain oed. Gwisgai sgarff ddel am ei gwddf, un sidan tenau efo patrwm dyfrlliw pastel a golwg ddrud arni.

'O Oriel Môn gafodd hi'r sgarff yna 'sti,' sibrydodd Sali.

Americanes o'r crud oedd Rachel Jefferson James. Yn wreiddiol o Ohio ond wedi teithio tipyn rownd y byd ers colli ei gŵr pan oedd y ddau'n ifanc. Roedd golwg dynes glyfar arni. Gwisgai sbectol ar ei phen, gan ei thynnu i lawr at ei llygaid i ddarllen y *post-it notes* oedd ganddi o flaen ei thrwyn. Rai blynyddoedd yn ôl mi benderfynodd ddysgu Cymraeg er mwyn ailgysylltu â'i gwreiddiau Celtaidd. Dysgodd yr iaith ar ei phen ei hun, drwy wrando ar Radio Cymru, a phrynu *dvds* o ffilmiau a rhaglenni teledu Cymraeg. Rhaglen Dewi Llwyd fore Sul oedd yr orau ganddi oherwydd ei lais hudolus, jest ei bod hi'n gwrando dros ginio yn hytrach na'i thost a marmalêd. Yn weledol, *Hedd Wyn* oedd y ffefryn gan fod Huw Garmon yn ei hatgoffa o'i diweddar ŵr o ran pryd a gwedd. Byddai'n gwylio dipyn o *Noson Lawen* hefyd, ond doedd yr hiwmor ddim yn taro deuddeg rywsut. Heno, ar ôl bod wrthi fel lladd nadredd ers misoedd, daeth ei chyfle hi i roi joch o noson lawen Rachel James i'r lliaws o'i blaen. Hwn oedd ei hamser hi i serennu.

Rhyfeddai Sali a Lena at allu'r ddysgwraig i siarad Cymraeg. Roedd y tair wedi dod i nabod ei gilydd yn reit dda dros y blynyddoedd, gan fod Rachel yn ymweld â Sali'n aml i ymarfer ei Chymraeg. Doedd hi ddim yn rhy hoff o'r cyrsiau ar-lein digon be 'na i oedd ar gael, gymaint gwell oedd ganddi siarad wyneb yn wyneb a dysgu mewn modd mwy organig. Roedd Lena'n ei chael hi'n anodd siarad Cymraeg efo hi ar y dechrau am eu bod wedi arfer cyfarch ei gilydd yn yr iaith fain, ond mi oedd hi'n dal ati. Gwell athrawes o'r hanner oedd Sali, rêl boi efo'i gwersi hap a damwain. Mor fawr oedd canmoliaeth Rachel ohoni, mi ofynnodd Cymdeithas Madog i Sali fod yn fentor ar y Cwrs Cymraeg blynyddol yn Chicago, ond doedd hi ddim eisiau hynny – dim ond gwneud cymwynas â Rachel fel ffrind yr oedd hi. Felly gyda help Sali, a'r haf cyfan a dreuliodd yn Nant Gwrtheyrn, fe wnaethpwyd y ferch o Columbus, Ohio yn rhugl.

Roedd ei gafael ar y Gymraeg yn wyrthiol, a byddai Sali a Lena'n meddwl yn aml pam ar wyneb y ddaear fod dynes yn ei hoed a'i hamser efo gymaint o awydd i ddysgu'r iaith. Ond fel yr eglurodd Rachel wrthyn nhw ganwaith, roedd arni angen llenwi ei hamser a hithau'n weddw ac yn ddi-blant, ac oed yr addewid yn nesáu.

Cyn mynd ati i ddysgu'r Gymraeg mi fuodd yn ymweld â Chymru ar wyliau gyda'i gŵr, ac yn fanno y blagurodd ei diddordeb yn y wlad a'i phobl. Roedd ei goeden deulu o â'i gwreiddiau yn ardaloedd Arfon ac Eifionydd ac felly mi fu'r cwpl yn crwydro dipyn yn chwilio am gysylltiadau teuluol. Pan fyddai'n sôn am ei gŵr a hel atgofion am y gwyliau hwnnw, mi fyddai Sali a Lena wastad yn sylwi ar yr hiraeth dwys oedd yn dod drosti, a byddai'r ddwy'n pitïo na chafodd Rachel a Mr Rachel ragor o amser i ddarganfod Cymru gyda'i gilydd.

Dotiai Rachel James at Sali a Lena hefyd. Nhw oedd yr unig ddwy oedd yn medru'r Gymraeg yn iawn o holl aelodau'r Gymdeithas. Oedd, mi oedd yna rai oedd yn siarad tipyn bach, ac eraill yn how ddysgu, ond creaduriaid prin oedd y fodryb a'i nith a hwythau'n gwbl rugl. Byddai'n galw i dŷ Sali yn eithaf rheolaidd efo pennod ac adnod o'i chynnydd efo'r Gymraeg. Helpodd Sali iddi ddeall y treigladau er nad oedd cweit yn deall ei hun pam eu bod nhw'n bod.

Treuliai'r ddwy bnawniau hapus yn gwylio *dvds* Cymraeg. Roedden nhw hanner ffordd drwy *box set C'mon Midffild* ar hyn o bryd, a Rachel wrth ei bodd yn gwylio'r golygfeydd oedd wedi eu ffilmio yn Llanrug a Bontnewydd, gan fod gan ei diweddar ŵr gysylltiadau teuluol â'r cylch hwnnw. Ac fel Sali roedd ganddi dipyn o *soft spot* am Bryn Fôn.

'Croeso.' Cododd ei chloch. 'Welcome to this fantastic evening of socializing amongst dear Welsh comrades.

Mae hi yn braf iawn cael pawb gyda'i gilydd. Ac mi ydw ni yn thankful iawn i Côr Myrddin am dod yma'r holl ffordd i ganu on this very special occasion.' Yna, mi gyfieithodd y cwbl eto i'r cyfeillion di-Gymraeg cyn oedi rhyw ychydig. 'Mae hiraeth yn air nad oes yn y Saesneg, ond mi ydan ni i gyd yn yr ystafell heno yn gwybod beth ydi o.' Daeth sŵn porthi o ambell fwrdd. 'Nid Cymraes ydw i as you know, ond dwi'n deall hiraeth. Dwi'n deall be mae hiraeth yn neud i berson. Hiraeth doesn't go away, it just keeps growing. Especially for lost loves.' Dechreuodd ei llais grynu ac edrychodd i gyfeiriad Lena fel tasa hi'n chwilio am gynhaliaeth mewn gwên. Llyncodd ei phoer eto ac ysgwyd ei phen i gael gwared â'r dagrau oedd yn cronni. 'Please give a warm Welsh Welcome, rhowch Croeso Cynnes Cymraeg i Côr Myrddin.' Gwyrodd ei phen i'r ochr a chodi ei braich chwith gan drosglwyddo'r noson i ofal y cantorion. I gyfeiliant cymeradwyaeth frwd, herciodd yn ôl at ei bwrdd. Roedd ganddi fymryn o gloffni yn ei choes dde.

'Finlandia' ddaeth gyntaf, yna 'Myfanwy', a'r hen ffefrynnau yn plesio. Gallai Lena weld ambell ddeigryn yn hel yma ac acw rownd y bwrdd wrth i'r nostaljia gydiad. Roedd Brenda oedd yn eistedd dros y ffordd iddi mewn gwth o oedran, ac wedi byw yn America ers ei bod yn ddeunaw oed. Aeth hi erioed yn ei hôl i Gwm Cynon. Heno, fodd bynnag, fedrai Brenda Abercwmboi â'i gwaed Stars and Stripes ddim gochel rhag ei hemosiynau wrth i ddicter 'Myfanwy' dorri at yr asgwrn. Roedd yntau'r Gwyddel hyddysg dan deimlad hefyd; anwesodd ben-glin ei wraig, wrth i harmonïau'r pedwar llais droi'n foddion gras i hiraeth y ddau.

'Isn't this just awesome?' meddai un o'r weitars côt din-fain wrth glirio'r llestri pwdin dros gorws uchel o 'Arglwydd dyma fi'. 'It's such a beautiful language. Do you speak it?'

'Yndw,' atebodd Lena. 'It's the only language I spoke till I came to live here.'

'Wow man. How adorbz is that? I just love your accent. Wish I could speak Wales.' Gwenodd y creadur tei bô yn selog. Gwyddai Lena nad oedd gan y crinc unrhyw fwriad dysgu'r iaith, a'i fod o'n dweud yr un peth wrth bawb mewn achlysuron fel hyn. Cyn symud i America fyddai hi erioed wedi dychmygu bod acen Sir Gaernarfon yn swnio mor egsotig i rai nad oedd yn gyfarwydd â hi. Ar y dechrau roedd hi'n mwynhau'r sylw, ond erbyn hyn, ddeng mlynedd a mwy yn ddiweddarach, roedd hi wedi laru clywed pobl yn gwirioni. 'Love this tune. It's soo Welsh ain't it so?'

'Well actually this song – "Gwahoddiad" isn't really a Welsh song.'

'Are you kidding me? It's sooo Welsh – straight up.'

'It was in fact composed and written in Iowa, but it's so well known in translation that most people think it's a Welsh hymn.'

'How random is that?' Roedd y bwtler bach yn geg agored.

Ac wrth i Lena ddychmygu stwffio'r llwy de o'r soser coffi i mewn i'w weflau syfrdan, torrwyd ar eu sgwrs gan y clapio oedd yn boddi 'Amens' clo 'Mi glywaf dyner lais'. Gwrandodd Lena ar y gymeradwyaeth, wrth i'r sŵn curo dwylo olchi drosti fel rhaeadr.

Yng nghanol y berw, teimlodd ei bag llaw'n dirgrynu ar gefn y gadair. Ymbalfalodd a thynnu'r ffôn bach o blith y 'nialwch o golur a hancesi. 'Gwaith sy 'na Anti Sal.'

'O iawn cyw. Gobeithio bod yna newyddion da yndê?'

'Sgiwshiwch fi am funud.' Cododd Lena a cherdded tuag at y drws lle'r oedd yr arwyddion tai bach.

'Where's Lena going in such a hurry?' holodd Pat reit handi fel ci'n codi'i glustiau.

'Gwaith yn galw.' Wrth blygu drosodd at Pat, pwysodd Sali ei phenelin ar y bwrdd er mwyn rhoi ei gên i orwedd ar ei llaw, ond mi gollodd ei balans, ac roedd rhaid i'r Gwyddel ei helpu yn ôl i'w sedd. Gresynodd Sali. Dim ond ers ychydig eiliadau roedd Lena wedi ei gadael, a dyma hi'n creu cybôl. Dibynnai fwyfwy ar Lena y dyddiau yma, a doedd hi ddim yn hoffi hynny. Roedd hi'n colli gafael, a'r cyflwr yn gafael ynddi hi. Daeth pwl o grynu i'w llaw chwith. Ei bys bawd a bys yr uwd yn ysgrytian fel tasa hi'n trio rowlio marblen anweledig rhwng y ddau. Rhoddodd ei llaw o dan ei phen ôl er mwyn trio gwasgu'r cryndod ymaith. O fewn rhai munudau roedd Lena yn ei hôl.

'Rargian roeddat ti'n sydyn.' Cododd Sali ei phen ôl a llusgo'i braich o dan y lliain bwrdd i guddio'i llaw chwith siglog. Tynnodd Lena ei chadair yn nes ati.

'Does 'na'm llawer o fanylion, ond mi fydd rhaid i mi fynd rŵan gen i ofn.'

'Rŵan hyn 'lly? Sut ei di?'

'Maen nhw'n anfon car yma mewn deg munud i'n nôl i. Mi a' i i newid gynta. 'Dach chi'n dallt pam dwi'n cario'r bag sbâr 'ma hefo fi i bob man rŵan dydach?!' Cydiodd Lena yn ei *rucksack* llwyd oedd wedi ei guddio o dan y bwrdd, a'i roi ar ei glin. 'Maen nhw wedi ffeindio rhywbeth ym Methesda. Ma' rhaid i fi fynd yn syth.'

'Dos di,' meddai Sali heb holi, gan wybod nad oedd Lena yn medru ymhelaethu. 'Mi fydda i'n iawn. Dwi'n siŵr aiff Pat a Margaret a fi adra sti.' Ceisiodd Sali ddal sylw Harry Secombe a'i wraig. 'Ma' Lena'n gorfod mynd. Margaret, fasa chi mor garedig â fy anfon i adra heno plis?'

'Well, of course dear Sali,' atebodd Margaret gan lefaru ei geiriau cyntaf y noson honno, cyn troi at Pat i esbonio.

'Margaret is the chauffeur this evening Sali, well she's always in the driving seat,' meddai hwnnw drachefn. 'In the car and our bloody lives!' Gafaelodd yn llaw ei wraig yn dyner i ddangos mai tynnu coes oedd o. Mi fasa byd Pat ar chwâl heb Margaret, ac roedd o'n ddiolchgar am bob diwrnod o'i chwmni a hithau ar ei thrydydd mis o gemotherapi. Oedd, roedd gan bawb ei groes fel dwedodd Sali. Cododd ei aeliau ar Lena efo'i wên sebon meddal yn gobeithio y câi wybod mwy. 'Trouble at mill?'

'Ella.' Llyncodd Lena'r coffi du oedd o'i blaen ar ei dalcen. Gwnaeth ei chwerwder iddi gau ei llygaid ac ysgwyd ei phen yn chwyrn fel tasa hi newydd gymryd swig o jin heb donic.

'Take care now.' Bron na allai Lena weld y marciau cwestiwn yn hofran uwchben Pat, a fyntau'n ysu i'r gath gael ei gadael o'r cwd.

''Dach chi'n siŵr y byddwch chi'n iawn Anti Sali? Dwi'n casáu eich gadael chi fel hyn ar 'ych pen eich hun.'

'Byddaf neno'r tad, dos di. Dwi'n dallt siŵr iawn,' meddai ag awgrym cil llygad. 'Cofia decstio i adael i mi wybod pryd fyddi di 'di gorffen.'

'Pwy a ŵyr faint gymrith hyn.' Pwysodd Lena dros ysgwydd Sali a sibrwd mor dawel ac y gallai, gan wybod

bod ei chyfrinach yn gwbl saff, 'Ma'n nhw 'di ffeindio'r babi.'

'Bobol bach, yn lle?'

'Yn y Metro ym Methesda.'

'Rhyngot ti a mi a'r pared Lena fach.' Gwasgodd Sali ei nith yn dynn am ddwy eiliad a hanner cyn ei gollwng ar ei hynt.

5

Newidiodd Lena i'w hiwnifform yn nhoiledau'r gwesty a chlymu ei gwallt yn ôl mewn cynffon ferlen frysiog. Roedd y car patrôl yn disgwyl amdani tu allan i'r Grace Club a Jeff y gyrrwr yn barod i fynd. Eisteddodd Lena yn y sedd gefn ac estyn am yr i-pad oedd ar y gadair. Teipiodd ei chyfrinair yn sydyn, ei bysedd yn llithro dros y bysellfwrdd mewn *glissando* perffaith. Cyfrinair oedd hwn, na welodd yr FBI ei debyg o'r blaen. 'Beganifs1' – ni fyddai haciwr mwyaf medrus y byd yn gallu dyfalu hwnna.

You can take the girl out of Waunfawr . . .

Ymddangosodd y brîff ar y sgrin yn syth. Wrth ei ddarllen, teimlai weddillion y ddau wydriad o win yn diflannu o'i system, wrth i'r alcohol anweddu i'r aer. Yfodd botel o Gator Aid mewn un cegiad bron, er mwyn rhoi chwistrelliad go dda o siwgr i'r gwaed.

Rhyw ugain munud roedd hi'n gymryd i gyrraedd Bethesda fel yr hed y frân. Tref fechan gosmopolitaidd oedd hi i'r gogledd orllewin o'r brifddinas, gyda Route 355 yn arwain yn handi o *downtown* Washington i'w chwr isaf. Ers rhai blynyddoedd bellach, roedd Bethesda wedi datblygu i fod yn noddfa i griwiau ariannog D.C. wrth i fflatiau drudfawr ac unedau busnes godi dros nos fel taglys yn glymau i gyd ar bob cornel. Am eu bod nhw'n gweithio i'r FBI roedd gan Jeff

ganiatâd i dorri'r cyfyngiad cyflymder, a dyna wnaeth o
ag arddeliad! Gwibiodd heibio i draffig linc-di-lonc Rock
Creek Parkway a'r Potomac a redai yn y pellter ar y
chwith. Doedd tryciau ddim yn cael teithio ar hyd y
barcffordd hon felly roedd hi'n weddol dawel, ond mi
oedd hi'n llawer prysurach wedi iddyn nhw ymuno â'r
ffordd gyflym i ganol Bethesda. Ar hon roedd y
wagenni'n gewri – rhai yn fwy nag ambell dŷ yn
Waunfawr.

Doedd y wybodaeth ar y sgrin fach ddim yn gwbl
newydd, wrth gwrs. Roedd Lena'n eithaf cyfarwydd â'r
holl fanylion yn barod a hithau wedi ei phenodi'n un o'r
swyddogion cyswllt teulu. Bu'n aros yng nghartref y
teulu bach ym mhen uchaf Bethesda am dridiau'n
ddi-dor. Roedd y rhieni ifanc yn byw mewn fflat gyfyng
llawr cyntaf yn ardal Lakeview. Annedd dwy lofft, efo
cegin, ystafell ymolchi a lolfa fechan heb olwg o lyn yn
agos at y lle er gwaetha'r enw. Dyma un o'r llefydd
rhataf i'w rhentu yn y dref, oedd yn dod o dan gynllun
tai cyhoeddus Obama i ddarparu tai fforddiadwy. Roedd
y tad yn gweithio yn Walmart a'r fam hyd at dridiau
cyn yr enedigaeth yn gymhorthydd mewn meithrinfa.

Wrth reswm, doedd dim posib cysuro'r ddau. Roedd
eu byd, oedd mor newydd ychydig ddyddiau ynghynt,
bellach yn deilchion. Dros y tridiau, yfodd Lena alwyni
o goffi poeth a the rhew yn eu cwmni. Eisteddodd ar eu
soffa am oriau'n disgwyl i'r ffôn ganu a chydwylio'r
sianeli newyddion niferus, lle'r oedd stori'r babi coll
wedi codi uwchben creisis y dwyrain canol ym mhob
bwletin. Dafliad carreg o'r fflat roedd swp o ohebwyr a
faniau lloeren wedi gosod eu stondinau ers dyddiau.
Byddai Lena'n cael rhyw foddhad rhyfedd o sefyll wrth
ffenest y gegin (oedd yn edrych drostyn nhw), ac fel yr

oedden nhw'n darlledu'n fyw roedd hi'n cael rhyw ysfa i godi dau fys rhwng y cyrtens, ond wnaeth hi ddim. Doedd y tad ddim mor bwyllog, ac mi fu rhaid i Lena ei atal rhag mynd atyn nhw i roi pryd o'i dafod am daenu eu llysnafedd fel malwod ar garreg ei ddrws. Chwilio oedd o, wrth gwrs, am rywun i gymryd y bai am fod ei fyd ar chwâl, ac mi oedd y gohebwyr cystal cocynnau hitio â neb – am y tro.

Pan nad oedd y newyddion yn cadw sŵn, byddai'r ddau'n gwylio'r sianeli crefyddol rif y gwlith, lle'r oedd Iesu Grist wastad yn 'awesome' neu'n 'wicked'. Cawson nhw gysur sylweddol yn gwylio un sianel yn benodol – JCTV oedd fel rhyw MTV i efengylwyr, yn cynnwys fideos cerddorol a chyfweliadau efo enwogion wedi cael tröedigaeth. Am ryw reswm bisâr arwyddgan y sianel oedd un o diwns enwoca'r grŵp A-ha o bawb – 'The sun always shines on TV' ond eu bod yn newid y 'sun' i fod yn 'son', hynny yw, y Mab Bendigaid. Roedd y gytgan yn mynd ar nerfau Lena ac roedd hi'n methu'n lân â deall sut roedd unrhyw un call yn medru dioddef y ffasiwn rwtsh. Nid y fflat yma oedd y lle i gael trafodaeth ddiwinyddol fodd bynnag, a gan na allai Lena gynnig atebion, waeth oedd iddyn nhw gymryd cysur mewn gweddi ddim.

Roedd y cwpl yn fengach na Lena, yn eu hugeiniau hwyr, ond eto roedd ganddyn nhw gymaint mwy o brofiadau bywyd na hi. Roedden nhw wedi priodi a chael babi. Llwybr y penderfynodd Lena na fyddai fyth yn ei gerdded. Roedd hi'n ddigon hapus i fod yn ddigymar, gan wybod yn dawel bach na fyddai hi byth yn ddigon cryf i ymdopi â'r cariad anhygoel oedd ynghlwm â bod yn rhiant. Roedd ganddi ofn caru rhywun mor enbyd nes ei fod o'n brifo. Roedd hi'n

50

ddigon gofidus fel modryb heb sôn am fod yn fam. Mi fuodd y tridiau diwethaf yng nghanol storm y cwpl yma'n ddigon o brawf iddi ei bod hi wedi gwneud y penderfyniad iawn. Fyddai Lena byth yn gallu ymdopi â'r ing o golli plentyn.

Roedd y poen a welodd yn y tŷ hwn yn boen na welodd erioed o'r blaen. Roedd o'n wewyr dirdynnol, na allai rhywun ei gymharu â dim arall. A'r ofn hwnnw'n cael ei danlinellu wrth i ddau batshyn gwlyb ymddangos ar grys-t y fam y prynhawn ar ôl i Joe bach ddiflannu. Dwyfron y fam yn llawn ac yn chwyddedig, ei llaeth yn barod, ond ei mynwes yn wag.

Er eu trallod, daeth natur agos-atoch Lena â mymryn o lonyddwch i'r pâr. Yn ystod ei gyrfa mi fuodd ar beth wmbredd o gyrsiau oedd yn ei dysgu sut i drin pobl mewn galar, ond yr hyn oedd yn gweithio'n ddi-ffael, er nad oedd mewn unrhyw lawlyfr, oedd y weithred o gynnig llaw. Roedd hi'n gwybod nad oedd hi i fod i glosio at ddioddefwyr, doedd hynny ddim yn broffesiynol, ond wfftiai'r theori yna i'r pedwar gwynt, gan wybod mai'r cysur gorau ar hyd yr oesau oedd cyffwrdd. Cofiai ei mam yn dweud wrthi gantro fod y bylchau rhwng bysedd person wedi eu creu er mwyn gwneud lle i rywun arall eu llenwi. Wrth i Lena gynnig ei llaw dangosai i'r cwpl bregus nad oedden nhw ar eu pen eu hunain, a'i bod hi'n dweud, heb siarad, y bydden nhw'n dod o hyd i Joe bach.

Er ei gwên deg, roedd hi'n gwybod yn ei chalon, gwaetha'r modd, ei bod hi'n rhaffu celwyddau, achos gyda phob awr oedd yn mynd heibio, roedd y tebygolrwydd o ffeindio'r un bach yn lleihau, a'r tebygolrwydd o'i ganfod yn fyw yn llai fyth. Roedd hi'n cael ei hatgoffa o'r prinder amser bob tro y byddai'n cynhesu llefrith yn y microdon wrth wneud siocled poeth i'r fam. Y rhifau digidol coch yn cyfrif am yn ôl ar y sgrin fach, yn disgyn fesul eiliad i'r mudandod mawr, a Lena'n gwybod bod lwfans amser Joe bach hefyd yn prinhau.

Un ymhlith cannoedd o swyddogion ynghlwm â'r achos oedd Lena. A'i rôl hi o gadw golwg ar y rhieni'r un mor bwysig â gwaith y rhai oedd allan yn chwilio'r meysydd. Gan fod hwn yn ddigwyddiad mor eithriadol, roedd bron iawn pob swyddog yn yr FBI yn cael eu hesgusodi o'u dyletswyddau arferol. Os mai dal terfysgwyr oedd eu gorchwylion arferol, eu blaenoriaeth ar hyn o bryd oedd chwilio am fabi. Prif amcan Lena fel swyddog teulu oedd cynnal a chadw iechyd meddwl y rhieni, ac uwchlaw dim, cynnig gobaith. Nid hawdd o beth oedd hynny a hwythau'n rhwyfo yn erbyn y llanw.

Roedd chwilota am fabi yn anodd ddychrynllyd. Yn gyffredinol, mae pob babi i raddau yn debyg iawn i'w gilydd, ac felly mae cael hyd i un sydd newydd gael ei eni fel edrych am wichyn môr mewn tywod. Haws o lawer ydi cael hyd i blentyn hŷn. Mae gan blant nodweddion corfforol unigryw – fel lliw gwallt neu liw llygaid penodol, plentyn main neu dew, tal neu fyr. Mae'r rhinweddau rheiny wedyn, fel arfer, yn cael eu hamlygu mewn posteri ac mewn lluniau cyhoeddus-rwydd. Daw pobl yn gyfarwydd â gweld craith neu fan geni ar luniau ohonyn nhw ar gefn cartons llefrith ac ati, ac felly o'r herwydd mae pobl yn gwybod am be y dylen nhw fod yn chwilio. Ond, efo babis, maen nhw i gyd fel ei gilydd – am ryw hyd. Yn achos Joe, dim ond rhyw hanner dwsin o luniau oedd ganddyn nhw ohono, a'r rheiny ar y ffôn symudol. Doedden nhw ddim wedi cael llawer o gyfle i dynnu lluniau ohono, felly roedd hi'n anodd iawn adnabod unrhyw nodweddion corfforol oedd ganddo. Dim ond ei ben oedd yn y golwg yn y ffotograffau. Roedd o wedi ei lapio mewn blanced las, yn foel, yn fach ac yn cysgu'n sownd. Doedd neb cweit yn siŵr iawn pa liw llygaid oedd ganddo hyd yn oed.

Yn yr oes oedd ohoni, digwyddiad anarferol iawn oedd yr un yma. Doedd pobl ddim yn dwyn babis fel arfer, nid fel yr oedden nhw ers talwm. Hwyrach y byddai achos fel hwn wedi bod yn fwy cyffredin ddeugain mlynedd yn ôl, pan oedd babanod yn cael eu cipio o ysbytai yn eithaf aml. Ond erbyn hyn, gyda chymaint o gyfundrefnau diogelwch llym mewn lle – breichledau diogelwch, camerâu cadw golwg a larymau mewn cotiau – doedd pobl ddim yn mentro dwyn o ysbytai. Ond tra bo'r maglau modern wedi stopio'r cipio o wardiau, roedd y cwbl wedi arwain at fwy o fabis yn cael eu bachu o'u cartrefi neu mewn mannau cyhoeddus.

Yn ôl y wybodaeth ar y cyfrifiadur o'i blaen roedd y tîm proffilio yn Quantico wedi llwyddo i greu portread amlinellol o'r person roedden nhw'n credu oedd wedi cymryd Joe. Dynes oedd hi debyg iawn, a hithau newydd eni a cholli babi, neu oedd angen plentyn i wireddu ffantasi. Roedd ystadegau'n dangos hefyd ei bod hi yn ôl pob golwg wedi cynllunio'r cwbl o flaen llaw, drwy ymweld â'r fan, neu'r fam, o leiaf unwaith cyn cymryd y plentyn.

Y balŵns oedd ar fai meddai adroddiad cychwynnol y tîm ymchwilio. Y balŵns glas a'r baneri plastig 'It's a Boy' oedd yn cyhwfan ar y feranda o flaen y fflat. Arwydd amlwg i bawb oedd yn byw gerllaw neu'n digwydd pasio fod Joe bach wedi cyrraedd y byd. Hefyd, roedd y dymuniadau da gan griw'r feithrinfa yn y papur newydd lleol yn rhannol gyfrifol. Roedd cyd-weithwyr y fam wedi hel *kindergarten kitty* i dalu am nodyn o longyfarch i'w roi yn y *Bethesda Tribune*, a'r cyfarchiad hwnnw, yn ddiarwybod iddyn nhw, wedi arwain y lleidr at y babi. Roedd ei enw a'i gyfeiriad yn glir mewn du a gwyn i bawb gael gweld.

Cododd Lena ei phen o'r sgrin am eiliad wrth deimlo'r car yn arafu ryw fymryn. Roedden nhw wedi cyrraedd y gyffordd oedd yn eu harwain i mewn i Fethesda. Doedden nhw ddim y bell rŵan o Wisconsin Avenue, reit uwchben yr orsaf Metro.

Sganiodd Lena weddill y wybodaeth. Roedd y crynhoad yn datgan bod yr heddlu lleol wedi cael eu galw ar ôl iddyn nhw gael galwad gan aelod o'r cyhoedd fod dynes yn ymddwyn yn rhyfedd wrth fynedfa'r orsaf toc wedi wyth o'r gloch. Roedd ganddi fabi mewn harnais o bosib am ei brest, gwisgai drowsus tywyll, bŵts sodlau uchel a rhyw fath o siôl drosti. Eglurai'r adroddiadau fod yr helynt wedi dechrau ar ôl i'r peiriant tocynnau awtomatig wrthod derbyn ei cherdyn banc. Roedd lluniau camerâu cylch cyfyng yn ei dangos yn llamu dros y rhwystrau trydan a'i heglu hi i lawr y grisiau symudol gan wthio pawb o'i ffordd er mwyn cyrraedd y gwaelod. Yna, gosododd ei stondin wrth ochr un o'r peiriannau fferins oedd yng nghanol y platfform rhwng y ddau drac, a gwrthod gadael neb yn agos ati. Roedd un deithwraig wedi penlinio wrth ei hochr i gynnig help, a chafodd fraw ei heinioes wrth i'r ddynes efo'r babi estyn cyllell at ei gwddf.

6

Liw nos, ac roedd Bethesda'n tywynnu. Ond yng nghanol gwreichion gwyn y strydoedd roedd sawl golau coch yn eu hatal rhag cyrraedd yn gynt. Wrth stopio am y pumed tro ar Wisconsin Avenue sylwodd Lena ar dŷ bwyta Ffrengig efo'r enw *La Madeleine* mewn print bras ar ei dalcen. Tu allan roedd yna gwsmeriaid yn smocio dan ambaréls a goleuadau tylwyth teg ar y rheiliau rhyngddyn nhw a'r ffordd fawr. Daliodd enw'r adeilad ei sylw. Rhyfedd o fyd a hithau ar berwyl babi coll.

Wrth i Jeff ddiawlio'r goleuadau traffig, mi ddechreuodd sôn wrth Lena am ei fagwraeth ym Methesda. Doedd Bethesda heddiw yn ddim byd tebyg i Fethesda ddoe ei febyd, meddai, wrth basio'r hen bictiwrs oedd bellach yn dŷ bwyta Thai. Yn un o gannoedd o lefydd bwyta ethnig a siopau bwtîc oedd yn dal dwylo dan fwâu o goed llwyfen.

Roedd Lena yn licio'r Bethesda gosmopolitaidd yma er na ddwedodd hynny wrth ei gyrrwr sinigaidd. Doedd y Bethesda yma ddim yn debyg i Fethesda ei phlentyndod hithau chwaith, ond mi gymrodd at y lle o'r dechrau un, gan fod yr enw wedi ei hudo.

Doedd yr enw ddim mor unigryw â hynny chwaith, achos heblaw am y Bethesda gwreiddiol (sef yr un yn y

Beibl) roedd yna un ar hugain o 'Fethesdas' yn yr Unol Daleithiau a Chanada, a'r un yma yn Maryland oedd yr un enwocaf ohonyn nhw i gyd. Eto fyth, yng ngolwg Lena, doedd yr un mor hynod â'r un yn Nyffryn Ogwen. Bethesda Yncl Wil. William Owen, a oedd yn torri'r tafelli teneua o fara erioed, mor denau â thudalennau'r Beibl ar y bwrdd. Roedd ganddo wastad rywbeth i'w ddweud am bawb, ac âi i'r manylder rhyfedda wrth drafod manylion mân ei fywyd. Yn fanno, yn y tŷ teras drws nesaf i'r Douglas Arms, y dysgodd Lena'r grefft o wrando. Sgil buddiol iawn iddi yn ei gwaith heddiw. Tasa Yncl Wil yn dal ar dir y byw, go brin y basai'n coelio ei fod o wedi cyfrannu mor sylweddol at ddatblygiad gyrfaol ei or-nith.

Erbyn hyn roedden nhw ar y ddegfed set o oleuadau traffig oedd yn plagio Wisconsin Avenue ac roedd Jeff a Lena'n dechrau colli 'mynedd.

Mwya'r brys mwya'r rhwystr.

Gorffennodd Lena ddarllen y nodiadau, ac roedd hi felly'n medru cymryd sylw gwell o sylwebaeth ar y pryd Jeff. Mi fyddai wedi bod yn sgwrs hynod o ddiddorol dros beint, ond doedd hi ddim yn addas rywsut a hwythau ar y ffordd i achos mor ddifrifol. Wrth i Jeff bregethu am y newid byd a ddaeth i Fethesda, Maryland, meddyliodd Lena am Gerlan a Rachub, a gallai weld delweddau o Neil Maffia'n canu ar ben y Carneddau yn adlewyrchiad ffenestri'r siopau. Y ddau fel ei gilydd, heb yn wybod, yn hiraethu am Pesda eu plentyndod.

7

Wrth iddyn nhw hwylio at y Metro, mi wnaethon nhw basio'r tîm cadw golwg oedd wedi parcio ochr arall y ffordd. Sylwodd Lena ar gar SUV du ei bòs, Asiant Corey, ac mi barciodd Jeff y car tu ôl iddo. Wedi diolch i Jeff cerddodd yn fân ac yn fuan at gar y giaffar, a gosod ei hun yn y sedd ffrynt. Yno, tu ôl i'r ffenestri duon, eglurodd Corey wrthi eu bod nhw bron iawn yn sicr mai'r babi coll oedd ym mreichiau'r ddynes anhysbys. Eisteddodd y ddau am rai eiliadau mewn tawelwch, yn cloriannu'r hyn oedd ar fin digwydd. Dyn du oedd Corey, jest dros ei hanner cant a phump, yn smart a'i wallt tywyll naturiol cyrliog yn fyr a newydd ddechrau britho. Mi gafodd sawl cynnig i roi'r gorau i'w waith wedi blynyddoedd selog o wasanaeth, ond roedd o'n dweud o hyd y byddai ymddeol yn ei ladd.

Wedi ystyried y sefyllfa am foment, rhoddodd Corey sioc ar y naw i Lena. Gofynnodd iddi hi gymryd rheolaeth o'r sefyllfa ar ei phen ei hun. Roedd o eisiau iddi hi arwain y trafod a'r gosod telerau. Lena oedd am fod yn gyfrifol am geisio adfer y llanast. Doedd hi ddim yn gallu credu'r peth. Doedd hi ddim yn barod i ddelio â sefyllfa mor enbydus.

Teimlai ei throed yn dechrau tapio yn erbyn y llawr, felly rhwydodd ei llaw rownd ei phen-glin i geisio ei stopio. Wrth edrych i lawr ar ei choes, sylwodd ar fathodyn eurog yr FBI oedd yn sgleinio ar ei chrys. Roedd llythrennau bras yn ei styrbio, ac yn dwyn i gof y ddarlith gyntaf yn Quantico ar ôl graddio, a geiriau'r pen-bandit ben llwyfan yn adleisio yn ei phen.

Tra bo eraill yn ffoi rhag peryg, mae'n rhaid i swyddogion yr FBI ei gofleidio.

Bryd hynny dangosodd y darlithiwr gasgliad o reifflau i'r gynulleidfa ifanc. Yn eu mysg, llawddryll a gafodd ei ddarganfod yn adfeilion y World Trade Centre ar 9/11 – dim golwg o'r corff dim ond y gwn. Roedd yna bistol Smith and Wesson efo twll bwled drwy'r canol, a fuodd unwaith yn nwylo asiant a lofruddiwyd mewn cyrch yn Indianapolis. Hefyd SIG Sauer 9mm a gafodd ei ddwyn o afael cyw swyddog cyn i leidr ei saethu ger y Lincoln Memorial. Oherwydd ei phen am ffigyrau roedd Lena'n cofio'n iawn mai pymtheg gwn oedd yna i gyd, a phymtheg enw. Un deg pump o swyddogion wedi eu lladd ar ddyletswydd.

Odrifau afiach.

Wrth bensynnu am y pymtheg hynny, meddyliodd am ei ffawd ei hun. Yn ôl pob golwg, nid gwn oedd gan ddynes y Metro, ond mi allai cyllell fod yr un mor farwol. Daeth yr hel meddyliau i ben diolch i dwrw rhyw bopian plastig ym mhoced côt ei phennaeth wrth i Corey estyn tabled wen yn gyflym i'w geg. Roedd rhoi'r gorau i'r fferins nicotin yn fwy o frwydr iddo na'r orchest o stopio smocio. Roedd o'n gaeth iddyn nhw, ac yn eu llowcio fel tasan nhw'n dda-da. Wrth gnoi'r belen sticlyd o nicotin, dwedodd fod rhaid i Lena gamu i'r adwy. Cymrodd Lena goblyn o anadl cyn ei chwythu'n araf drwy wefus siâp twnnel, a'i llygaid wedi cau yn dynn.

Cododd y ddau o'r car heb ddweud gair pellach a cherdded at brif fynedfa'r orsaf. Roedd hi'n noson braf a chymanfa nosweithiol arferol y pryfed tân yn telori o'u cwmpas. Sylwodd Lena ar oleuadau'r gwestai a thai bwyta cyfagos yn goleuo tameidiau bach o'r awyr o dan y lloer wrth i awel fwyn mis Mawrth fwytho'i thalcen. Dyma noson ola' leuad Bethesda, Maryland yn ei hanterth.

Cerddodd yn ei blaen yn crynu fel cyw mewn dwrn.

8

Os oedd Lena fel cyw yn crynu, roedd Asiant Corey fel gwylan falch yn ei got ddu laes, ei frest o'i flaen a'i ddwylo wedi clymu tu ôl i waelod ei gefn. Edrychodd i lygaid y fflachiadau oedd yn tasgu atyn nhw o gyfeiriad corlan y wasg. Hwythau oll yn fwndel blêr tu ôl i dâp melyn yr heddlu yn awchu ar ôl sniffian sgandal. Gwyrodd Lena ei phen i osgoi eu mellt wrth frasgamu tua'r fynedfa. Sylwodd Lena ar y sticeri ar ochrau'r camerâu – CNN, Fox News, Sky, a'r Washington Post. Mi fydd pawb a'i nain yma cyn hir mwmiodd dan ei gwynt. Cyn cyrraedd y prif ddrysau roedd rhaid i'r ddau basio rhes o ffowntens bach oedd yn eu gwahanu nhw a'r gynulleidfa, ac yn sydyn reit mi foddodd berw clecian y camerâu yn sŵn y dŵr.

Roedd y Metro'n byw yn un o ardaloedd busnes prysura'r dref o dan Wisconsin Avenue. Wedi ei godi yn saithdegau'r ganrif ddiwethaf, roedd yn frown ac yn fawr. Yn ddiweddar roedd yna drafod mawr wedi bod am foderneiddio'r safle. Doedd pawb, fodd bynnag, ddim eisiau gweld y cwt trêns yma yn cael mêc-ofyr, gyda theithwyr talog yn dadlau mai gwella'r gwasanaeth ar y traciau fyddai orau, nid adfer estheteg y lle.

Brysiodd Corey a Lena heibio Dunkin' Donuts a Taco Bell. Roedd hi fel y bedd yno, achos fod yr heddlu wedi gorfod gwagio'r adeilad mor annisgwyl. Roedd y trenau'n dal i redeg, ond doedden nhw ddim yn cael stopio yn yr orsaf am y tro. Brysiodd y ddau drwy'r tollfeydd tocynnau yn ddi-lol am fod y peiriannau wedi eu diffodd, nes cyrraedd top y grisiau symudol oedd yn arwain lawr at y platfform. Dyma un o'r grisiau hiraf o'u bath yn hemisffer y gorllewin, a theimlodd Lena fymryn o bendro wrth edrych i lawr fel tasa hi ar dop rhyw geunant uchel. Er iddi gael ei magu yn Eryri, ymysg y mynyddoedd mawr, roedd hi wastad wedi dioddef ychydig bach o agoraffobia, ac roedd y gwaelod i'w weld yn ofnadwy o bell. Ond o leiaf doedd y grisiau ddim yn symud.

'Llandybie heb ddweud ie, Dros y ffyrdd neu dros y caea,' sibrydodd ddwywaith yn y dirgel. Roedd yr uchder yn ei hatgoffa o'r rhaglen deledu *Siarabáng* a ddaeth i'r Felinheli unwaith a hithau'n tua deg oed. Bu'n ymarfer am ddyddiau sut i beidio dweud 'Ia' yn unol â rheolau'r gêm, er mwyn peidio cael ei gwthio lawr y llithren ddŵr enwog. Mi ddaeth ei thro wedi ciwio am oriau efo'i ffrindiau, ond ar ôl cyrraedd y top mi ddechreuodd banicio, ac mi fuodd rhaid i Gari Williams, y cyflwynydd, ei hebrwng i lawr.

Be sy' haru chdi hogan – ti 'di cerdded Crib Goch. Mi fedri neud hyn.

Cydiodd yn dynn yng nghanllaw'r grisiau, a chamu'n ofalus ar y ris gyntaf. Roedd y cyfuniad o benysgafnder a chyffro'n gwasgu ar ei stumog, a theimlai ei thu mewn yn tynhau fel sbring yn barod i'w ddatod.

Hwn oedd y cyfle y buodd hi'n breuddwydio amdano ers cyrraedd yr FBI. Ei thro hi i gymryd rheolaeth ac i ddangos i bawb ei bod hi'n haeddu ei lle yn yr adran. Ei

61

chyfle i brofi i'w mam ei bod wedi canlyn y trywydd iawn, a dangos i'w thad, lle bynnag y bo, ei bod hi'n cadw ei fflam o ynghyn.

Plismon roedd ei thad eisiau bod, er nad oedd neb o'r teulu yn sôn am y peth byth. Cafodd Lena hyd i lun ohono mewn gwisg heddwas yn un o'r hen albymau roedd ei mam yn eu cuddio yng nghefn y seidbord. Roedd ymylon y ffoto wedi melynu dan blastig crychiog, a digiodd Lena efo'i mam am gadw'r llun mewn albwm gludiog yn hytrach na chael lle teilwng mewn ffrâm. Tua phump oed oedd hi pan welodd hi'r llun am y tro cyntaf, ac roedd darganfod mai breuddwyd ei thad oedd bod yn blismon yn beth cyffrous. Roedd hwn yn llun hyfryd ohono, edrychai mor smart. Methai Lena â thynnu'r llun o'r albwm am ei fod wedi glynu wrth y ddalen oddi tano. Roedd rhaid iddi gael help ei chwaer, ac roedd Naomi wedyn yn cadw sŵn fod Lena wedi gwneud llanast. Doedd Magw ddim yn hapus, nid oherwydd y blerwch, ond yn hytrach am fod Lena yn dechrau dod i nabod ei thad.

Mi fuodd y llun wrth ochr ei gwely fyth ers hynny. Diflannodd yr ymylon melyn o dan ffrâm arian a brynodd efo'i harian 'Dolig o siop Nelson yn dre. Byddai Lena wastad yn meddwl tybed be oedd tu hwnt i ochrau'r llun? Oedd rhywun yn yr esgyll yn disgwyl i gael tynnu'i lun hefyd? Beth oedd yr olygfa tu ôl i'r camera, a phwy bwysodd y glicied? Oedd hwnnw neu honno'n dal ar dir y byw?

O ganlyniad i ffeindio'r llun yma, sylwodd Lena nad oedd unrhyw lun arall o'i thad o gwmpas y tŷ. Ac felly dechreuodd chwilio. Chwilio am luniau a chwilio am ei thad rywsut. Buan y daeth i ddeall bod digon o luniau ohono mewn bocsys o dan y gwlâu, ond doedden nhw ddim yn cael eu harddangos. A'r rheswm am hynny oedd amharodrwydd ei mam i gael ei hatgoffa ohono. Wedi'r cwbl, fendiodd ei chalon fyth wedi iddi gael hyd iddo'n farw yn eu hystafell wely ar ôl iddo'i saethu ei hun. Ac wrth i Lena barhau i chwilio am olion a chliwiau amdano, cafodd flas ar fod yn dditectif am y tro cyntaf.

Yng nghefn un drôr yn y parlwr, ffeindiodd amlen Fujifilm oedd yn llawn o luniau bach niwlog. Roedd un penodol ohoni hi'n fabi ychydig fisoedd oed mewn dŵr llaethog yr olwg yn sinc y gegin gefn. Yn ei dal yn saff roedd un llaw gadarn rownd ei gwar a'r llall rownd ei chefn. Breichiau blewog oedden nhw, ac ôl gwyn watsh yn amlwg uwch yr arddwrn. Er nad oedd ei wyneb yn y golwg, ei thad oedd hwn. Stydiodd ei freichiau efydd, a'i gyhyrau solet oedd yn ei chadw hi'r babi rhag niwed. Yn hwn, gwelodd Lena gariad ei thad mewn congl llun.

Bu'n chwilota byth wedyn am ddarnau ohono mewn wardrobs a seidbords, a chafodd hyd i ambell beth, fel ei dystysgrif geni a lluniau ohono'n fychan yn Nyffryn Clwyd. Roedd o'n edrych yn blentyn bodlon er na chafodd o'i fagu gan ei fam go iawn. Wedi cael ei fabwysiadu oedd o. Mabwysiadu o fewn y teulu ar ôl i berthynas pell feichiogi heb briodi. Ac er bod y ddynes a roddodd enedigaeth iddo o'r un gwaed â'i deulu mabwysiedig, chafodd o erioed ei chyfarfod hi.

Roedd ei fagwraeth yn un hapus iawn yn Henllan ger Dinbych, dim ond fo a'i dad yn byw mewn un tŷ ac yna drws nesaf ei ewythr a'i ferch o – Sali. Er bod Sali gymaint yn hŷn nag Elwy roedd llawer o luniau ohonyn nhw efo'i gilydd. Roedd Lena'n hoffi hynny.

Dros y blynyddoedd mi ddaeth y ditectif bach o hyd i ddarnau helaeth o jig-so ei thad yma ac acw o gwmpas Parc Villa, ond doedd Dad go iawn ddim yng nghefn unrhyw ddrôr.

Dau ddeg pedwar oedd Elwy pan gafodd y llun ohono fel plismon ei dynnu. 'Elwy Price, Police Training College, Cwmbran 1975' oedd ar gefn y llun, a'i ysgrifen o oedd hwnnw. Yn aml iawn byddai Lena'n agor cefn y ffrâm jest er mwyn edrych ar y llawysgrifen. Sgwennu sownd twt oedd o, efo lot o hŵps. Llawysgrifen lawer rhy daclus i ddyn, ac mi ddotiai Lena fod gan ei thad ysgrifen mor ddestlus.

Ar y pryd roedd o wedi gadael Ddyffryn Clwyd a'r ffarmio a'i throi hi am Gwmbrân i fynd i'r coleg oedd yn hyfforddi darpar blismyn. Roedd o'n dlws ac yn ifanc, a'r dyhead yn disgleirio yn ei lygaid gwyrdd. Meddyliai Lena'n aml tybed sut olwg fyddai ar ei thad yn sefyll o flaen Parc Villa yn ei wisg plismon, fel soldiwr yn amddiffyn ei gaer, ac yn bennaf oll, yn ei gwarchod hi. Y gwir amdani oedd na fuodd Elwy erioed yno i'w hamddiffyn rhag drwg, ac roedd hynny'n brifo.

Paid â holi babi doli, gei di wybod bore fory. Dyna fyddai ei mam yn ei ddweud bob tro y byddai ei merch fach awchus yn holi am ei thad. Cafodd wybod ymhen hir a hwyr mai Naomi oedd ar fai na lwyddodd o i orffen yr hyfforddi. Roedd rhaid iddo adael Cwmbrân i ddod adref at ei ddyweddi feichiog. Cefnodd ar y cymoedd yn fuan iawn ar ôl cyrraedd yno, gan ddychwelyd yn ôl i'r gogledd heb ei *custodian helmet,* at Magw, i chwarae mamis a dadis.

Mi fuodd yn dad da i Naomi am dair blynedd, ond chafodd o fawr o gyfle efo Lena. Os oedd ffraeo rhwng y ddwy byddai Naomi wastad yn chwarae'r cerdyn ei bod hi'n nabod Dad yn well na Lena, ac roedd hynny'n brifo. Blwyddyn ac ychydig fisoedd fuodd y ddau ar y ddaear efo'i gilydd, a doedd Lena'n cofio dim. Roedd hi'n trio cofio weithiau, yn trio cofio drwy'r lluniau. Gosododd hi Elwy ar bedestal gan hiraethu'n dawel am ddyn na welodd yn iawn erioed. Ac er mwyn bod yn driw i'w thad, rhoddodd ei bryd plentyn bach ar fod yn blismones hefyd.

Chafodd Elwy erioed y cyfle i'w gweld hi a Naomi'n cocsio bod yn Cagney a Lacey rownd y tŷ, gan garcharu dynion drwg tu ôl i'r soffa ac yn y cwpwrdd tanc. Wyddai o ddim chwaith fod doliau clwt Lena i gyd ar y clwt, am fod yn well ganddi chwarae efo gynau a chyffion plastig.

Gwireddodd Lena y freuddwyd, a deugain mlynedd ers dyddiau ei thad yng Nghwmbrân, hi oedd bellach yn gwisgo iwnifform. Iwnifform yr FBI.

9

Roedd grisiau symudol y Metro yn anferth. Doedden nhw ddim yn symud, diolch i'r drefn, ond wrth edrych i lawr, roedd llawr y platfform fel petai'n crynu, wrth i'r bendro gydio. Edrychai'r concrit fel dŵr du yn ewynnu dros yr ymyl i'r traciau, a gallai Lena weld yr heddlu lleol yn un fflyd ger y peiriant fferins. Gwelai hefyd y ddynes dan sylw yn eistedd ar y llawr a'i phen yn gwyro i'w chôl efo'i breichiau wedi eu lapio rownd ei bol. Doedd neb yn eistedd efo hi, ac roedd yna fwlch o ryw ddwy fetr rhyngddi hi a'r tâp melyn. Rhaid bod y babi'n cysgu achos doedd yna ddim siw na miw o'u cwmpas.

O gyfeiriad y platfform roedd yna arogl *disinfectant* garw ac oglau piso'n dod i fyny 'run pryd. Ac er bod sawl galwyn o ddiheintydd wedi ei fopio dros y llawr debyg iawn, roedd oglau'r piso oddi tano'n llawer cryfach. Trodd Corey rownd, a nodiodd. Yr amnaid honno'n dweud heb eiriau ei fod o'n ymddiried yn Lena'n llwyr. Gwyddai hithau ei fod o'n rhoi ei ben ar y bloc drwy roi'r cyfrifoldeb yma ar ei hysgwyddau; wedi'r cwbl dim ond cyw prentis oedd hi. Mi fyddai rhai o'i chyd-swyddogion yn siŵr o waredu ei bod hi'n cael fy fasiwn gyfle ar ôl cyn lleied o amser yn yr adran.

Siarsiodd Corey hi i roi'r gorau i rwbio'i thalcen. Doedd Lena ddim hyd yn oed wedi sylwi ei bod hi'n gwneud hynny. Roedd y rhwbio'n arwydd di-gêl ei bod hi'n cwffio â'i hansicrwydd. Ceryddodd ei hun am ddangos ei hofnau'n gyhoeddus. Mi ddylai hi wybod yn well na bradychu ei hun, yn enwedig â Corey'n arbenigwr ar iaith y corff. Mae anwesu darn o groen yn batrwm cyffredin pan fo rhywun yn chwilio am gysur, ymateb greddfol ydi o i gais yr ymennydd i chwilio am rywbeth i'w leddfu. Doedd Lena ddim yn un am ddangos gwendid fel arfer, ond roedd y sefyllfa yma, a'r cyfrifoldeb oedd o'i blaen, wedi gwneud iddi anghofio'i hun. Roedd hi ar bigau, a'i hymennydd yn annog ei chorff i wneud rhywbeth i'w thawelu. Rhwbio'i thalcen gyda'i thri bys canol oedd ei chysur hi bob tro, a'r mwytho'n gostegu mymryn ar y storm fewnol. Tynnodd ei llaw i lawr o'i thalcen reit handi, a'i dynnu ar hyd ei gwregys i wneud yn siŵr fod popeth yn ei le, gan gynnwys y Glock 22. Gwthiodd hwnnw'n is i boced y belt, i sicrhau na fyddai'n disgyn. Roedd hi wedi gafael yn y gwn yma yn ddyddiol ers graddio, ac mi fyddai rhywun wedi dychmygu iddi ddod i arfer â gwneud hynny, ond roedd ei gyffwrdd, yn ddieithriad, yn ei hatgoffa o'i thad, ac yntau wedi tynnu'r glicied at ei dalcen ei hun.

Nodiodd ar Corey, gan ddweud heb siarad ei bod hi'n barod.

Naill ochr i'r ddau wrth gerdded lawr y grisiau symudol llonydd, roedd yna oriel answyddogol o sloganau blith draphlith, ac mi ddaliodd un ohonyn nhw ei sylw. 'We all bleed the same colour'. Roedd y gair 'bleed' mewn coch a'r gweddill yn ddu. Cytunodd Lena'n dawel â'r gosodiad, gan ystyried am eiliad pwy oedd yn gyfrifol am chwistrellu'r gwirionedd yma. Gawson nhw eu dal? Gawson nhw gosb am ddweud y gwir? O leiaf roedden nhw wedi gadael marc, yn dangos eu bod nhw'n bod.

O nunlle daeth awel gynnes i fyny'r grisiau, a rhyw oglau cyfarwydd yn gorchfygu'r drewdod piso. Oglau trên, fel oglau tamp cyn storm, a'r gwynt ysgafn oedd yn dod i'w ganlyn yn siffrwd rhwng y blew mân ar ei thalcen.

Un deg pump, un deg pedwar, un deg tri, un deg dau, un deg un, deg, naw, wyth, saith, chwech, pump, pedwar, tri, dau, un.

Roedd Lena yn llygad ei lle. Pymtheg eiliad roedd hi'n cymryd o'r chwa gynnes gyntaf ar foch nes bod y trên yn cyrraedd. Ac mi ddaeth, gan saethu drwy'r orsaf fel blaen beiro ar ôl clicio'r top. Diflannodd i'r twnnel yn llawer rhy gyflym i Lena allu gweld tu fewn, nac i'r teithwyr weld tu allan. Fflachiad mewn stribyn ffilm, ffilm fer iawn – dyna'r cwbl. Meddyliodd Lena am y teithwyr yn anniddig eu byd tu fewn i'r trên oherwydd y newid dirybudd yn yr amserlen, a'r holl anghyfleustra yr oedd hynny'n ei achosi i'w cynlluniau.

Cyrhaeddodd y ddau'r platfform wrth i din y trên ddiflannu i ddüwch y twnnel. Cerddodd Corey at y criw dethol o blismyn y cylch, gan nodio'n werthfawrogol ar bob un. Doedd yr heddlu lleol fel rheol ddim yn estyn deheulaw cymdeithas i'w cyfeillion yn yr FBI. Doedden nhw ddim yn licio nhw'n landio ar eu tiriogaeth a tharfu arnyn nhw, fel brawd mawr oedd wastad yn gwybod yn well. Ond, mewn achos fel hwn, pan oedd plentyn mewn perygl, roedden nhw'n gorfod gollwng eu rhagfarnau dros dro.

Aeth Corey a Lena at Shaun Lounder, Prif Swyddog

y llu, er mwyn iddo fo eu rhoi nhw ar ben ffordd. Holodd Corey faint o'r sgwad leol oedd â phrofiadau yn ymwneud â gwystlon. Atebodd yntau fod y rhan fwyaf ohonyn nhw wedi bod ynghlwm ag ambell ladrad banc neu garej ochr ffordd, ond dim byd fel hyn o'r blaen. Gofynnodd wedyn pa arfau oedd wrth law. Ambell Glock atebodd yntau, tua dwsin o ynnau reiat *twelve-gauge,* a thu ôl i'r posteri plastig ar ben arall y platfform roedd yna bedwar swyddog efo'u M-16s. Credai Shaun Lounder fod ganddo rai o saethwyr cudd gorau'r wlad ar y platfform yn barod amdani.

Eglurodd Corey wrth Lounder mai Lena oedd yn mynd i siarad efo'r ddynes, a bod angen gwneud yn siŵr nad oedd unrhyw un ymyrryd yn y trafod. Rhybuddiodd Corey hefyd nad oedd am weld neb yn codi arf heb ei ganiatâd, ac nad oedd neb i fygwth saethu ar unrhyw gyfrif rhag ofn i bethau droi'n flêr heb angen. Un o reolau aur yr FBI oedd mai saethu i ladd oedd yr unig saethu y caen nhw ei wneud. Doedd codi gwn i stopio person rhag ffoi ddim yn dderbyniol. Doedd Lena erioed wedi saethu person o'r blaen, a doedd hi ddim yn bwriadu dechrau heno.

Gwrandawodd pawb yn astud ar gyfarwyddiadau Corey, a gallai Lena deimlo anesmwythder DI Lounder am nad ceiliog pen domen mohono heno. Ar y slei, bu'r ddau'n bwrw golwg dros ei gilydd. Sylwodd Lena ei fod o wedi addurno'i hun ar gyfer yr achlysur efo homar o *aftershave* cryf, oedd yn fwy o ddrewdod y Dollar Shop na Hugo Boss. Ac yn gorwedd uwchben ei wefusau cigog roedd ganddo fwstás tenau du a *goatee* yr un lliw yn fframio'i ên. Methai Lena ddirnad pam y byddai rhywun yn dewis tyfu mwy o flew nag oedd rhaid, a hithau'n trio cael gwared â blewiach diangen orau fedrai hi. Yn ogystal â chroen ei din ar ei dalcen roedd ganddo hefyd ambell dwll wyneb lleuad, ôl brech yr ieir pan oedd o'n blentyn debyg iawn. Sylwi ar lygaid brown Lena wnaeth o, oedd mor dywyll nes eu bod bron yn ddu, ac yn cyd-fynd â sawl smotyn harddwch o gwmpas ei gruddiau. Melltithiodd ei hun am adael i'w lygaid weld ei thlysni.

Aeth Corey yn ei flaen i ddweud mai Lena oedd un o'r goreuon yn ei maes, ac mai hi oedd y person gorau posib i gymryd yr awenau heno. Gwridodd hithau yn sgil sylwadau gorganmoliaethus diangen ei rheolwr. Sganiodd Shaun Lounder hi o'i 'sgidiau i'w chorryn, a'i osgo'n dangos i bawb ei fod o'n amheus o benderfyniad Corey. Wrth i'r canmol ddod tua'r terfyn, clapiodd yn araf dair gwaith. Hen gena' sbeitlyd meddyliodd Corey gan edrych yn ddu arno cyn parhau â'i araith. Wyddai Lounder y nesaf peth i ddim am Lena, doedd o erioed wedi ei chyfarfod o'r blaen, ond roedd un peth yn siŵr – doedd ganddo fawr o dryst ynddi. Ers erioed roedd ganddo chwiw am ferched mewn awdurdod; yn ei dyb o doedd y peth ddim yn iawn rywsut.

Os oedd Lena yn ddibrofiad, roedd o, Lounder, wrth gwrs yn hen law, ac roedd o am i Corey wybod hynny. Ac o fewn hanner munud mi grynhodd ei orchestion arwrol i gyd. Gyda'i lyfr nodiadau yn un llaw a beiro yn y llall roedd fel petai'n darllen rhestr siopa, yn rhestru ei gampau'n achub gwystlon bregus mewn banciau, bariau a bysus. Roedd o, meddai'n hyderus, yn gwybod sut i daro bargen bol clawdd efo bob siort. Curodd Corey waelod ysgwyddau'r DI yn dyner, fel prifathro'n canmol bachgen ysgol am ddarllen yn y gwasanaeth. Ond doedd waeth pa mor honedig brofiadol oedd o, dim fo oedd yn rhoi'r ordors heno. Gwgodd Lounder am fod cyw dryw mor ddibrofiad â hon wrth y llyw. Doedd hiena'r haid heb arfer dilyn gorchmynion, dim ond eu gosod. Lounder oedd cachgi'r jwngl yn llechu yn y cefndir, cyn camu yn ei flaen i gymryd ei siâr o'r bri.

'No accidents.That's all.' Corey oedd yn dweud.

'Yessir,' atebodd Lounder, wrth droi ar ei sawdl a daeth rhyw rochiad tebyg i 'Fuck you' o'i enau cyn diflannu dan ei goler.

Cerddodd yn ôl at ei gatrawd gan godi ei aeliau. Ymsythodd ei filwyr yn barod am y frwydr. Clywodd Lena fo'n mwmian rhywbeth amdani hi o dan ei wynt. Clywodd yn glir y geiriau *blue flamer*. Y term bychanus hwnnw sy'n cael ei ddefnyddio i ddisgrifio'r fflamau glas a ddaw o dinau cywion brwd yr FBI. Wfftio gorchymyn Corey i beidio saethu oedd o wedyn, gan ddweud yn dawel wrth un o'i griw, ond yn ddigon uchel i bawb arall glywed hefyd, mai 'bollocks' oedd dal yn ôl, ac mai'r unig ateb weithiau oedd saethu.

Wedi i'r brych fynd, cytunodd Corey a Lena mai'r ddau brif nod oedd cadw pawb yn ddiogel, y gwystl a'r cipiwr, a gwneud yn siŵr fod y siarad rhyngddyn nhw'n llifo. Atgoffodd hi, tasa pethau'n troi'n chwerw, a'r ddynes yn ei bygwth hi'n uniongyrchol efo'r gyllell, yna mi fyddai gan Lena hawl i'w saethu. Ar yr amod cwbl bendant hwnnw ei bod hi'n amddiffyn ei hun, dameg y *Second Amendment*.

Cymrodd yr arweinydd gip olaf dros y platfform i wneud yn siŵr fod ei gerddorfa i gyd yn eu lle cyn anfon Lena i ffau'r llewod. Gwelodd fod pawb wedi tiwnio ac yn barod amdani. Y tîm trawma yn eu lle, y camerâu cylch cyfyng yn recordio, a'r golau coch yn goleuo ar gamerâu arbenigol oedd yn ffilmio o bob ongl. Gofynnodd Corey i Lena unwaith yn rhagor a oedd hi'n barod. Nodiodd. Wrth ei hochr roedd yna beiriant arcêd Mickey Mouse. Un o'r rheiny efo crafanc fetel tu fewn i gas gwydr sydd wastad jest iawn â chydiad mewn tegan, ond sy'n gollwng gafael cyn i'r llaw ddur godi. Edrychodd yn ei blaen a gobeithio na fyddai Joe bach tu hwnt i'w gafael hi.

Ystumiodd Corey i gyfeiriad Lounder i ddweud wrtho fod y sioe ar fin dechrau, a throdd Lena ei golygon tuag at y ddynes.

10

Teimlai fod pob llygad yn y lle'n llosgi tyllau bach yn ei chrys polo, drwy'r fest atal bwledi at ei chroen. Daeth yr amser iddi afael ynddi a rhoi heibio'i hemosiynau a'i hofnau. Edrychodd yn ei hôl unwaith yn rhagor cyn cychwyn. Roedd curiad calon Corey yn dyrnu yng ngwaelod ei wddf fel ysgwyd adenydd aderyn bach, wrth i'w gyw dryw o gymryd ei chamau cyntaf.

Plygodd Lena ei phen o dan y tâp melyn a cherdded yn ei blaen. Roedd y ddynes yn ei chwman ar y llawr wedi ei chrymanu tuag at yr un bach. Roedd Lena wedi meddwl y basa hi wedi codi ei phen i edrych arni, ond symudodd hi'r un blewyn.

Nesaodd ati yn araf deg bach, yna pan oedd hi tua throedfedd oddi wrthi plygodd i'w chwrcwd. Symudodd y ddynes ddim modfedd. Gofynnodd Lena iddi a oedd hi'n iawn.

Dim ateb.

Am eiliad, ystyriodd Lena tybed a oedd y ddynes yn fyw. Ella ei bod hi wedi gwneud amdani'i hun efo'r gyllell heb i neb sylwi. Chwalwyd y chwilen honno, wrth drugaredd, pan welodd fod ochr ei braich yn symud twtsh bach gyda phob anadl o dan ei siôl.

Gofynnodd eto a oedd hi'n iawn.

Dim ateb.

Roedd Lena'n methu diodde'r tawelwch. Roedd hi wedi meddwl yn siŵr y byddai'r ddynes o leiaf yn cydnabod ei bodolaeth, ond doedd dim ymateb. Cododd a chamu'n nes ati. Roedd yr hyn a wnaeth wedyn yn mynd yn groes i bob canllaw swyddogol, ond roedd greddf Lena'n galw. Gwyddai fod pawb yn rhy bell i fedru ymyrryd, felly aeth amdani. Yn bwyllog, gosododd ei llaw yn ysgafn ar wallt y ddynes, oedd yn disgyn yn gnotiog dros ei hysgwyddau. Rhyw 'o bach' i ddweud y byddai bob dim yn iawn. Neidiodd honno o'i chwman mewn braw gan roi coblyn o lef oedd yn fwy o udiad nag o sgrech. Gwelodd Lena ei hwyneb am y tro cyntaf. Roedd ofn pur yn llifo o'i llygaid.

Llygaid brown tywyll oedden nhw, bron mor dywyll â rhai Lena, ond o gwmpas ei brown hi roedd 'na wythiennau wedi byrstio yn ddeltâu coch yn yr iris. Fel ei llygaid, roedd ei chroen hefyd yn dywyll. Nid tywyll lliw haul ond tywyll naturiol. Tybiai Lena ei bod hi'n hanu o ganol neu dde America. Mecsico, El Salvador neu Guatemala, efallai.

'I'm here to listen. To listen to you. Are you okay?'

Dim ateb.

Erbyn hyn roedd y ddynes yn edrych ar i fyny ar Lena gan fod y blismones bellach ar ei thraed. Er na allai weld y babi, roedd hi'n gwbl amlwg ei bod hi'n gafael yn rhywbeth. Gobeithiai â'i holl galon mai Joe oedd ganddi, a'i fod o, plis Dduw, yn fyw.

Doedd delio â throseddwyr oedd yn gwrthod siarad ddim yn beth newydd i Lena, wrth gwrs. Roedd hi'n dipyn o arbenigwraig ar bobl oedd yn dewis dweud dim. Fel arfer mae defnyddio'r *silent treatment* yn gwneud i unigolion deimlo mai ganddyn nhw mae'r llaw uchaf, mai nhw sydd â'r pŵer, ond roedd y distawrwydd hwn yn wahanol, ond eto yn un cyfarwydd i Lena.

'Estas bien?'

Dim byd unwaith eto. Dim ond golwg wag.

'Dwi yma i helpu.' Dechreuodd Lena siarad Cymraeg. 'Fedri di adael i'r babi ddod ata i?' Gwyddai Lena nad oedd hon yn Gymraes. Mi fasa hynny wedi bod yn andros o gyd-ddigwyddiad! Ond, os nad oedd Saesneg na Sbaeneg yn tycio ceisiodd ganfod a oedd patrwm yn datblygu.

Edrychodd yn ei hôl a gweld y sioc ar wyneb Corey. Roedd o'n rhugl mewn Sbaeneg ond methai yn ei fyw â deall beth roedd Lena newydd ei ddweud. Cododd ei ddwylaw arni mewn ystum 'Be ddiawl?'

Trodd hithau ei gên at y *walkie talkie* oedd yn sownd i'w choler. 'Don't worry sir. She doesn't understand English, Spanish or Welsh. But I think I know what she will understand.'

Edrychodd Corey arni mewn penbleth, bron marw isio dweud y drefn wrthi am fynd yn rhy agos, ac am falu awyr mewn sefyllfa mor ddyrys. Ond ddwedodd o ddim byd. Fo wedi'r cwbl oedd wedi dewis Lena, ac roedd rhaid iddo yntau rŵan fyw efo'i ddewis a phlygu pen mewn gobaith nad oedd hi ar fin gwneud smonach o bethau. Ddwedodd Lena ddim byd arall, dim ond gwyro lawr yn ôl ar ei chwrcwd nes bod y ddwy yn edrych ar ei gilydd wyneb yn wyneb.

Siaradodd Lena'n arafach y tro hwn gan ofyn unwaith yn rhagor a oedd y babi'n iawn.

Dim ateb eto.

Gwenodd, nid fel giât, ond yn fewnol. Roedd hi wedi dyfalu'n gywir. Doedd y llygaid tywyll blinedig o'i blaen

75

heb sbio ar ei llygaid hi'r un waith tra oedd Lena'n siarad efo hi. Yn hytrach, roedden nhw'n canolbwyntio'n llwyr ar ei gwefusau. Roedd yr edrychiad yma yn un roedd Lena wedi arfer ei weld droeon. Dyma'r union beth yr oedd Beth ei nith fach yn ei wneud wrth ddarllen gwefusau wrth siarad. Roedd Beth yn fyddar ers ei geni.

'Are you okay?' gofynnodd Lena eto ond y tro yma gan wneud siâp ceg fawr a siarad yn llawer arafach.

Ysgydwodd y ddynes ei phen o ochr i ochr. Plygodd Lena ei phengliniau ar y llawr a gorffwys ar ei phen-ôl. Cododd ei breichiau o'i blaen a gofynnodd, gan ddefnyddio ei dwylo a oedd hi'n fyddar. Ac am y tro cyntaf ers i'r eirioli ddechrau mi atebodd y ddynes. Nodiodd yn frysiog, a gwelodd Lena dinc o ryddhad yn ei llygaid. Doedd ryfedd na ddwedodd hi ddim byd ynghynt; doedd hi ddim yn clywed nac yn gallu siarad.

Are you okay? arwyddodd Lena efo'i dwylo eto.

Ysgydwodd y ddynes ei phen o ochr i ochr yn ddi-stop nes i Lena roi ei llaw ar ei hysgwydd i'w thawelu. Ond cafodd y ddynes goblyn o sioc. Nes iddi sythu fel coes brwsh.

Mae'n iawn, arwyddodd Lena.

Edrychodd y ddynes yn syfrdan arni. Doedd hi ddim yn cytuno.

Ydi'r babi yn iawn? holodd wrth actio magu babi efo'i breichiau.

Gwyrodd y ddynes ei phen at ei chôl, ac er na allai Lena weld yn iawn roedd hi fel tasa hi'n rhwbio'i thrwyn yn y bwndel oedd ganddi o dan y siôl ddu. Trodd Lena rownd unwaith eto. Pwysodd fotwm y peiriant o dan ei gên er mwyn egluro wrth Corey fod y ddynes yn fyddar.

Ysgydwodd hwnnw ei ben mewn anghrediniaeth. Roedd o'n methu coelio ei lwc. Roedd o wedi dewis anfon Lena, yr unig swyddog dan ei ofal oedd â'r gallu i arwyddo, a hynny heb iddo wybod am hanes y cipiwr. Efallai mai hi oedd y swyddog lleiaf profiadol oedd ganddo, ond ni fyddai wedi gallu dewis neb gwell. Hi oedd yr union un i ddelio â'r sefyllfa benodol yma. Sôn am lwc!

Ymgollodd am eiliad yn odrwydd y sefyllfa. Gwyddai Corey bopeth am gefndir Lena, diolch i natur y job. Ond, er gwaethaf ei wybodaeth gefndirol amdani, doedd o'n gwybod y nesaf peth i ddim am ei hemosiynau. Doedd ganddo ddim clem beth oedd yn gwneud iddi grio, ac a oedd hi'n medru chwerthin o'i chalon. Welodd o erioed mohoni'n gwneud. Ond, pan welodd Lena'n arwyddo ar y platffform, mi gofiodd yn reit sydyn fod y llygaid brown hynny wedi pefrio unwaith yn ei gwmni. A'r unwaith hwnnw oedd yr adeg y bu'n sôn wrtho am ei nith. Roedd siarad amdani wedi tanio rhyw falchder yn Lena na welodd Corey ynddi o'r blaen. Anodd oedd coelio rŵan fod y sgwrs honno am yr hogan fach fyddar yn gymal mor arwyddocaol o'r cyrch hwn.

Merch i Naomi, chwaer Lena, oedd Beth. Cafodd ei geni'n fyddar ar Fedi'r cyntaf, 2006, yr un diwrnod y bu farw Kyffin Williams. Roedd y teulu wastad yn cofio hynny am fod ei thad yn gallu fforddio sawl llun gan Kyffin ond dalodd o'r un geiniog at fagwraeth ei ferch.

Dim ond ddwywaith y gwelodd Lena ei nith yn y cnawd. Unwaith yn fabi, ac wedyn yn fwy diweddar pan oedd hi'n chwech. Gwirionodd Lena arni, ac roedd bod yn anti yn ei siwtio'n iawn. Dotio heb ddyletswydd.

Ar ôl i Beth gael y diagnosis llawn ei bod hi'n fyddar, aeth Lena ati'n syth i ddysgu arwyddo. Gallai Beth ddarllen gwefusau yn y Gymraeg, ac er mai Saesneg oedd yr iaith arwyddo swyddogol, roedd arwyddion gwahanol ar gael ar gyfer y Gymraeg hefyd. Roedd Beth yn naw erbyn hyn ac yn gwbl rugl ei harwyddo.

Roedd Lena'n benderfynol o gael gwell perthynas gyda'i nith nag yr oedd ganddi efo'i chwaer ei hun a'i mam, ac yn wythnosol bron roedd y ddwy'n sgwrsio drwy arwyddo dros wifrau'r we.

11

Gofynnodd Lena am y pedwerydd tro, os nad y pumed, a oedd y babi'n iawn. Nodiodd y ddynes.

Haleliwia meddyliodd, o leiaf roedd hi'n gwybod rŵan fod y babi'n bod.

Ydi'r babi isio bwyd?

Na.

Ga i weld y babi?

Tawelwch eto, ond y tro hwn gwasgodd y ddynes ei chôl a'i gynnwys yn dynn. Cymrodd goblyn o anadliad, ac yn araf deg bach cododd ei phen a thynnodd y fantell wlân ar draws ei mynwes. Yno, roedd y babi. Gorweddai'n glyd yn cysgu'n sownd mewn blanced las wedi ei chrosio. Doedd dim syndod na chlywodd Lena'r un bach yn gwneud unrhyw sŵn cyn hyn, achos mi oedd o wrthi'n ddyfal yn sugno o'i bron.

Tan rŵan roedd Lena wedi bod yn eithaf cyd-ymdeimladol tuag at y ddynes ddiarth. Ond y funud y gwelodd hi wefusau'r bychan yn swcian ei theth mor frwd, mor fodlon ei fyd, daeth tro i'w stumog. Cofiodd am y fflat yn Lakeview a'r fam yn tynnu trydydd crys-t oddi amdani y diwrnod hwnnw am ei fod yn socian wrth i'w bronnau ollwng llaeth. Cynigodd y nyrsys dabledi i sychu'r llefrith, ond gwrthod wnaeth hi dro ar ôl tro, yn grediniol y byddai Joe bach wrth ei bron cyn y machlud.

Ga i afael yn y babi?

Ysgydwodd y ddynes ei phen unwaith yn rhagor. Doedd hi ddim am ollwng gafael.

J-O-E. Arwyddodd Lena lythrennau ei enw.

Siglodd y ddynes ei phen o'r chwith i'r dde, o'r dde i'r chwith yn wyllt.

Dim Joe? Pwy ydi o?

Ac am y tro cyntaf ers dechrau'r sgwrs ddi-sŵn, mi arwyddodd y ddynes yn ôl.

M-A-R-T-I-N-O.

Enw neis. Oedodd am eiliad cyn parhau. *Joe ydi ei enw iawn.*

Roedd pob migwrn ac asgwrn y ddynes yn ystumio 'Gad lonydd'. Dim ffiars o beryg, meddyliodd Lena. Efallai ei bod wedi bod yn rhy feddal, ond doedd hi ddim chwaith am droi'r drol. Penderfynodd droi at ganllawiau swyddogol llawlyfrau'r FBI yn ei phen er mwyn codi'i gêm. Doedd dim troi ar hon, ac roedd rhaid ei hatgoffa nad hi oedd pia'r babi. Roedd angen i Lena bwysleisio mai Joe oedd ei enw, nid Martino, gan ddrilio i'w phen mai babi rhywun arall oedd hwn.

Joe. Joe. Joe. Pwyntiodd at yr un bach drosodd a throsodd.

Peth anodd oedd cyfathrebu drwy arwyddo. Er bod Lena yn eithaf rhugl, peth go wahanol oedd arwyddo nodweddion y ffilm *Frozen* efo'i nith fach o'i gymharu â hyn. Doedd Lena ddim yn medru darllen y sefyllfa gystal ag y byddai tasa'r ddynes yn siarad. Mae geiriau a sut maen nhw'n cael eu hynganu yn medru datgelu llawer am stad o feddwl person, ac yn gymorth i'r un sy'n gwrando. Yn fama doedd gan Lena ddim geiriau na brawddegau i'w dadansoddi. Dim byd ond iaith y corff, ac mi oedd hi'n goblyn o job gwybod beth i'w wneud nesaf.

Edrychai Joe mor ddedwydd ym mreichiau'r ddynes. Roedd o'n gwbl anymwybodol o'r hyn a oedd yn digwydd o'i gwmpas. Plethodd y ddynes ei dwylo mewn pader o'i gylch. Arwydd amlwg ei bod hi'n anghysurus. Chwilio yr oedd hi am rywun i'w helpu. Rhywun i ateb ei gweddi. Yn ddrych i'r ystum yma, plethodd Lena ei dwylo hithau hefyd er mwyn atgoffa'r ddynes ei bod hi yno i'w helpu. Roedd rhaid i Lena wneud yn siŵr ei bod yn ymddangos yn gwbl ddiduedd ac nad oedd hi'n ochri efo neb. Bron iawn nad oedd rhaid iddi geisio darbwyllo'r ddynes ei bod yn ochri yn fwy efo hi nag efo'r babi. Tasa yna unrhyw amheuaeth yn dangos yn ei hwyneb, yna mi fyddai'r ddynes yn colli ei hymddiriedaeth ynddi ac mi allai'r sefyllfa newid er gwaeth.

O le ddoth Joe?

Gan nad oedd neb yn siarad, roedd hi'n anodd dangos addfwynder drwy arwyddo. Roedd hi'n dibynnu'n llwyr ar ei hwyneb i wneud y gwaith i gyd. Triodd ei gorau i beidio dangos unrhyw feirniadaeth o'r ddynes yn ei llygaid. Ceisiodd ofyn cwestiynau yr oedd angen atebion pendant iddyn nhw er mwyn casglu cymaint o wybodaeth ac y gallai dan yr amgylchiadau. Roedd angen iddi allu gweld tu fewn i'w meddwl, er mwyn medru rhagweld be fyddai'n digwydd nesaf, beth oedd yn ei gyrru hi.

Dechreuodd Lena, felly, wamalu am bethau dibwys fel y tywydd. Roedd hyn yn ffordd effeithiol yn ôl sawl darlith yn y gorffennol i ddod i adnabod y person oedd dan sylw. Ar y wal wrth eu hochr roedd yna boster

Burger King yn hysbysebu cynnig y mis – prynu un, cael un am ddim. Esboniodd Lena wrthi fod ganddi awydd bwyd, ac os oedd y ddynes yn llwglyd hefyd yna mi allai rhywun fynd i nôl *cheeseburger* iddyn nhw ill dwy. Gwrthod y cynnig yn bendant wnaeth y ddynes. Roedd hi'n ymddangos nad oedd y gwamalu dod-i-nabod-ei-gilydd yn gweithio.

Be am ddiod? Coffi? Coke?

Edrychodd y ddynes yn syth drwyddi.

Meddwl basa chdi'n teimlo'n well tasa chdi'n bwyta.

Yn sydyn o nunlle, a'r ddynes yn amlwg wedi cael llond bol ar y malu awyr, clapiodd ei dwylo'n galed fel athrawes yn cael trefn ar ddosbarth. Atseiniodd y clap drwy'r platfform. Gallai Lena deimlo pawb o'i chwmpas yn sgwario ac yn tynhau eu gafael ar eu harfau. Sganiodd y gynulleidfa tu ôl iddi. Roedd y daran wedi eu cynhyrfu. Trodd ei golwg yn ôl at y ddynes. Roedd hi'n hen bryd i Lena hogi ei harfau.

Dwi angen gafael yn Joe. Mae o'n sâl.

Altrodd rhuthr y ddynes.

Os na gaiff ffisig gen i, mae'n bosib y bydd o'n marw.

Gallai Lena weld y ddynes yn llyncu ei phoer. Meddyliodd tybed a oedd y datganiad yna wedi dychryn y ddynes neu wedi gwneud pethau'n waeth. Cydiodd yn dynnach yn y babi a dechrau ei siglo yn ôl ac ymlaen gan lafarganu rhyw fantra undon uwch ei ben. Daliodd Joe ati i sugno'n dyner braf yng nghân yr hymian. Gobeithiai Lena nad oedd hi wedi gwthio'r ddynes yn rhy bell. Wrth fargeinio efo cipwyr, yn amlach na pheidio maen nhw eisiau rhywbeth am eu trafferth, boed hynny'n arian neu'n addewid o ryw fath. Doedd hon ddim wedi gosod unrhyw fownti ar ben y bychan, ac roedd hynny'n gwneud y sefyllfa'n fwy astrus am nad oedd modd ffeirio dim byd am y babi.

4 neu 5.5 neu 4.5, 5, 5. 4 ella?

Roedd y rhifau yn eu holau ym mhen Lena unwaith eto, fel llwyth o lau pen yn cosi ei chrebwyll.

Roedd yna bum math o berson oedd yn dal gwystlon, a cheisiai Lena ddyfalu pa un oedd y ddynes hon. 1.Terfysgwr. 2. Carcharor. 3. Troseddwr. 4. Rhywun â phroblemau emosiynol. 5. Problemau iechyd meddwl. Y ddau gategori olaf oedd yn adlewyrchu'r sefyllfa yma, tybiai. Ond pa un? Ychydig o'r ddau efallai.

Daeth sŵn clecian o'r *walkie talkie* i darfu ar undonedd y nadu. Corey oedd yno yn dweud eu bod nhw wedi medru sganio wyneb y ddynes ac wedi ffeindio gwybodaeth amdani ar fas data'r gwasanaeth cyfrin. Drwy ddefnyddio technoleg ddiweddaraf y peiriannau adnabod wynebau mewn torf, roedden nhw wedi cael hyd i rywfaint o wybodaeth amdani am ei bod hi wedi cael ei holi yn y gorffennol am fân droseddau'n ymwneud â fisâu. Roedd hon yn system lawer mwy effeithiol na'r hen drefn o olion bysedd. Roedd y wybodaeth yn cadarnhau nad dinesydd Americanaidd mohoni, er iddi geisio cael statws dinesydd sawl tro dros gyfnod o ddeng mlynedd yn ôl y cofnodion (a chael ei gwrthod bob tro). Mae'n debyg mai o Honduras yr oedd hi'n hanu, ond doedd dim posib bod yn gwbl bendant oherwydd iddi ddefnyddio sawl tystysgrif geni dros y blynyddoedd. Oherwydd yr holl amwysedd doedd pennu oedran penodol ddim yn hawdd. Mwy na thebyg ei bod hi yn ei hugeiniau hwyr, neu dridegau cynnar.

Y cam nesaf i Lena oedd dod i ddeall sut roedd ei chyd-alltud yn teimlo. Y broblem fawr, wrth gwrs, oedd nad oedd y ddynes yn medru siarad am ei theimladau, dim ond eu dangos. Roedd dod i'w hadnabod felly yn anodd iawn.

Diolch am ofalu am Joe. Gwenodd Lena arni wrth arwyddo. *Ti wedi gwneud gwaith ardderchog.*

Meddalodd wyneb stiff y ddynes am eiliad gydag un ochenaid fawr a pheidiodd ei thuchan. Ai ochenaid o ryddhad oedd hwn am fod rhywun yn cydnabod o'r diwedd ei bod hi'n fam dda? Gwelodd Lena ei bod yn dechrau torri'r garw. Dechreuodd y babi dynnu o'r fron gan wneud sŵn mwmblan. Tinc hapus braf. Dyma'r tro cyntaf i Lena weld ei wyneb yn iawn. Roedd o'n hardd, a'i ruddiau'n goch. Daeth rhyw deimlad mamol ynddi ei bod eisiau gafael ynddo'n syth er mwyn dweud wrtho fod ei fam go iawn yn disgwyl amdano ac yn ysu am ei weld. Yna gwawriodd arni nad oedd Joe ar frys i fynd i unman, roedd o'n gwbl fodlon ym mreichiau ei gipiwr. Doedd o heb grio'r un waith, ac roedd pob sŵn a ddaeth o'i enau yn synau diddan.

Mae Joe angen ffisig, atgoffodd Lena. *Mae gen i ffisig yn fy mhoced. Tyrd â Joe yma.*

Ac fel roedd Lena ar fin gorffen arwyddo'r gair olaf, estynnodd y ddynes i boced y bag cynfas wrth ei hochr, a thynnu'r gyllell ohono. Ddwedodd Lena yr un gair. Daeth yr amser iddi hi fod yn dawel.

12

Roedd y gwylwyr wrth gwrs wedi gweld y gyllell, a chlywodd Lena resiad o gleciau, wrth i fysedd y saethwyr fynd i'r afael â'u cliciedi yn barod, rhag ofn. Edrychodd Lena arnyn nhw a gwneud arwydd efo'i llaw iddyn nhw bwyllo. Hi oedd wrth y llyw. Doedd dim angen gorymateb, dim ond diolch na fedrai'r ddynes glywed eu hymbaratoi. Amynedd oedd ei angen. Ond, pan welodd Lena'r ddynes yn tynnu'r llafn yn nes at wddf y babi daeth ton o banig drosti hithau hefyd, a theimlodd ffrwst o adrenalin yn hollti drwy'i chanol.

Oedd y ddynes wedi synhwyro'r cliciedi'n clicio i'w lle, tybed? Go brin, achos erbyn hyn roedd hi wedi codi ei siôl dros ei chlustiau at ei thalcen. Roedd ei dwylo'n crynu, ond mi oedden nhw hefyd yn ddigon cadarn i afael yn y gyllell ag un llaw a'r babi efo'r fraich arall. Roedd rhaid i Lena ddangos iddi hi rŵan ei bod hithau'n gadarn ac nad oedd y sefyllfa yma bellach yn dderbyniol o bell ffordd.

Clepiodd Lena ei bys blaen a'r un canol efo'i gilydd ar ei bawd yn sydyn, yr arwydd am 'Na'. Yna sythodd ei llaw dde a'i rhoi'n fflat dros ganol ei brest a'i throi gyda'r cloc, yn erfyn ar y ddynes i roi'r gorau iddi. Os na welodd y ddynes y 'Na' yn yr ystum yna'n sicr roedd y cwbl yn amlwg yn wyneb Lena. Roedd y 'Na' hwn yn llawer mwy bygythiol nag unrhyw beth arall yr oedd Lena wedi ei ddweud na'i arwyddo ynghynt.

Mae'n rhaid bod y neges wedi taro tant achos erbyn hyn roedd y dagrau'n powlio, a'r babi hefyd wedi dechrau crio fel ei fam ddŵad. Gyda'r gyllell yn un llaw gosododd y babi i orwedd ar ei glin a'r min yn rhyfeddol o agos at ei ên. Rŵan fod ganddi'r ddwy law yn rhydd, symudodd y gyllell falu at ei braich chwith nes bod ei ymyl yn pigo'r arddwrn.

Na, paid, arwyddodd Lena.

Yn denau ac yn araf diferodd y gwaed dros y flanced crosio a throi'r glas yn hen frown hyll. Edrychodd y ddynes yn gwbl anobeithiol ar Lena, a chyn i honno fedru dweud na gwneud dim byd arall roedd y gyllell yn ôl wrth wddf y babi, a'i phig y tro hwn yn pwnio'r croen gan greu pant yng nghanol plygiadau newydd-anedig ei war. Gwyddai Lena fod rhaid iddi ymyrryd, ond gwyddai hefyd y gallai un symudiad anghywir droi pob dim ben i waered. Roedd ei cheseiliau'n oer a thamp, a gallai deimlo'r chwys yn lledu'n batshyn gwlyb ar ei chrys. Sychodd gledrau ei dwylo ar flaen ei chluniau. Roedd hi mewn uffar o fagl. Tasa hi'n ymosod ar y ddynes er mwyn gafael yn y babi, roedd yn bosib y byddai'r ddynes yn sgil hynny'n plannu'r gyllell i mewn i'w wddf; tasa hi'n gwneud dim, yna mi allai'r ddynes roi'r gyllell i mewn doed a ddelo.

Goleuodd y *walkie talkie* eto. Apeliodd Corey arni i bwyllo. Atebodd Lena mohono dim ond gwrando. Doedd y ddynes ddim yn ei glywed, wrth gwrs, ond mi allai ddyfalu beth oedd yn cael ei ddweud siŵr o fod. Wrth i Corey barhau i gynghori, dyma'r ddynes yn gafael yn y babi a'i osod ar y llawr reit wrth ei thraed. Roedd hi'n dal i afael yn y gyllell, ac roedd hi'n dal i grynu, nid fel deilen ond fel tasa hi'n cael ffit. Plygodd ar ei phengliniau a gosododd ei hwyneb wrth ochr y babi. Cododd ei phen fymryn a chusanodd dalcen yr un bach. Roedd ei grio yntau yn uwch erbyn hyn wrth i Joe bach ddeall, efallai, nad oedd pethau fel y dylen nhw fod.

Cododd y ddynes ei phen i edrych ar Lena.

Mi goda i o. Ydi hynny'n syniad da? Daliodd Lena ei gwên yn ofalus wrth arwyddo.

Dim ateb.

Gafaelodd y ddynes yn ei siôl a'r flows oddi tani a'u tynnu i lawr nes bod ei bra yn dangos. Gosododd y gyllell yn araf deg ar dop ei bron gan dorri llinell gymen ar ei hyd. Llifodd y gwaed mor daclus â'r cerfio, wrth i'r ddynes anadlu'n boenus, yn methu'n glir â chael ei gwynt. Gan weld ei chyfle, mentrodd Lena. Camodd at Joe a'i godi'n syth. Gafaelodd ynddo a'i wasgu mor dynn ac y gallai i'w chôl a sibrwd uwch ei ben moel fod popeth yn iawn.

Wnaeth y ddynes ddim trio ei hatal. Eisteddodd yn ddagrau ac yn waed i gyd. Gan wneud ystum tebyg i chwythu sws, tynnodd Lena ei bysedd o'i gên am y llawr, sef yr arwydd am 'Diolch'. Gyda hynny rholiodd hen dun Coke ar lawr wrth eu hochr wrth i awel gynnes gyrraedd. Yna, clywodd Lena'r oglau. Yr un oglau ag yr ogleuodd yn gynharach pan oedd hi ar dop y grisiau. Oglau trên. Trodd y ddynes ei phen i gyfeiriad y twnnel, roedd hithau hefyd wedi teimlo'r awel ac wedi ogleuo'r gwynt. Dim ond cwta lathen oedden nhw o'r trac. Efallai nad oedd hon yn medru clywed, ond roedd ei synhwyrau eraill i gyd yn fyw.

Un deg pump, un deg pedwar, un deg tri, un deg dau, un deg un, deg . . .

Cododd y ddynes ar ei gliniau yn sydyn, ac wrth i Lena weld y Coke yn rhowlio'n nes at y trac, fe wawriodd arni fod y ddynes ddirgel, fel hithau, yn gwybod am y rheol pymtheg eiliad.

Naw, wyth, saith, chwech . . .

Roedd yr oglau a'r sŵn cyfarwydd bellach yn llenwi'r lle, ac roedd Joe bach yn ei breichiau yn torri ei galon. Yn simsan fel plentyn blwydd, cododd y ddynes o'i phengliniau i'w thraed a chymrodd gam ymlaen – tua llathen neu led troed o hyd.

Pump, pedwar, tri, dau . . .

Neidiodd.

Roedd ei hamseru'n berffaith.

13

Gadawodd y trên heb edrych yn ei ôl. Doedd Lena ddim isio gweld ei waddol chwaith. Tynnodd y fest atalbwledi oedd mor dynn â staes am ei chanol a'i ollwng ar y platfform. Gwasgodd y babi at ei chalon. Gwelodd farwolaeth sawl gwaith o'r blaen ym mhob lliw a llun, ond dyma'r tro cyntaf iddi weld diwedd a dechrau oes mor agos at ei gilydd. Yn wawr ac yn fachlud ochr yn ochr.

Ers iddi ddod i wybod mai cymryd ei fywyd ei hun wnaeth ei thad, am flynyddoedd bu Lena'n ceisio dychmygu sut olwg oedd ar ei eiliadau olaf. Roedd ganddi ddau hunanladdiad ar ei chydwybod erbyn hyn. Tasa hi ddim wedi cael ei geni fyddai ei thad byth wedi gwneud be wnaeth o. Tasa Lena wedi delio â'r ddynes yn y Metro'n wahanol neu'n well yna ella na fasa hi'n dalpiau mân ar waelod y trac trên.

Trodd ar ei sawdl, gwyrodd o dan y tâp melyn a cherdded yn ôl at y criw gan ganu'n dawel 'Mil harddach wyt . . .'

14

Chysgodd hi fawr ddim. Roedd sŵn y cledrau a chrio yn adleisio dros bob man yn ei breuddwydion.

Deffrodd yn siarp i larwm 'Ymlaen mae Canaan' Steve Eaves ar ei ffôn symudol. Yn yr eiliadau cyntaf hynny o ddadebru cofiodd am y noson gynt a cheisiodd wahanu'r digwyddiadau gwir oddi wrth y rhai iddi freuddwydio amdanyn nhw. Cofiodd hefyd nad oedd hi wedi tecstio Anti Sali i ddweud ei bod wedi cyrraedd yn ei hôl yn saff. Penderfynodd ei bod hi'n rhy fore ac y byddai'n cysylltu efo hi'n nes ymlaen.

Mi aeth Jeff â hi yn ei hôl i'r fflat yn o handi neithiwr, a hynny ar ôl iddo ei hachub rhag bachau un newydd-iadurwr ewn.

'Special Agent Price? Washington Post.'

'No comment,' atebodd Jeff drosti.

'Has the kidnapper killed herself under your watch?' Doedd dim person camera wrth ei chwt, dim ond hi a'i ffôn bach. Daliodd hwnnw ger ei cheg – roedd yn recordio ei llais a thynnu lluniau'r un pryd. Roedd y gohebydd yma wedi dianc oddi wrth y gynnau mawr ac wedi llwyddo i ddod yn nes atyn nhw drwy actio'n ddiniwed am nad oedd ganddi osgordd o gamerâu i'w chanlyn.

'No comment,' meddai Jeff eto gan wthio Lena i sedd gefn y car fel tasa fo'n rhoi drwgweithredwr yno.

'A suicide under your watch – Special Agent Price have you got anything to say?' Roedd y flonden fel ci am asgwrn. Clywodd Lena ei chwestiwn yn gwbl glir ond atebodd hi ddim.

'Fucking smiling assassin,' meddai Jeff wrth danio'r car. Ond, roedd geiriau'r newyddiadurwraig wedi torri reit at yr asgwrn, a Lena'n clywed ei llais drosodd a throsodd drwy'r nos.

O ran Joe bach, roedd gwaith Lena wedi ei gwblhau. Unwaith gymrodd y tîm trawma afael ynddo, doedd dim ei hangen ym Methesda mwyach. Mi roddodd hi Joe iddyn nhw'n syth bin er mi fasa hi wedi hoffi gafael ynddo am fis a mwy. Chafodd hi fawr o amser efo fo, ond digon i wybod ei fod o'n iawn. Doedd hi ddim yn cael mynd at y teulu heno i rannu eu llawenydd. Byddai'n cael eu gweld fory wedi i'r archwiliadau meddygol i gyd gael eu cwblhau.

Bob yn un wedyn mi ddaeth gweddill y morgrug o'u cuddfannau i gyflawni eu dyletswyddau. Mesur a chloriannu data ar gyfer adroddiadau maes o law, codi'r corff o'r cledrau a chlirio'r llanast. Roedd Lena wedi gwneud yr hyn oedd yn ofynnol ohoni; doedd dim rhaid iddi hi faeddu ei dwylo ymhellach.

Gorchmynnodd Corey iddi fynd i orffwys. Rhoddodd ei law ar ei hysgwydd a'i chadw yno am rai eiliadau, digon i ddangos i Lena ei fod o'n falch ohoni. Diolchodd iddi am ei hymdrech lew ar y platfform, cyn ei hatgoffa'n swta o'r cyfarfod *debrief* fyddai'n dechrau yn brydlon am chwech y bore. A phwy feddyliai, wrth ffarwelio, y byddai Lena yn derbyn cydnabyddiaeth o ryw fath gan Shaun Lounder. Estynnodd ei bump ati a lled wenu.

Dyna'r cwbl.

15

Drannoeth y ffair ac roedd gorsaf Quantico yn dawel tu hwnt. Er ei bod hi'n byw yma ers bron i bymtheg mlynedd roedd arogl y bore yn dal i'w swyno – oglau tes wedi'r gawod a thrymder yr aer yn felys yn ei ffroenau.

Trên Amtrak deunaw munud wedi pump oedd y cyntaf i adael am Washington D.C. Roedd yr awr annaearol hon yn rhy fuan hyd yn oed i fore-godwyr selocaf maestrefi gogledd Virginia, er mi oedd yna ryw hanner dwsin o gymudwr di-gwsg eraill wedi codi mewn pryd. Pob un ar yr un perwyl – i gyrraedd y ddinas cyn cŵn Columbia. Gwyddai Lena y byddai fymryn yn hwyr i'r cyfarfod – doedd dim posib iddi gyrraedd y pencadlys erbyn chwech. Ond hei ho, doedd 'na'm byd y gallai ei wneud am hynny.

Teimlai'n od yn dal y trên. Roedd arni bron iawn ofn mynd arno, fel tasa hi wedi hanner pechu efo'r math yma o drafnidiaeth ar ôl be wnaeth y trên yn y Metro neithiwr. Lladd drwy ddamwain wrth reswm, ond lladd yr un fath.

Eisteddodd yn y caban tawel, er nad oedd yr un o'r cabanau eraill yn swnllyd yr adeg yma o'r dydd chwaith, ond roedd hi'n hapusach ei byd yno. Rhyw ddeugain munud o daith oedd hi o Quantico i Union

Station a chwarter awr o gerdded o fanno wedyn i Pennsylvania Avenue. Roedd hi wedi bwrw dros nos a'r glaw yn rhyddhad byrhoedlog o'r tywydd clòs. Am ei bod hi'n gynnar o hyd, roedd popeth yn dal yn damp, a thameidiau gwyrdd y ddinas yn diolch am y gawod wedi'r sychder diweddar. Wrth adael to cromennog a chain Union Station anelodd Lena am 9th Street lle'r oedd cadwyni o law yn sgleinio ar ochrau'r nendyrau. Doedd y ddinas heb ddeffro eto, a'r strydoedd yn heddychlon mewn hanner hun o hyd.

16

Pharodd y cyfarfod ddim gymaint â'r disgwyl; roedd y diffyg cwsg wedi dweud ar bawb. Clywodd y tîm fod Joe bach yn ôl efo'i rieni ond yn cael trafferth setlo. Gan fod y ddynes ddiarth wedi bod yn ei fwydo roedd o'n gwrthod cymryd o deth ei fam, a hithau'n gyndyn o droi at y botel. Ond, fel y pwysleisiodd Corey, nid eu problem nhw oedd hynny.

Cafodd y teulu bach eu symud o Lakeview i leoliad cyfrinachol dros dro ymhell o fachau'r wasg a'r cyfryngau. Roedd profion meddygol yn dangos bod Joe yn fabi hollol iach a doedd dim golwg o gamdriniaeth. I bob pwrpas roedd y ddynes wedi gofalu amdano'n berffaith.

O'i rhan hi, hynny oedd ar ôl ohoni, roedd ei gweddillion wedi cael eu hanfon i swyddfa'r awtopsi. Doedd dim posib cael llun iawn o'i chorff gan fod y trên wedi ei malu'n rhacs. Doedd y ffotograffau o'i gweddillion ddim ar gyfer y gwangalon. Roedd y corff wedi ei dolcio'n llwyr, a darnau gwaedlyd wedi eu chwalu rhwng y traciau. Dangosodd Corey fideo oedd yn dangos y cyfan gam wrth gam ar sgrin arall. Gwasgodd Lena'r gwpan bolystyren wag rhwng ei bysedd fel clai, wrth edrych ar y ffilm arswyd ddi-sain o'i blaen. Roedd ei stumog yng ngwadnau ei thraed wrth wylio, ac mi fyddai wedi gwneud unrhyw beth i gydio yn y remôt o ddwylo ei rheolwr er mwyn troi'r cwbl am yn ôl a chreu gwell diweddglo.

Brodor o Honduras oedd y ddynes yn ôl bob tebyg, wedi dianc dros y ffiniau i America bum mlynedd yn ôl. Kathia Carcamo oedd ei henw bedydd ond mi ddefnyddiodd sawl enw arall hefyd. Doedd ganddi ddim teulu yn America, ond roedd cofnodion yn dangos ei bod hi wedi gweithio yma ac acw fel glanhawraig heb aros yn yr un lle am fawr o gyfnod. Yn ôl datganiadau meddygol, roedd hi wedi bod mewn unedau brys sawl tro mewn taleithiau gwahanol dros y blynyddoedd i gael triniaeth am fân anafiadau ond dim byd anghyffredin, ac o'r nodiadau prin hynny roedd yna gadarnhad pendant ei bod hi'n gwbl fyddar ers ei geni.

Yn fwy diweddar cafwyd hyd i gofnodion yn dangos ei bod hi wedi geni plentyn marw-anedig wythnos ynghynt mewn ysbyty yng nghanol Bethesda. Doedd hi ddim wedi defnyddio ei henw go iawn yn fanno, ond roedd meddygon yn gwbl siŵr mai hi oedd dynes y Metro. Mi fyddai profion DNA yn asesu hynny maes o law. Yn ôl y nodiadau ôl-esgor roedd y meddygon wedi nodi ar y pryd nad oedd ganddi bartner na chwmni yn yr ysbyty yn ystod y geni nac wedyn. Roedd sesiynau cwnsela wedi eu trefnu iddi ond doedd hi ddim wedi bod ynddyn nhw. Bachgen bach oedd o, ac yntau dair wythnos yn gynnar. Mi gafodd ei amlosgi heb air gan neb. Gadawodd Kathia yr ysbyty heb gael ei rhyddhau'n swyddogol, a fuodd yna ddim ymdrech o du'r ysbyty i gael hyd iddi wedyn chwaith. Mi fyddai hynny ynddo'i hun ymhen amser yn destun ymchwiliad llawn, esboniodd Corey.

Gwrandawodd y criw yn astud. Doedd dim angen bod yn Athro mewn Seicoleg i ddeall beth oedd ei chymhelliad i ddwyn Joe bach. Roedd ymchwilwyr cudd-wybodaeth wedi darganfod ei bod wedi dod i wybod am y bychan drwy ffrind i ffrind. Roedd hi wedi cael ei chyflogi dros dro fel glanhawraig mewn swyddfa twrnai ger y feithrinfa lle'r oedd mam Joe yn gweithio. Pan ddangosodd yr heddlu lun o Kathia i'r fam, mi gofiodd amdani'n syth, er na wyddai ei henw. Roedd y ddwy wedi dod ar draws ei gilydd ambell waith yn y siop bapur newydd ger y feithrinfa, a'r ddwy bob amser yn cydnabod bol beichiog y llall. Doedd tad Joe erioed wedi gweld y ddynes o'r blaen, ac roedd o mewn dipyn o stad yn ôl y swyddogion oedd yn gofalu amdanyn nhw fel teulu.

Pytiog iawn oedd gweddill y wybodaeth am Kathia, gan nad oedd neb yng nghylchoedd Bethesda yn ei hadnabod yn dda. Safodd un o'r seicolegwyr ar ei draed er mwyn i Corey gael ei wynt ato. Yn ei *chinos* a'i wasgod fwstard eglurodd y moelyn brychog eu bod nhw fel tîm wedi creu proffil bras o gyflwr meddwl Kathia pan gipiodd y babi, ac oherwydd iddi golli ei phlentyn ei hun mor ddiweddar, teg oedd dweud nad oedd hi yn ei iawn bwyll.

Da iawn Sherlock, meddyliodd Lena.

Doedd damcaniaethau cychwynnol y cyfaill moel ddim yn ysgytwol o bell ffordd, nes iddo ddechrau ymhelaethu ar eu canfyddiadau. Roedd hi'n debygol iawn, meddai, fod Kathia wedi gweld negeseuon o groeso i Joe bach ar Facebook, ac o'r herwydd mi gafodd hi hyd i'r teulu bach yn ddigon hawdd gan fod cymaint o bobl wedi gadael sylwadau o dan ei lun, gan gynnwys

cyfeiriad y rhieni newydd. Unwaith i Kathia gyrraedd
Lakeview, dim ond chwilio am y balŵns glas oedd rhaid
iddi.

O ran y fflat, doedd dim ôl o gwbl fod rhywun wedi
gorfodi'r drws ffrynt ar agor, ond doedd mam Joe ddim
yn cofio chwaith a oedd hi wedi cofio ei gloi. Pan
ddigwyddodd y cipio roedd hi'n cysgu'n sownd yn yr
ystafell wely wedi blino o'i chalon wedi'r geni. Chlywodd
hi mo Kathia yn cerdded i'r lolfa a chymryd Joe o'i
fasged Moses. Roedd ei dad wedi mynd allan i brynu
rhagor o *wetwipes* a chlytiau.

Daeth y seicolegydd â'i sgwrs i ben drwy ddweud mai
yn y bôn achos syml oedd yr un yma. Mam mewn galar
yn cymryd babi mam arall. Achos hawdd o herwgipio
traddodiadol ond gyda thro cyfoes i'r naratif – hynny
yw, yn hytrach na gwisgo fel nyrs fel yr arferai pobl yn
yr un cyflwr ei wneud ers talwm, mi oedd Kathia
Carcamo wedi cael ei gwybodaeth i gyd o'r cyfryngau
cymdeithasol.

Prif waith rhai o'r swyddogion ymchwil wedi hyn
oedd dod o hyd i'w theulu yn Honduras er mwyn rhoi
gwybod iddyn nhw am ei marwolaeth. Gorchwyl o lafur
caled, gan nad oedden nhw'n gwybod i sicrwydd o ba
ardal yr oedd hi'n dod. Byddai'r holl sylw gan y wasg yn
siŵr o helpu'r achos meddai Corey, cyn ychwanegu gyda
thafod mewn boch o leiaf fod yr *hacks* yn dda i rywbeth.
Diolchodd i Lena am y modd y deliodd hi â sefyllfa mor
enbyd. Gwridodd hithau, nid o falchder ond o gywilydd
am iddi beidio ag atal marwolaeth Kathia. Soniodd
Corey hefyd am y cyd-ddigwyddiad rhyfeddol a'r lwc
pur fod Lena'n gwybod sut i ddefnyddio'r iaith arwyddo.
Diolchodd Lena yn dawel bach nad oedd Shaun

Launder yn bresennol, neu mi fyddai'n siŵr o fod wedi chwydu o glywed yr holl ganmoliaeth.

Gyda thri phen i'w bregeth felly, daeth Corey â'i araith i'w therfyn, ac er bod pethau wedi mynd cystal â'r disgwyl a bod Joe yn saff, roedd yna un 'ond' mawr ar y diwedd. Un brycheuyn a fyddai'n destun ymchwiliad mewnol arall, eglurodd. Y corff. Teimlodd Lena fod pawb yn edrych arni. Oedden nhw'n meddwl mai hi wthiodd Kathia yn rhy bell, ei gwthio o flaen y trên? Ai hi oedd ar fai? A oedd hi'n mynd i gael ei disgyblu, gan mai ar ei dwylo hi roedd gwaed Kathia Carcamo? Gyda hynny, daeth Corey a'r cyfarfod i ben â geiriau clo oedd yn swnio fel sgript ymyl dibyn opera sebon yn hytrach na diwedd *debrief* swyddogol. Diolchodd yng ngŵydd pawb mai Kathia aeth i gwrdd â'i gwaredwr ac nid y bychan.

Wrth i'r post-mortem answyddogol barhau ger y *percolator* coffi cyntefig ar ôl y cyfarfod, gofynnodd Lena pryd fyddai'n iawn iddi fynd i weld teulu Lakeview. Roedd hi wedi dod i'w hadnabod yn dda, ac wedi agosáu at y cwpl yng nghanol eu gwewyr. Cytunodd Corey y byddai'n holi drosti, cyn awgrymu yn eithaf pendant wrthi y dylai gymryd ychydig o seibiant dros y dyddiau nesaf er mwyn dod ati ei hun. Fel rheol, mi fyddai Lena wedi gwrthod y fath gynnig yn syth bin – doedd hi ddim angen nac yn dymuno derbyn triniaeth arbennig. Ond, y tro yma, mi dderbyniodd yn ddi-lol gan ddiolch iddo.

Roedd hyd yn oed dreigiau angen gorffwys weithiau.

17

Penderfynodd Lena fynd am baned cyn dal y trên yn ôl am Quantico. Roedd hi angen lle i enaid gael llonydd, a gwyddai mai yng nghanol y ddinas y câi hynny. Roedd gwlith y bore wedi diflannu erbyn hyn a strydoedd Washington yn ferw gwyllt. Cerddodd i gyffiniau Capitol Hill i un o farchnadoedd dan do mwya'r ddinas. Mae marchnadoedd, lle bynnag y bont, yn debyg i'w gilydd, boed ar y maes yng Nghaernarfon neu yn D.C.; nhw sy'n pwmpian gwaed i wythiennau'r ddinas, ac roedd Lena'n falch o gael bod yn neb yng nghanol y mynd a'r dod.

Roedd y stondinau bwyd ar eu prysuraf yr adeg yma o'r bore gan fod y pysgod a'r cigoedd newydd gyrraedd a phawb yn ymrafael i stocio'u byrddau. Aeth heibio rhesaid o *mannequins* oedd yn gwylio pawb yn pasio. Pennau ar silffoedd pren oedden nhw, a golwg bwdlyd ar bob un, wedi laru efo'r sgarffiau lliwgar oedd yn eu crogi. Drws nesaf i'r stondin honno roedd yna ddegau o fflip fflops ar werth, parau a fyddai yn eu tro, meddyliodd Lena, yn troedio strydoedd pellennig y byd. Plethodd ei ffordd i'r pen a throdd i'r chwith gan hel ei thraed i gyfeiriad ei hoff gaffi.

Yn ardal Capitol Hill roedd rhai o dai bwyta mwyaf moethus y ddinas. Pasiodd Lena ffenestri di-ben-draw o ystafelloedd unffurf yn llawn llieiniau gwyn a gwydrau crisial yn cynnig 'bwydlenni blasu' efo pob math o ddanteithion, o gloron Ffrengig i gimwch ffres a sawl *amuse-bouche*. Trodd i lawr un o'r strydoedd cefn, gan ddilyn oglau sebon oedd yn stemio o bibelli awyru'r londrét ym mhen draw'r lôn. Yna, drws nesaf i hwnnw, safai Giuliano's a'i chwyn yn tyfu'n braf rhwng y brics coch. Doedd dim wi-fi ar gael yn y caffi yma, ac mi fyddai cwsmeriaid oedd yn meiddio gofyn am y côd yn cael cyfarwyddyd pendant gan y staff i guddio eu ffonau bach yn eu bagiau a cheisio cynnal sgwrs efo'i gilydd!

Rhoddodd Lena ei siaced ar gefn y gadair a'i bag ar y gadair arall er mwyn gwneud yn siŵr nad oedd neb yn dod i eistedd yn ddiwahoddiad wrth ei hymyl. Doedd hi ddim yn ei lifrau swyddogol heddiw felly fyddai neb yn syllu. Roedd Sylvia wrthi'n glanhau'r byrddau efo'i chadach gingam coch a gwyn. Mor ddyfal oedd hi wrth ei gwaith, go brin y byddai'n gwneud gwell job ohoni tasa hi'n disgwyl Michelle Obama am baned. Codai'r potiau bach o halen a phupur fesul un i olchi'u penolau, felly hefyd y powlenni siwgr lwmps.

O'r gegin ymledodd arogl hyfryd o arlleg a bacwn i lenwi'r lle. Ar y bwrdd drws nesaf iddi roedd yna gwpl Eidalaidd yn sgwrsio pymtheg y dwsin. Allai Lena ddim gwneud pen na chynffon o'r dweud ond roedd hi'n amlwg fod rhywun wedi troi'r drol. Yn y gornel bellaf roedd dau ddyn mewn oed yn chwarae ping pong.

Roedd yna deulu o ymwelwyr ym mhen arall yr ystafell. Wrth diwnio i mewn i'w sgwrs sylweddolodd Lena mai Saeson oedden nhw a bod eu hacen fyny ac i lawr fyrlymog yn awgrymu mai o ardal Newcastle roedden nhw'n dod. Roedd y ferch ifanc oedd yn eu canol tua thair ar ddeg oed, ac yn hefru ar ei thad am wisgo hances i stopio'i chwys pen, a'r bachgen bach mewn crys-t Spiderman yn cael pleser rhyfedda o redeg yn ôl ac ymlaen rhwng y bwrdd a'r ffenest gan stopio bob hyn a hyn i edrych drwy'r gwydr ar y *skyscrapers* gan freuddwydio am gael eu dringo fel yr arwr ar flaen ei frest.

Archebodd Lena botied o goffi cryf, llefrith cynnes mewn jwg a myffin cig moch ac wy. Chwaer y perchennog Giuliano oedd Sylvia, a dros y blynyddoedd roedd Lena a hithau wedi dod yn llawiau garw. Doedden nhw ddim yn nabod ei gilydd tu hwnt i waliau'r caffi, ond roedd ganddyn nhw ddealltwriaeth braf o'i gilydd, a byddai Sylvia wastad yn gwybod pryd i siarad a phryd i beidio. Meddyliai Lena yn aml cyn lleied y gwyddai amdani mewn gwirionedd. Roedd byd Sylvia yn llawer mwy na thendio a chreu *cappuccinos,* a hithau fel pawb arall wedi wynebu brwydrau personol cyn clocio i mewn y bore hwnnw. Doedd neb yn nabod ei gilydd go iawn. Fel nad oedd neb yn nabod Kathia Carcamo. Edrychodd Lena ar y dyn trist yr olwg oedd newydd ddod i eistedd wrth y bwrdd dros y ffordd iddi. Roedd o'n chwarae efo twll yn ei lewys ac roedd gwaelod ei jîns wedi treulio, ond pan ofynnodd am ddŵr – 'Iced not from the tap' – gwnaeth ei hyfdra i Lena gofio peidio beirniadu pobl wrth eu golwg.

Daeth y bwyd, ac roedd yn hynod o flasus. Roedd Lena ar lwgu. Wrth i'r coffi llefrith cynnes gynhesu ei stumog, edrychodd ar y byd a'i bethau'n pasio heibio. Gwelodd ddyn yn gwthio basged dillad budr o westy cyfagos tuag at gyfeiriad y londrét a golwg chwys laddar arno. Wrth weld y pentwr o ddillad cofiodd yn rhyfedd iawn am Sali, gan ei bod yn mynnu smwddio iddi o hyd. Penderfynodd y byddai'n mynd i'w gweld yn ystod y prynhawn cyn clwydo. Wedi deuddeg awr mor ddramatig, roedd arni awydd ychydig o *light relief* a chlywed beth oedd hanes aelodau'r Gymdeithas Gymraeg ar ôl iddi adael y parti neithiwr.

Sychodd ei cheg rhag gadael olion sos coch rownd yr ochrau, ac yfodd y diferyn olaf o'r coffi. Roedd hi wedi adfywio rhyw fymryn, a Sylvia a'r cwmni dethol wedi gwneud byd o les.

Eisteddodd yn ei hunfan am funud i wrando ar 'Moon River' oedd yn dod o du ôl i'r cownter. Roedd ei thad yn dipyn o ffan o Andy Williams, ac wedi iddo farw (ei thad, hynny yw, nid y canwr) un o'r ychydig bethau y cadwodd ei mam er cof amdano oedd ei bentwr o recordiau a thapiau. Casgliad go eclectig oedden nhw – o'r Carpenters i'r Clash efo dogn go dda o Meic Stevens. Gymrodd Lena fawr o sylw ohonyn nhw tan iddi gyrraedd ei harddegau a'r tîm pêl-droed cenedlaethol yn mabwysiadu'r gân 'Can't take my eyes off you' a hitha o ganlyniad yn gwirioni fod ganddi hi'r record wreiddiol. I darfu ar gorws yr 'Huckleberry Friend' dirgrynnodd y ffôn bach ym mhoced ei siaced i felodi'r 'Bêl yn Rowlio'.

'Fi sy 'ma.'

''Dach chi'n iawn?'

Sali oedd yno.

'Yndw tad, wyt ti'n iawn, dyna'r cwestiwn?'

'Sori, sori. Ddylwn i fod wedi ffonio neithiwr, ond mi aeth hi'n hwyr, a do'n i'm isio styrbio chi. Goeliwch chi fyth ond ro'n i ar fin 'ych ffonio.'

'Waeth befo am hynny Lena fach. Lle w't ti?'

'Yn Giuliano's. Dwi'n cymryd bo' chi 'di gweld y newyddion bore 'ma?'

'Do del, ofnadwy yndê. Sobor o falch fod y babi bach yn saff, cofia. Oeddat ti rywbeth i wneud efo'i achub o?'

'Oeddwn.' Oedodd Lena am hanner eiliad. 'Rywsut.'

'Gwranda Lena, mae gen i isio deud rhywbeth wrthot ti. Dries i ffonio gynna, ond do'dd 'na'm ateb.' Goferodd Sali'r fraweddeg nesaf heb gymryd gwynt fel Gareth Glyn ar y *Post Prynhawn* 'slawer dydd. 'Tydi dy fam ddim yn dda. Mae hi'n 'sbyty. Mae hi'n wael iawn. Sori, Lena.'

Ddwedodd Lena ddim byd.

'Ti'n 'y nghlywed i?'

'Yndw. Yndw, dwi'n gwrando.' Ond doedd hi ddim. Gwrando ar Andy Williams yn cyrraedd ei uchafbwynt oedd hi; doedd hi ddim eisiau clywed newyddion drwg. Dyna'n union a wnâi pan oedd yn hogan fach hefyd. Os oedd rhywun yn dwrdio, byddai'n rhoi ei bysedd dros ei chlustiau a dechrau canu, er mwyn cau'r drwg allan. Doedd ganddi ddim bysedd dros ei chlustiau rŵan, ond mi oedd Andy'n gwneud job reit dda o foddi'r genadwri efo'i 'Moon River and Me.'

'Ffoniodd Naomi ben bore 'ma tua chwech, a hithau'n tua un o'r gloch bore iddyn nhw. Mae Mags wedi cael trawiad.' Ddwedodd Lena ddim byd eto. 'Yn Ysbyty Gwynedd ma' hi. Tydi'm yn dda o gwbl sti.'

'Ddo i'n syth acw atoch chi ar ôl i mi dalu yn fama.' Trodd ei stumog, ond feiddiai Lena ddim cymryd arni ei bod hi'n poeni. 'Fedrwch chi bigo fi o'r stesion yn Quantico mewn tua awran plis, os fedra i ddal trên hanner awr wedi deg?'

'Siŵr iawn. Fydda i yna. Ti'n iawn, pwt? Ti 'di cael sioc yn do?'

'Na, dim felly. Tydan ni wedi deud wrthi ers blynydd-oedd i roi gorau i'r ffags, ond tydi hi byth yn gwrando.'

'Lena, paid rŵan. Ma' hi yn fam i ti.'

Doedd fawr o Gymraeg wedi bod rhwng Lena a'i mam ers blynyddoedd. Prinhau wnaeth y galwadau ffôn a doedden nhw heb dreulio'r Nadolig, Pasg na'r haf efo'i gilydd ers dros ddegawd. Roedd Magw wedi trio cadw pethau i fynd rhyngddyn nhw ill dwy. Lena oedd y drwg, hi oedd ddim isio. Ddychmygodd hi erioed, felly, y byddai'n teimlo mor wantan o glywed am ddarfod ei mam, er nad oedd hi wedi marw eto chwaith. Teimlai'n sâl, yn sâl fel sâl car.

Ffarweliodd â Sali gan gadarnhau amseroedd y trên. Cododd ar ei hunion a mynd at y cownter. Gofynnodd Sylvia iddi a oedd hi'n iawn, gan iddi weld golwg reit welw arni. Sicrhaodd Lena hi mai blinder oedd yn dweud arni, ac y byddai'n ei gweld yn fuan i flasu ei rysáit *lasagne* cyw iâr newydd. Wrth adael, cymrodd sbec olaf ar y teulu bach o ogledd ddwyrain Lloegr. Roedden nhw wedi setlo mewn seiat erbyn hyn ac i'w gweld yn hapusach eu byd – wedi meddwi ar y Coke a'r wafflau surop marsan.

Wrth iddi gamu ar y palmant daeth wyneb yn wyneb â dyn y troli olchi. Roedd o'n gwisgo sbectol haul efo drychau ar eu blaen, a gwelodd Lena gip sydyn o'i hadlewyrchiad ei hun ynddyn nhw. Hen deimlad anghyfforddus, fel tasa fo'n gweld popeth amdani hi, ac yntau'n guddiedig tu ôl i'r llenni gwydr. Ymddiheurodd, ac aeth yn ei flaen i nôl mwy o ddillad gwlâu gwesteion y Marriott.

Wrth gerdded yn ei hôl i gyfeiriad Union Station ystyriodd Lena sut fywyd fyddai ganddi heb Magw. Ers rhai blynyddoedd bellach roedd hi wedi dechrau galw ei mam yn Magw, am fod rhywbeth yn ei pherfedd yn ei hatal rhag dweud 'Mam'. Yn sydyn reit fe wawriodd arni rhwng Victoria's Secret a chyntedd Ruby Tuesdays ar Louisiana Avenue efallai na fyddai bywyd mor wahanol â hynny tasa ei mam ddim yn bod. Ceryddodd ei hun am feddwl ffasiwn beth, ond allai hi ddim ffrwyno ei theimladau. Dagrau pethau oedd bod Magw wedi mygu Lena'n swp – heb drio.

Aeth Lena i mewn i Ruby Tuesdays, ac archebodd fyrgyr anferth efo'r sosys a'r gercinau i gyd. Eisteddodd hi ddim, dim ond rhyw how sefyll wrth ymyl un o'r stoliau uchel ger y bar. Claddodd y pryd mewn chwinciad, y cig, y letys, pob diferyn o'r Thousand Island a phob hedyn sesame, cyn llowcio gwydriad oer o Dr Pepper ar ei ben.

Yn syth bin wedyn, cerddodd tuag at y toiledau yng nghefn y tŷ bwyta. Rhoddodd glo ar ddrws y tŷ bach cyn chwydu ei pherfedd allan.

18

Trodd Lena y llwy rownd a rownd yn y mwg tsieina cennin Pedr. Dim ond yn nhŷ Sali y byddai'n mentro cymryd paned gan fod Sali'n defnyddio bagiau te go iawn, nid yr hen de da i ddim Americanaidd arferol. A jest rhag ofn i'r *apocalypse* gyrraedd tref Woodbridge heb rybudd, roedd pantri Sali fel ystafell ynddo'i hun wedi ei stocio i'r ymylon efo danteithion o'r hen fyd. Silffoedd wedi eu llenwi â bocsys o Glengettie, poteli sos coch nid anenwog, Bovril a thuniau powdwr cwstard. Roedd Anti Sali'n dipyn o gelciwr, ac os clywai fod aelod o'r Gymdeithas Gymraeg yn mynd am Gymru, mi fyddai'n rhoi rhestr siopa iddyn nhw smyglo yn eu holau. Byddai aml un yn poeni eu henaid yn mynd drwy *customs* am fod ganddyn nhw gymaint o Kit Kats, ffa pob, ac ambell dun corn bîff yn eu cesys i Sali!

'Dwi 'di bod ar y cyfrifiadur gynna, ac mae 'na ddigon o *flights* yn mynd heno neu fory os wyt ti awydd.'

'Dwn i'm,' atebodd Lena'n bengaled. 'Pa iws fyddwn i yno?'

'Lena, paid â bod fel 'ma. Dwi'n gwybod ti'm yn licio trafod, ond mae'n bryd i chdi wrando ar dy annwyl fodryb.'

Cododd Lena ei phen, yn barod am bregeth.

'Mae dy fam dy angen di. Mae Naomi a Beth dy angen di.'

'Fasa Mam ddim callach 'mod i yno.'

'Ara' deg Lena.' Methodd Sali â dal ei thafod. ''Dan ni'm yn croesi cleddyfau yn aml nacdan? 'Dan ni'n fêts. Ond ti 'di cam-ddeall dy fam yn llwyr. Mae Mags yn dy garu di â'i holl galon, mae hi wastad wedi, a ti yn fama'n malio'r un botwm corn.'

'Cariad 'dach chi'n galw peidio gadael i fi symud o'r tŷ? Do'n i'm yn cael byw fel pawb arall. Ches i'm mwynhau bywyd.'

'Ti'm gwaeth nagwyt? Mewn difri rŵan, sbia arnat ti. Ti'n un o'r rhai mwya llwyddiannus welodd ein teulu ni erioed. Dy fam fagodd di ar ei phen ei hun, cofia. Roedd hi'n gorfod bod yn dad ac yn fam i ti. Doedd petha ddim yn hawdd iddi ar ôl i dy dad fynd. Ddim yn hawdd o gwbl.'

'Roedd Naomi a hi mor agos. Roeddan nhw'n ocê. Roedd ganddyn nhw rhyw gwlwm oedd yn eu cadw nhw'n glos, fel tasan nhw'n rhannu cyfrinachau efo'i gilydd ac yn fy ngadael i allan. Ro'dd petha'n wahanol rhwng Mam a fi.'

'Poeni amdanat ti oedd hi, siŵr iawn. Chdi oedd ei babi bach hi.'

'Babi bach a dyfodd.'

'Ei babi hi'r un fath. Paid â gweld bai. Tydi mamau byth yn medru gollwng gafael dim ots be 'di'r amgylchiada. Ti'm yn gwybod ei hanner hi.'

'Be 'dach chi'n feddwl efo hynny?'

Cododd Sali gopïau o amserlenni'r hediadau yn ôl i Fanceinion yn nes at ei thrwyn er mwyn osgoi'r

108

cwestiwn. Broliodd ei bod wedi dod o hyd i ambell fargen tasa Lena'n fodlon codi tocyn rŵan.

'Fedra i ddim eich gadael chi, Anti Sali. Be 'newch chi hebdda i?'

'Mi fydda i'n iawn. Mae gen i beth wmbredd o gymdogion a ffrindiau taswn i'u hangen nhw. Dwi'm yn gwbl fethedig, sti.'

'Dwn i'm. Ella basa'n well i mi gael cwsg heno a meddwl am y peth bore fory.'

'Gwranda, Lena.' Roedd Sali'n dechrau colli amynedd. 'Ffonia Corey i egluro be sy 'di digwydd. Mae o 'di rhoi seibiant o'r gwaith i ti'n barod. Siawns na chei di fwy o amser os egluri di be sy 'di digwydd. *Compassionate leave.*'

Gyda hynny, canodd cloch y drws ffrynt, ac edrychodd y ddwy ar ei gilydd mewn penbleth. Doedden nhw ddim yn disgwyl ymwelwyr. Sali gododd i fynd at y drws a hynny'n araf deg gan shyfflo yn ei blaen o'r gegin. Sylwodd Lena ei bod hi'n gwyro'n annaturiol yn ei blaen, ei phen yn camu a'i hysgwyddau'n hongian yn llipa braidd. Er bod Sali'n gwadu, anodd oedd cuddio symptomau'r Parkinson's bellach. Roedden nhw'n gwaethygu ac yn amlhau.

Clywodd Lena sgwrsio cyfarwydd yn y cyntedd, ac yna dan arweiniad Sali, daeth Rachel James, Cadeirydd y Gymdeithas Gymraeg, i'r golwg wrth ddrws y gegin.

'Ddrwg gen i glywed am dy fam, Lena.' Rhoddodd Rachel ei llaw ar ei hysgwydd yn famol. Roedd Sali'n amlwg wedi esbonio.

'Rachel roddodd lifft adra i mi neithiwr o'r parti chwarae teg iddi.'

'O'n i'n meddwl mai Pat a Margaret oedd wedi cytuno i neud,' meddai Lena.

'Rachel oedd yn mynnu. Ffeind yndê?'

Chwarddodd Rachel. 'Doeddwn i ddim eisiau i'r noson ddod i ben, Lena fach. Eisiau dal i siarad Cymraeg yr holl ffordd adref a phwy faswn i'n ei gael yn well na Sali?!'

Roedd y ddwy yma fel tasan nhw'n perthyn i gymdeithas gydedmygu ei gilydd meddyliodd Lena. A hithau mewn cyfyng gyngor, doedd fawr o awydd arni gael Rachel James yn gwmpeini, ond mi setlodd honno rownd y bwrdd yn barod i fod yn rhan o'r trafodaethau fel tasa hi'n un o'r teulu. Roedd Rachel yn byw ac yn bod yma'n ddiweddar, ac er ei bod hi'n dda iawn efo Sali, allai Lena ddim peidio meddwl ei bod hi'n busnesu ar brydiau.

'Wyt ti am fynd adre at dy fam?' holodd y ddysgwraig frwd.

'Ddim yn siŵr eto. Dibynnu be fydd gan fy rheolwr i'w ddweud.'

'Wfft am waith, mae hyn yn special circumstance goddammit,' ebychodd Rachel, braidd yn or-frwdfrydig.

Teimlai Lena ei bod hi'n cael ei phledu o bob cyfeiriad, nes yn y diwedd roedd hi'n gwybod nad oedd ganddi fawr o ddewis. Cododd i fynd i'r llofft er mwyn ffonio Corey. Doedd hi ddim eisiau cynulleidfa.

19

O fewn cwta ddeng munud roedd Lena yn ei hôl yn y gegin. Cyn camu i mewn, arhosodd ar waelod y grisiau i wrando ar y janglio am dipyn. Doedd Lena ddim yn licio bod Rachel yn cael gwybod cymaint amdani hi a'r teulu. Mi fasa'n dda ganddi tasa Sali yn dal yn ôl rhyw fymryn, a pheidio porthi'r manylion mor rhwydd yn rhad ac am ddim. Nid fod gan Lena ddim byd yn erbyn Rachel yn bersonol, doedd hi jest ddim eisiau i bobl fela yn ei busnes. Ar y llaw arall, deallai fod y ddwy wedi dod yn dipyn o ffrindiau, a da o beth oedd hynny gan y byddai Sali angen ei help gan fod Lena ar fin gadael.

'Bob dim yn iawn meddai Corey. Mi ddudodd o wrtha i am gymryd gymaint o amser ag sydd angen.'

'O'n i'n gwybod mai dyna fasa fo'n ei ddeud. Rargian ti'm 'di cael gwyliau gwerth sôn amdano ers misoedd beth bynnag,' ategodd Sali.

'Ewch chi i aros i gartref eich mam neu aros efo'ch chwaer?' holodd Rachel.

'Ewadd, dwi ddim wedi meddwl cyn belled eto.'

'Ydi'ch chwaer yn dal i ddysgu Cymraeg i oedolion?'

'Yndi wir. Mae hi wrth ei bodd, yn enwedig gan fod ganddi fwy o amser am fod Beth yn hŷn ac yn fwy annibynnol.'

'O reit dda. Mae angen tiwtoriaid er mwyn tyfu'r iaith,' atebodd Rachel. 'Mi fydd yn chwith i ti fynd yn ôl i Waunfawr a'r tŷ yn wag ar eich pen-blwydd. March the fifth, ie?'

Rhyfeddodd Lena at wybodaeth eang y ddynes ddŵad.

'Mae gynnoch chi gof da am enwau a dyddiadau, Rachel.' Gwenodd Lena arni.

'O, fydda i byth yn anghofio dyddiadau pwysig, Lena bach. Tydw i'm cystal efo wynebau. Can't seem to remember faces for the life of me. Ma'r cof yn reit dda o gofio fy oed!' Pwniodd Sali'n chwareus.

'Reit 'ta. Mi fydd rhaid i chi ein hesgusodi ni, Rachel. Mae Sali am fynd â fi'n ôl i'r fflat er mwyn i mi gael pacio.'

'I'll take you,' atebodd Rachel cyn i Lena orffen ei brawddeg bron. 'Dim trafferth o gwbl. Mi fyddai'n bleser cael eich helpu a chithau yng nghanol amser mor anodd.'

'Ti'n siŵr, Rachel? Mi fedra i fynd, does dim problem,' cynigiodd Sali.

'Na, mae'n iawn. Cawn ni gyfle i sgwrsio ar y ffordd.'

'Wel, os ti'n siŵr. Mi alla i baratoi swper i ni'n tair felly. Gan obeithio y byddi di wedi llwyddo i fwcio *flight* erbyn hynny yndê Lena? Ddoi di yn ôl i gael swper hefo ni, Rachel? Fel diolch i ti am dy gymwynas neithiwr a heddiw.'

'Wna i ddim gwrthod un o dy super suppers di. Mi fyddai'n bleser.'

Ffarweliodd Sali â'r ddwy a llusgodd ei thraed tua'r ystafell fyw. Roedd hi wedi blino a hynny'n dangos yn ei cherddediad. Camodd yn ei blaen a bysedd ei thraed yn taro'r llawr cyn ei sawdl, arwydd sicr o'r anfadwch oedd yn dyfal gydiad. Sodrodd ei hun ar y soffa a cheryddodd ei choesau cwrw.

20

Rachel James oedd un o'r ychydig rai oedd yn gwybod
y gwirionedd am swydd Lena, a chafodd wybod dan lw
o gyfrinachedd. Roedd cael gyrru i'r *base* yn Quantico
felly yn dipyn o antur. Tref fechan hen ffasiwn oedd
hi â phoblogaeth o tua phedwar cant, wedi ei
hamgylchynu'n llwyr gan safleoedd milwrol heblaw am
y gongl ddwyreiniol lle'r oedd afon Potomac yn llifo.
Roedd Rachel wedi bod yn y stryd fawr o'r blaen yn
ymweld â'r siopau bach hynod oedd yno ond fuodd hi
erioed cyn belled â hyn oherwydd rhwystrau diogelwch.

'Ydach chi'n gwybod sawl stryd sydd yma, Rachel?'

'Na wyddwn i. Dim llawer, I guess.'

'Cywir – dim ond saith, cofiwch.'

'Saith – quaint iawn.' Edrychodd Rachel o'i chwmpas
wedi ei chyfareddu gan yr holl arwyddion milwrol oedd
yn egino yma ac acw rhwng y coed.

'Fyddwn i'm yn hir rŵan, 'dan ni bron â chyrraedd.'
Ofnai Lena i'r car fynd ar ei ben i'r gwrych am fod
Rachel yn sbio o'i chwmpas gymaint yn hytrach na
chanolbwyntio ar y lôn.

'It's just like *Silence of the Lambs,*' meddai'r gyrrwr
cynhyrfus yn annisgwyl.

'*Silence of the Lambs,* be 'dach chi'n feddwl?!'

'Ma'n rhaid eich bod chi wedi gweld y scene cyntaf yn

y ffilm, Lena – yr un pan mae Clarice Starling yn rhedeg drwy'r goedwig?'

'O do siŵr. Dwi 'di gweld y ffilm sawl tro,' atebodd Lena, wedi ei thiclo â dirnadaeth Rachel o'r lle.

'Tell me Lena, yn fan hyn oedd hi'n rhedeg? Yn y goedwig yma oedd yr actores Jodie Foster?'

'Dwn i'm Rachel. Dwi 'rioed wedi meddwl am y peth a bod yn onest.'

'Sgenno chi ddim ofn, Lena? Rhedeg yn y coed?'

'Nagoes dim o gwbl. Mae'r coed 'ma yn dod â rhyw lonyddwch braf i mi. Dwi fawr o redwraig chwaith, mwy o jolly jogger!' Chwarddodd y ddwy.

'O ddifri Lena – does gynnoch chi ddim ofn? Ofn i ryw stranger ddod amdanoch chi o du ôl i'r . . . castanwydden?' Roedd golwg bles ar Rachel am ei bod hi wedi gallu ynganu enw'r goeden mor ddidrafferth. 'Gosh, roedd hwnna'n air mawr yn doedd Lena?!'

'Oedd wir. Gwych iawn. Coeden goncyrs faswn i'n ei galw hi!'

'I say "hofrennydd" you say "helicopter", I say "meddyg" you say "doctor"! It's odd isn't it Lena? Diolch i Dduw am Sali a Bruce. My saviours.'

'Bruce? Dwi ddim yn meddwl 'mod i'n ei nabod o. Oedd o yn y parti neithiwr?'

'Rargian nagoedd! Dim gentleman friend ydi Bruce. Bruce Griffiths – Geiriadur yr Academi. Y fifty five pounds gora i fi wario yn fy mywyd, lot gwell na'r sothach *Fifty Shades* 'na!' Chwarddodd y ddwy. 'Does gynnoch chi ddim ofn felly? Ofn pobl ddrwg yn eich lein chi o waith?'

'Nagoes. Eithriadau ydi pobl ddiarth ddrwg, siŵr iawn.'

'Ei-th-ri-adau, now that's a big one – that's almost as hard as "castanwydden". Exception right?'

'Wyddoch chi, Rachel, fod ymhell dros hanner cant y cant o achosion o violence neu murders yn cael eu gwneud gan bobl sy'n nabod ei gilydd?'

'Over fifty per cent – mae hynna'n lot. Pobl sy'n nabod ei gilydd yn brifo ei gilydd. That's very strange.'

'Tydi hi ddim gwaeth na unrhyw swydd arall yn y bôn w'chi. Pethau prin ydi digwyddiadau Black Swan.'

'Black Swan?'

'Rhyw theori ydi o, pan fo rhywbeth yn digwydd yn syrpreis, digwyddiad annisgwyl.'

'Black Swan, I'll have to remember that. Alarch du.' Nodiodd Rachel, yn falch ei bod wedi dysgu rhywbeth newydd. Ymlaen â'r car, a'r ddwy'n dawelach am dipyn.

'Mi fasa'ch tad wedi bod yn falch ohonoch chi, Lena.'

'Dad?'

'Ie. Dwi'n siŵr y basa fo'n falch eich bod wedi cyrraedd fan hyn. Mor ddewr.'

'Gobeithio nad ydi Sali wedi bod yn eich diflasu'n ormodol efo hanes ein teulu bach ni. 'Sgen i fawr o go' o 'nhad.'

'Na, dwi'n gwybod.' Trodd Rachel ei phen, er mwyn edrych i fyw llygaid ei chyfeirwraig. 'Mae Sali wedi egluro. Dwi . . . '

Fel yr oedd hi ar fin gorffen y frawddeg, dyma Lena'n sylwi ar gwningen yn croesi'r ffordd reit o'u blaen.

'Gwyliwch Rachel!' gwaeddodd yn gyflym.

Trodd Rachel ei llygad yn ôl at y ffordd, gan gydio yn y llyw yn dynn a gwyro'r car yn sydyn i'r chwith er mwyn osgoi'r creadur ofnus. Tarodd y brêc a sgrialodd y gwningen am y goedwig gerllaw.

'Rargian, roedd y gwningen fach yna'n lwcus yn doedd?' ochneidiodd Lena.

'Yn lwcus iawn. Yn fwy lwcus na llawer un, I guess.'

O fewn hanner munud mi gyrhaeddon nhw'r giât ddiogelwch oedd yn arwain at y campws hyfforddi. Ffarweliodd Lena gan esbonio y byddai'n gyrru ei char ei hun yn ôl i dŷ Sali ar ôl sortio'r hediadau a'i phacio. Diolchodd eto am y lifft.

Cerddodd Lena yn ei blaen gan stopio wrth linell goch oedd wedi ei pheintio ar y llawr. Daeth fflach sydyn fel tasa yna rywun yn tynnu ei llun. Y peiriant laser anweledig oedd hwn a oedd yn dilysu llygaid ymwelwyr. Camodd dros y llinell goch ac ymlaen at y peiriant cerdyn adnabod mwy confensiynol. Ac yn union fel tasa hi'n wedi bwrw cerdyn teyrngarwch dros wydr y til yn Tesco mi agorodd yr hatsh bach rhwng y giatiau haearn, ac i mewn â hi.

Erbyn iddi droi rownd i godi llaw unwaith yn rhagor a hithau tu ôl i'r bariau metel, roedd Rachel James wedi hen fynd, a gallai weld lliw tin y Chervolet Camaro llwyd yn diflannu rhwng y coed concyrs.

21

Gwasgodd Sali ei nith wrth y ddesg *check-in*. Er mai hi oedd wedi bod ar flaen y gad yn darbwyllo Lena i fynd yn ei hôl i Gymru at ei mam, gwyddai rŵan y byddai ar goll hebddi. Bu'n cuddio gwir natur ei salwch rhag ei nith ers misoedd. Ac er bod Lena'n ymwybodol nad oedd pethau'n iawn, wyddai hi ddim i ba raddau.

Roedd Sali'n dal i fedru dreifio – jyst. A'r diolch am hynny i ddos go hegar o dabledi, mwy na'r hyn yr oedd hi i fod i'w cymryd. Bu bron i'r gorchwyl o greu'r sbag bol i Lena a Rachel ei lladd hi. Ond, a hithau wedi troi'n dipyn o feistr ar reoli ei symptomau, gwthiwyd y blinder i un ochr dros dro wrth iddi lyncu ei thabledi'n rhy barod. Roedden nhw'n rhoi coblyn o *high* iddi am oriau yn llygaid y cyhoedd, cyn iddi ddisgyn yn ddisymwth i brudd-der pan oedd hi o'r golwg.

'Welist ti'r dyn 'na o dy flaen di yn cael sticer 'Heavy' ar ei gês?' Ceisiodd Sali dorri ar dyndra'r ffarwél.

'Do, be sy haru pobl yn pacio gymaint, 'dwch?'

'Wel, os oedd y cês yn cael sticer, yna roedd ei berchennog yn haeddu un hefyd – ro'dd o'n sicr 'di bwyta gormod o beis yn doedd?!'

'Sali, 'dach chi'm i fod i ddeud petha fel 'na dyddiau yma. Watshiwch rhag ofn ei fod o'n siarad Cymraeg. 'Dach chi byth yn gwybod.'

'Cym ofal, Lena a chofia fi atyn nhw.' Sobrodd y sgwrs. 'Mi fyddai'n meddwl amdanat a hitha'n ben-blwydd arnat ti mewn chydig ddyddiau.'

'Twt lol. Dwi'n mynd rhy hen i betha felly rŵan, Anti Sal. 'Dach chi'n siŵr y byddwch chi'n iawn?'

'Yndw, neno'r tad. Dos di rŵan, a phwylla ar ôl cyrraedd, ti'n 'nghlywed i? Ofalus efo'r *right hand drive* 'na. Ella ddoith Mags ati ei hun, sti.'

'Ella wir.' Cydiodd yn ei llaw eto a cheisiodd ysgafnhau'r ffarwél. 'Biti fydd 'na neb yn 'y nisgwyl i'r ochr arall efo arwydd "Taxi for Miss Lena", fel yr o'ddach chi'n arfer neud yndê?'

'Na fydd, debyg iawn. Hen lol oedd hynny gan dy fodryb ers talwm yndê! Gene oedd isio gwneud sti, a finna'n ei hiwmro fo! Cofia roi andros o fwytha mawr i Beth gen i. A deud wrthi 'mod i'n disgwyl iddi ddod draw i weld ei hen Anti Sali'n fuan iawn.'

Gydag un cydiad arall, gollyngodd y ddwy ei gilydd a cherddodd Lena drwy'r adwy tuag at y lolfa adael heb edrych yn ei hôl.

22

Curai'r glaw yn drwm ar ffenestri anferth Terfynfa 5, a da fyddai cael sychwyr ffenestri i allu gweld y nos yn well. Roedd yna ddegau o awyrennau, cannoedd efallai, a'u goleuadau oren a choch yn staenio'r düwch yn un aneglurder mawr. Erbyn hyn roedd hi'n tynnu am chwarter i un y bore. Tu ôl i'r ddesg wrth ei hochr roedd staff yr awyren wrthi'n ddyfal â threfniadau munud olaf; gobeithiai Lena na fyddai corwynt Antonio oedd yn bygwth o'r gorllewin yn amharu ar amserlen yr hediadau.

Roedd merch fach yn cropian o dan y cadeiriau, wedi cynhyrfu'n lân. Ar ei chefn roedd ganddi fag siâp mwnci, a llygaid y creadur fel tasan nhw'n dilyn Lena wrth i'r fechan godi ar ei phengliniau bob hyn a hyn. O ystyried pa awr oedd hi, roedd pawb yn hynod o amyneddgar efo'i gêm fach, gan godi eu coesau i wneud lle pan benderfynai newid cyfeiriad. Daeth i stop o dan y gadair drws nesaf i Lena a chododd ar ei thraed. Edrychodd am eiliad a golwg gymysglyd braidd arni cyn holi Lena pam ei bod hi'n gwisgo sbectol haul am ei phen a hithau wedi nosi. Cwestiwn da a theg iawn atebodd Lena gan dynnu'r sbectol a'i chadw yn ei bag yn syth. Hen arferiad gwirion oedd o, yn rhyw flanced gysur iddi.

Gyda'r sbectol o fewn cyrraedd ar ei phen, gwyddai Lena y byddai'n medru cuddio rhag y byd mewn amrantiad tasa'r angen yn codi. Yn ôl at ei thad aeth y ferch wrth iddo yntau gywilyddio at bowldra ei ferch, a Lena'n ceisio ei ddarbwyllo nad oedd hi'n meindio o gwbl.

Erbyn hyn, roedd yna ddynes mewn cadair olwyn wedi dod at ymyl y ddesg, ac roedd hi'n holi'r stiwardes druan yn dwll. Gwisgai gardigan grosio felynbinc a blanced frethyn dros ei glin. Ar ben honno roedd hi'n bownsio babi mewn cit pêl-droed Lloegr i fyny ac i lawr. I ganlyn y Nain a'r babi daeth gweddill y teulu. Yn fam, yn dad a dau o blant bach piwis eraill. Pwyntiodd un ohonyn nhw at boster StarSlush a'r geiriau 'Made with real fruit' oddi tano. Go brin fod yr un fefusen na mafonen wedi tywyllu'r un sosban wrth ei wneud, meddyliodd Lena. Ildiodd y fam flinedig a cherdded at y bar dros y ffordd i'w brynu. Trodd yntau yn ei ôl at ei frawd i hawlio buddugoliaeth gyda 'Yes' fawr a chodi bawd. Dyna pryd welodd Lena'r geiriau 'The Boss' ar flaen ei grys. Fuodd yna erioed eiriau mwy addas, meddyliodd.

Wrth weld y geiriau hynny ar flaen crys-t y cena' bach, penderfynodd Lena ffonio Corey unwaith eto cyn gadael. Roedd o'n rhegi a rhwygo oherwydd bod yna ddatblygiadau annisgwyl wedi codi yn yr ymchwiliad i herwgipiad Joe bach. Roedd y profion DNA a ddaeth yn ôl o'r labordy'r prynhawn hwnnw wedi dangos bod olion moleciwlau genetig Kathia Carcamo wedi eu darganfod yn y fflat yn Lakeview. Nid jest yn y lolfa lle'r oedd hi wedi cipio'r babi o'i grud ond hefyd yn ystafell wely'r rhieni, ac yn benodol ar rai o ddillad tad Joe.

O fewn ychydig oriau roedd swyddogion wedi dod ar draws tystiolaeth oedd yn awgrymu ei fod o wedi bod yn cael perthynas yn y dirgel efo Kathia Carcamo ers misoedd. Cafwyd cadarnhad o hynny ar ôl holi rhai o'i gydweithwyr ymhellach. Roedden nhw wedi bod yn caru ar y slei, ond doedd neb wedi dweud dim ynghynt gan nad oedden nhw'n meddwl bod hynny'n berthnasol i'r achos ar y pryd.

Roedd Lena'n gegagored. Ddychmygodd hi erioed ddrama fel hyn a hithau wedi bod yng nghwmni'r rhieni yn y fflat cyhyd. Roedden nhw'n edrych mor glòs. Yn ôl Corey mi wadodd y tad hyd Sul y pys ei fod o'n nabod Kathia a hynny yn gwbl wyneb galed o flaen ei wraig a'r swyddogion, ond roedd y rhwyd yn cau amdano'n araf deg.

Pwysleisiodd Corey nad oedden nhw fel tîm yn amau bod gan y tad unrhyw beth i'w wneud â'r cipio, ond mi oedd o'n sicr wedi bod yn rhaffu celwyddau. Roedd Corey'n chwarae'r diawl, ond doedd dim bwriad ganddo ei arestio o wybod y byddai'n cael ei gosbi'n saith gwaeth gan ei wraig wedyn.

Holodd Lena ai fo felly oedd tad babi Kathia Carcamo, yr un y collodd hi wythnos ynghynt. Doedd dim sicrwydd eto meddai Corey, ond roedden nhw wrthi'n ymchwilio.

Er cymaint oedd y sioc yng nghynffon y stori yma, doedd o ddim yn gwbl annisgwyl chwaith o gofio bod y rhan fwyaf o ymosodiadau neu achosion o herwgipio yn dod dan law pobl oedd yn nabod ei gilydd. Ffarweliodd Corey gan ddweud wrth Lena fod popeth dan reolaeth ac nad oedd angen iddi hi boeni. 'Bod efo dy fam sy'n bwysig,' meddai.

Wrth ddiffodd y ffôn cydiodd Lena yng ngeiriau ei phennaeth, roedd y cwbl fel tasa ei thad newydd siarad efo hi.

23

Fe ddaeth yr awr, a chafodd Lena sedd wrth y ffenest.
Er ei bod hi'n falch o allu gweld tu allan, y drafferth o
eistedd yn fanno oedd y byddai'n rhaid iddi styrbio
gweddill y rhes tasa hi eisiau mynd i'r tŷ bach. Wrth
gynefino efo'i chorlan newydd roedd rhywbeth yn
chwarae ar ei meddwl – rhifau'r cadeiriau. Rhes 21
CBA oedd ar dop y seddi, a doedd Lena ddim yn gallu
goddef bod y llythrennau wedi eu gosod o chwith a'i bod
hi mewn odrif o res. Mi fasa'n llawer gwell ganddi tasa'r
cwmni awyrennau wedi eu gosod yn y drefn gywir –
ABC. Gwyddai Lena fod meddwl fel hyn yn beth gwbl
hurt, ac mai hi oedd ar fai yn gadael i bethau gwirion ei
phlagio, ond roedd hi'n methu stopio, ac roedd hi'n
diawlio ei bod mor ynfyd. Casáu anhrefn oedd hi –
dyna'r drafferth. Hoffai weld popeth mewn patrwm twt,
mewn bocsys taclus, a phan nad oedden nhw, roedd hi'n
aflonyddu.

Daeth ychydig o ollyngdod i'w hel meddyliau gydag
anerchiad y staff am reolau diogelwch. Roedd Lena yn
ystod ei hoes wedi gwrando (a pheidio gwrando) ar sawl
llith fel hyn, a myfyriodd am dipyn a oedd unrhyw un
mewn difrif yn cymryd sylw o beth oedd gan y staff i'w
ddweud. Tybed a fyddai'r teithwyr talog yma'n gwybod
beth i'w wneud tasa yna argyfwng yn taro go iawn neu

a fyddai pob cyngor a roddwyd yn cael ei luchio drwy'r ffenest yn llythrennol?

Wrth iddi gyniwair, trodd ei meddwl at drychineb Lockerbie unwaith yn rhagor. Oedd y teithwyr yr adeg yna wedi gwrando ar y ddarlith ddiogelwch cyn cychwyn? Bu bron iawn iddi godi ar ei thraed yn y fan a'r lle i annog pawb i beidio bod mor ddi-hid. Dechreuodd dapio'i throed dde ar y llawr, cyn rhoi'r goes chwith dros ei phen-glin i drio stopio.

I ddangos mymryn o ewyllysgarwch, darllenodd Lena'r daflen oedd yn y boced ar gefn y sedd o'i blaen. Uwchben cartŵn o ddyn yn eistedd mewn awyren ac yntau'n gwyro ei ben at ei liniau, a'r awyren honno'n anelu am y môr, roedd y gair 'BRACE' wedi ei deipio'n fras. Ystyr 'brace' ydi bod yn barod. Bod yn barod am beth felly? Y diwedd?

Ystyriodd Lena, tasa'r awyren hon yn penderfynu nad oedd yfory i fod, be fyddai orau ganddi – disgyn ar dir neu ar ddŵr? Tasa ganddi'r dewis, yna'r tir fyddai'n mynd â hi heb os. O leiaf mi fyddai'r darfod yn dod yn gynt, tra byddai angau'n cymryd mwy o amser o bosib yn y môr. Dechreuodd deimlo'n gyfoglyd wrth feddwl am y peth. Doedd Lena ddim yn licio dŵr. Byddai'n ei osgoi orau medrai. Doedd hi byth yn cael bath, wastad yn dewis y gawod, a doedd hi byth yn mynd i nofio. Roedd ganddi andros o ofn boddi, achos bu bron iddi wneud unwaith yn nhonnau'r môr ym Môn. Doedd hi ddim wedi bod yn agos at yr un traeth ers hynny – Awst 1985 (odrif arall). Cofiai yn iawn.

Dechreuodd anadlu'n ddyfnach ac yn ddyfnach wrth feddwl am y môr. Aeth ati i gyfrif am yn ôl o gant er mwyn sadio.

Rhoddodd y daflen ddiogelwch yn ei hôl yn y boced a dal ati i gyfrif. Mi wnaeth y dyn oedd yn eistedd drws nesaf yr un peth gan wenu'n dirion arni. Doedd o'n amlwg ddim yn gallu blasu'r heli oedd yn prysur lenwi ysgyfaint ei gymdoges nes ei bod hi jest a chrio.

Wedi cyrraedd yr entrychion uwchben Washington D.C. a dim byd i'w weld drwy'r ffenest ond un llyn hir du bitsh, roedd Lena wedi cyfrif am yn ôl o gant dros bum gwaith. Pwysodd ei phen ar y gobennydd oedd mor denau â deilen a rhoi'r flanced oedd wedi ei darparu gan y cwmni awyrennau drosti. Doedd dim lle i droi yn ei chornel fach, a hithau'n methu'n lân a phenderfynu a oedd hi'n weddus pwyso'r botwm er mwyn hwpio'r sedd yn ei hôl ai peidio. Yn un o'r degau o sardîns ar fwrdd yr awyren, caeodd ei llygaid gan obeithio y byddai'r babi 'cit Lloegr' yn gweld yn dda i wneud yr un peth cyn hir.

24

Wyth awr a deng munud gymrodd hi i gyrraedd Manceinion. Awr arall i chwilio am ei chês, chwarter awr mewn ciw i'r cŵn synhwyro wneud eu gwaith, a chwarter awr arall yn disgwyl i gael ei swabio ar gyfer profion Ebola.

Eisteddodd yn y car llog am ennyd i gael ei gwynt ati. Roedd hi'n tynnu am bedwar o'r gloch y prynhawn, er mai dim ond bron iawn yn amser cinio oedd hi yn amser America. Roedd y ceir o'i chwmpas yn canu grwndi yn y glaw, ac awyr Manceinion mor ddi-liw ag erioed. Trodd yr injan ymlaen, ac am y tro cyntaf ers hydoedd taniodd y gwres yn hytrach na'r peiriant awyru.

Gwyliodd y gawod yn taro'r ffenest am funud cyn rhoi'r weipars ymlaen. Roedd glaw Prydain yn wahanol i law America. Doedd o ddim yn blasu'r un fath ac mi oedd o'n wlypach o'r hanner – yn oglau pridd a metel dros ei gilydd. Roedd yr oerfel yn wahanol pen yma o'r byd hefyd, roedd o'n pigo'r croen yn gynt. Dyma oerfel ei phlentyndod. Oerfel cowt cefn Parc Villa.

Ceisiodd ymgynefino ag eistedd yn ochr dde'r car cyn rhoi'r gêr yn ei le. Mwythodd y llyw fel tasa hi'n cyflwyno'i hun i gymar newydd. Cyn cychwyn, estynnodd ei ffôn bach o'i bag llaw er mwyn i hwnnw hefyd ymgynefino efo'i le newydd. O fewn ychydig eiliadau canodd y larwm gan ddangos bod dwy neges yn ei grombil ac un tecst. Neges gan Anti Sali oedd un a'r llall gan Naomi, y ddwy'n gobeithio bod Lena wedi cyrraedd yn ddiogel. Gan Beth oedd y neges destun: *Edrych 'mlaen i weld chdi. Caru t X.* Atebodd Lena ei nith gan ddweud y byddai yng Ngwynedd mewn dim, yna mi drodd ei golygon at yr M56. Y draffordd a fyddai'n ei harwain yn y pen draw at lonydd a thiroedd cyfarwydd ei mebyd, lonydd a oedd bellach yn gwbl, gwbl ddiarth.

25

Roedd y traffig yn drwm rhwng Bae Colwyn a throad
y Black Cat, a dim ond un lôn oedd ar agor drwy dwnnel
Conwy. Wrth i'r ceir bwyllo, yn raddol hefyd arafodd y
glaw. Mewn adroddiad ar y newyddion soniwyd am y
difrod yn Miami wedi i gorwynt Antonio boeri'i
gynddaredd. Roedd y storm, yn ôl y gohebydd, bellach
wedi gwanhau ar ôl trafaelio dros yr Iwerydd, a fedrai
Lena ddim peidio meddwl ei bod hithau, fel y dymestl
wedi tawelu rhyw fymryn wedi'r un daith.

Wrth yrru heibio'r clip tuag at Ddwygyfylchi gwelodd
Ynys Seiriol yn y pellter fel morfil yn codi ei ben tuag at
bigyn dwyreiniol Ynys Môn. Tu cefn iddo roedd yna
fferm wynt nad oedd yno'r tro diwethaf i Lena fod adref.
O bellter, edrychai'r polion uchel a'u llafnau fel nofwyr
yn ceisio cyrraedd y lan, yn ymestyn eu breichiau dros
eu hysgwyddau mewn *breast-stroke* taclus.

Er bod Lena wedi ei magu yn Waunfawr, dim ond
unwaith erioed fuodd hi yn Sir Fôn. Rhoddwyd
gwaharddiad llwyr ar y lle gan ei mam ar ôl y
digwyddiad hwnnw efo'r môr yn haf 1985. Naomi oedd
ar fai. Hi geisiodd ddal pen Lena o dan y dŵr, hi
geisiodd ei lladd hi, a byth ers hynny roedd Lena yn
osgoi'r môr. Lwcus ar y naw fod y rhan fwyaf o'i gwaith
efo'r FBI ar dir sych.

Roedd Lena'n cofio boddi, roedd hi'n cofio Naomi yn ei gwthio'n is ac yn is, ond doedd hi ddim yn cofio yn lle ddigwyddodd y drochfa. Pa draeth? Pa fôr? Yr unig beth roedd hi'n ei wybod oedd mai yn Sir Fôn ddigwyddodd yr helynt – yn rhywle rhwng South Stack a'r Fenai.

Doedd y peidio mynd yn ôl i'r ynys ddim yn broblem fawr i Lena yn ystod ei phlentyndod. Wedi'r cwbl, doedd byw heb Sir Fôn ddim yn faen tramgwydd mor ofnadwy â hynny i blentyn y Tir Mawr. Heb berthnasau na ffrindiau'n byw yno, doedd yr achlysuron i fentro dros Bont Borth ddim yn codi, ac felly doedd fawr o golled ar ei hôl. Ymhen hir a hwyr anghofiodd Lena am Sir Fôn, ond ni lwyddodd erioed i anghofio be ddigwyddodd yno.

Mi gafodd 'y digwyddiad' effaith aruthrol ar y tair. Chwech oed oedd Lena, felly roedd hi'n dibynnu'n llwyr ar gof plentyn. Annelwig iawn oedd y ffeithiau, ond roedd hi'n cofio'n iawn sut flas oedd ar yr halen a gaeodd ei chorn gwddw am gyfnod.

'Damwain – dyna'r cwbl.' Dyna fyddai Magw'n ei ddweud pan fyddai Lena'n gwrthod cael bath efo Naomi wedi'r prynhawn hwnnw. Roedd Lena'n casáu bod ei mam yn galw'r trybini yn 'ddamwain' achos nid anhap mohono iddi hi. Doedd yr FBI, na'r rhan fwyaf o heddluoedd y byd, ddim yn credu mewn damweiniau beth bynnag – digwyddiadau oedden nhw nid damweiniau. Cyfres o amgylchiadau bach yn arwain at ddigwyddiad mawr, a hwnnw wedyn yn cael ei enwi neu ei gamgymryd fel damwain.

Fuodd Magw byth yr un fath ar ôl y boddi. Trodd yn fam obsesiynol, yn poeni am bawb a phopeth ac yn orwarcheidiol o Lena a'i chwaer. Fuodd perthynas Lena efo Naomi byth yr un fath chwaith. Nid fod Lena'n cofio'n iawn sut roedden nhw efo'i gilydd cyn hynny, ond ar ôl i Naomi geisio ei lladd, ni allai ymddiried ynddi o gwbl. Disgwylir i chwaer hŷn, yn anad dim, fod yn driw i chwaer fach. Doedd Naomi ddim.

Chwarae ar y traeth roedden nhw, roedd Lena'n rhyw how gofio hynny. Cofiai'r teimlad braf o godi tywod gwlyb o law i law. Roedd ganddi hefyd go' o badlo yn y dŵr – doedd bosib ei bod hi'n medru nofio'n iawn a hithau ond yn chwech oed.

Cofiai gysgod Naomi'n dod ati yn y düwch mawr, ac yn lle ei helpu, roedd hi'n ei gwthio hi'n is ac yn is. Roedd yna sŵn gweiddi a sgrechian yn ddistaw aneglur uwch ei phen, ac er na fedrai Lena ei hateb roedd hi'n cofio ymbil ar Naomi i stopio. Ond ei gwthio'n ddyfnach o dan y dŵr wnaeth ei chwaer. Roedd pob dim yn gorffen ar ôl hynny, a doedd Lena ddim yn cofio dim byd pellach. Ddim hyd yn oed deffro yn yr ysbyty.

'Pam 'nest ti drio marw fi Naomi?'

'Marw chdi? Be 'di hynna?'

'G'neud fi farw o dan y dŵr. Dwi YN gwbod.'

'Nesh i ddim.'

'Do tad.'

'Naddo tad.'

'Do tad.'

'Naddo tad.'

'Pam ti'm yn licio fi?'

'Dwi yn licio chdi.'

'Pam 'nest ti farw fi 'ta? Doedd gwynt fi ddim yn gweithio dan y dŵr.'

'Lladd ydi'r gair iawn, ddim "marw fi".'

'Pam bo chdi ddim yn licio fi Naomi?'

'Dydi hynna ddim yn wir.'

'Yndi tad.'

'Nadi tad.'

'Yndi tad. Ti'm yn licio fi am fod Dad wedi marw, a ti'n meddwl mai bai fi oedd hynna.'

'Nadw tad, dim chdi laddodd Dad naci? Fo 'nath hynna ei hun.'

'Ia, dwi'n gwbo' hynna, ond dwi 'di cl'wad Nain yn deud wrth Mam 'i fod o wedi mynd achos fi. Achos y ddamwain car pan gesh i 'ngeni.'

'Dim dyna oeddan nhw'n feddwl siŵr iawn.'

'Ia tad. Mi 'nath Dad farw achos fi, a ti rŵan ddim yn licio fi. Dyna pam 'nest ti drio lladd fi yn y môr.'

'Dydi hynna 'im yn wir Lena. Cau dy geg wir Dduw, ti rêl poen.'

'Yndw dwi'n gwbo' – dyna pam ti'm isio fi yma.'

'Cau hi, ti jest ddim yn dallt. Anghofia fo.'Mond hogan fach w't ti.'

'Dwi bron yn saith.'

'Dwi bron yn ddeg felly anghofia fo.'

'Na 'naf, 'na i ddim anghofio.'

A dyna'r gwir amdani. Methodd Lena ag anghofio'r diwrnod hwnnw ar y traeth. Methodd anghofio fel plentyn chwe blwydd, seith mlwydd, wyth mlwydd na chwaith fel oedolyn tri deg a phump oed. Roedd hi'n dal i gofio, ac yn dal i lyncu mul.

Wrth i'r car rhent fynd yn ei flaen ar hyd y glannau heibio Llanfairfechan, ac Ynys Môn yn y pellter pell, roedd yr atgofion yn nes nag erioed.

Aflan oedd môr Môn.

26

Led ffordd a chae o'r lôn wrth basio Abergwyngregyn roedd yna drên yn rasio yn erbyn y ceir. Y trên oedd ar y blaen o beth andros. Daliodd Lena ei llygaid arno wrth iddo wibio yn ei flaen am Fangor. Yna, clepiodd frêcs y car yn sydyn. Am eiliad roedd hi bron yn siŵr ei bod wedi gweld person yng nghanol y ffordd. Y trên oedd ar fai, a hithau'n credu iddi weld Kathia Carcamo yn neidio o'i blaen eto. Roedd y *jet-lag* yn dechrau dweud arni. Y blinder a'r euogrwydd. A'r peth nesaf roedd yna goblyn o sŵn sgidio wrth i gorn y car y tu ôl iddi hwtian yn ddig.

Daeth at ei choed a throdd y radio'n uwch er mwyn ceisio cael gwared ar yr hel meddyliau bondigrybwyll oedd yn ei llethu. Biti na fyddai'r ymennydd dynol fel cerdyn co' bach efo'r gallu i ddileu ambell lun ag un clic.

Er mor ddymunol oedd llais melfedaidd Dewi Llwyd yn darllen y newyddion, chwiliodd Lena am sianel arall â cherddoriaeth er mwyn symud ei meddwl. Neidiodd o un orsaf i'r llall, nes stopio ar y gân fwyaf swnllyd y gallai ei ffeindio.

Wrth nesáu am Dal-y-bont gwelodd arwydd neon ochr ffordd yn rhybuddio am dagfeydd ar Bont Britannia. Chwarddodd yn dawel gan wybod nad oedd rhaid iddi hi o bawb boeni am hynny, achos doedd y Prices byth yn mynd i Sir Fôn!

Daeth Ysbyty Gwynedd i'r golwg ar yr ochr dde iddi, a meddyliodd tybed be fyddai orau. Mynd yn syth yno ynteu mynd i Parc Villa yn gyntaf i ddadbacio? Yn y neges ffôn flaenorol roedd Naomi wedi dweud ei bod hi'n mynd i'r ysbyty efo Beth wedi iddi fynd i'w nôl o'r clwb 'rôl ysgol.

Trodd Lena i'r chwith am y ffordd ymadael ger Parc Menai ac anelodd y car i gyfeiriad yr ysbyty. Penderfynodd wynebu ei hofnau yn lle eu claddu tan nes ymlaen. Roedd hi wedi cuddio rhag y môr gydol ei hoes, pan ddylai fod wedi wynebu ei ffobia ar ei ben. Felly, os oedd wynebu ei mam a Naomi yn lled-ddatblygu i fod yn ffobia arall, gwell oedd cael gwared ohono cyn iddo ddechrau magu traed.

27

Mi fuodd yn chwilio am le i barcio am dros ugain munud. Roedd Naomi wedi ei rhybuddio ei bod hi'n job cael lle yno. Wrth gerdded tuag at y brif fynedfa, roedd golau gwasgaredig yr awr teiliwr yn creu tarth pinc cynnil dros bob man. Edrychodd ar y rhesi o ffenestri oedd yn ei hwynebu, gan feddwl tybed tu ôl i ba lygad gwydr roedd ei mam.

Roedd yna ryw ddeuoliaeth od yn perthyn i fywyd Lena ar brydiau. Roedd hi wedi arfer ymweld yn wythnosol â sawl mortiwari, a'u jariau o gnawd ac esgyrn fel potiau nionod picl. Roedd hi'n gwbl gyfarwydd â meirwon mewn oergelloedd, ac os câi gynnig rhoi tro ar agor corff gan batholegydd, byddai'n derbyn bob tro, er iddi weld llawer dyn abl yn taflu i fyny am fod oglau corff pydredig mor gryf. Rŵan hyn, fodd bynnag, wrth gamu tuag at y ward lle gorweddai ei mam ym mhorth y fynwent, roedd ar Lena ofn ofnadwy.

Roedd arogl *disinfectant* y coridorau'n debyg iawn i *formalin*, y diheintydd sy'n cael ei ddefnyddio wrth bêr-eneinio cyrff cyn awtopsi, ac yn rhyfeddol daeth hynny â pheth cysur i Lena.

Roedd y ffordd yn hir at Ward Cadnant a sgriffiadau trolïau ar frys wedi gadael eu hôl ar y waliau. Uwchben rheiny, i geisio cynhesu'r muriau oeraidd, roedd yna brintiau o blant yn codi cestyll tywod ac yn trochi eu traed yn y llanw. Golygfeydd hollol wahanol i'r lluniau oedd ganddi hi yn ei chof o fod ar lan y môr. *Girl by the waves at Porth Dafarch* oedd teitl un. Tybed ai yn Sir Fôn oedd fanno, meddyliodd Lena. Wyddai hi ddim; doedd ei gwybodaeth ddaearyddol am ogledd Cymru ddim gystal â'i hadnabyddiaeth o Ogledd America. Prociodd y darluniau ryw hiraeth am blentyndod coll, wrth iddi raddol sylwi ei bod hi, dros y blynyddoedd diwethaf, yn union fel ei thad gynt, wedi gadael a bradychu ei mam.

Roedd Lena wastad wedi meddwl mai peth gwrol oedd mudo i America, gan ddianc i fyd newydd, ond mewn gwirionedd roedd hi'n dechrau gweld mai aros gartref fyddai wedi bod y weithred ddewraf un.

Ysbyty Gwynedd neu rywle, 3 Mawrth

'Ai dyma ydi darfod? Iesu Mawr, am siom.' Doedd Magw 'rioed wedi credu y byddai 'na delynorion ar dop grisiau o gymylau yn disgwyl amdani, ond a hithau'n hogan Ysgol Sul mi oedd hi wedi gobeithio am rywbeth amgenach na hyn. Croeso gwell na'r gwagle yma o ddim byd. 'Dim fel 'ma oedd petha i fod. Tydi fama ddim yn debyg i'r nefoedd.'

'A ti'n gwybod sut ma' nefoedd i fod i edrych wyt?' Chwarddodd Elwy uwch anghrediniaeth ei wraig.

'O'n i 'di disgwyl dipyn bach mwy o sioe ddeud gwir.'

'Oeddat wir? Deud ti!' Roedd y ddau wedi dechrau ymlacio yng nghwmni ei gilydd erbyn hyn, a'r oriau diwethaf wedi diflannu'n ddim.

'Dwi'n cofio Mam yn sôn wrtha i ar ôl i Dad farw fod 'na goed ceirios pinc ym mhob man yn y nefoedd.' Caeodd Magw ei llygaid gan ddychmygu'r petalau rhosliw yn garped llyfn dan draed. 'Mi ddudodd hi y bydda pawb oedd 'di marw cyn Dad yno i'w groesawu i roi'r hen fyd yn ei le.'

'Rhoi'r hen fyd yn ei le – reit dda.' Bu bron iddo ddweud wrthi am gallio, ond ffrwynodd ei hun. 'Tasa chdi'n meddwl o ddifri rŵan – pobl sy'n ei alw fo'n nefoedd yndê? Rhyw enw gneud ydi o ar chwedl o ryw fath.'

'Lwcus mai anffyddiwr w't ti, Elwy Price. Chest ti'm dy siomi ar ôl cyrraedd yma felly.'

Doedd dim deunydd blaenores yn Magw, ond roedd hi'n dal i goelio bod nefoedd *yn* bod. 'Os mai dyma'r croeso gafodd Dad ar ôl iddo fo fynd – am uffar o siom.'

Bu farw ei thad wythnos cyn ei phen-blwydd yn naw oed wedi i'r Fordson Major dwlu drosodd yn dop cae. 'O'dd Mam yn deud y bydda 'na lot o bobl yn disgwyl am Dad wrth y giât aur, ac y bydda Eddie Cochran a'i gitâr yno hefyd, achos ei fod o wedi marw wythnos cynt.'

'Dwi'n cofio ti'n sôn am hynna wrtha i unwaith. Damwain car gafodd Eddie Cochran yndê?'

'Ia 'na chdi. Twenti tŵ oedd o, a chael ei ladd mewn tacsi ar ôl gorffen canu mewn consart ochra Llundan, a Dad yn cael ei ladd wythnos wedyn gan dractor.'

Dechreuodd Elwy hymian canu.

'Iesu Mawr – ti'n cofio'r gân! Da chdi Elwy. 'C'mon Everybody'.

Y gân honno oedd i'w chlywed rownd y ril yr wythnos cyn ac ar ôl i'w thad farw. Roedd Radio Luxembourg ymlaen bob nos achos nad oedd ei mam yn hoffi'r tawelwch oedd yn llenwi'r tŷ. Fanno oedd man cychwyn hoffter Magw o gerddoriaeth debyg iawn, wrth iddi hi, ei mam a'r tonfeddi alaru efo'i gilydd.

'O'n i 'di meddwl bod Dad yn ocê fyny fama, o'n i'n gobeithio nad oedd o'n unig. Ond ella ei fod o. Ti 'di weld o?'

'Pwy, dy dad neu Eddie Cochran?'

'Dad siŵr iawn.'

'Naddo gen i ofn. Faswn i'm yn ei nabod o beth bynnag naswn? Be arall oedd o'n ganu dŵad?'

Dechreuodd Magw fwmian yr alaw dan ei gwynt:

'Ain't no cure for the Summertime blues', a thynhaodd Elwy ei law am ei llaw.

'O'n i 'di rhyw hanner disgwyl y basa Dad yma i 'ngweld i efo Moli Manaw â'i choes a'i chynffon goll a Clark Gable ella.'

'Clark Gable? Pwy oedd o, y ceffyl?'

'Naci siŵr iawn, yr actor. Nos Sadwrn, Tachwedd un deg chwech, neintin sicsti 'nath Clark Gable farw. Union yr un diwrnod â Moli'r gath, yn yr un flwyddyn â Dad ac Eddie Cochran.'

'Ma' gen ti go' fel eliffant Magw.'

'Wedi'n magu wrth droed mynydd Eliffant, be ti'n disgwyl?!' Mwythodd ei law, gan chwerthin yn dawel bach am eu bod nhw'n cael cystal sgwrs dan amgylchiadau mor brudd. 'Dorish i 'nghalon flwyddyn honno – colli Dad a'r gath. A phawb yn deud eu bod nhw mewn lle gwell, efo Iesu Grist. Yn y nefoedd.'

'Ty'd yma.' Ystumiodd Elwy iddi ddod yn nes ato. 'Mi ddoth hi yn do?'

'Pwy?'

'Lena.'

'Do. Ond yn rhy hwyr i ddallt.' Plygodd ei phen ac edrych at y llawr.

'Sut ti'n teimlo erbyn hyn?'

'Pa fath o gwestiwn 'di hwnna a chditha newydd ddeud 'tha i 'mod i 'di marw?'

'Dwyt ti ddim *wedi* eto. Ella fedri di fynd yn dy ôl.'

'Yn ôl, o fama? Be sy haru chdi? Sut ddiawl faswn i'n ffeindio'n ffordd?'

'Yr un ffordd ag y doist ti?'

'Dwi'm yn cofio sut ddois i yma. Wyt ti'n cofio sut ddoist ti?'

'Nadw.'

'Nagwyt mwn. Ond dwi'n cofio'n iawn. Doedd 'na'm troi yn ôl i chdi nagoedd Elwy? Dim ailfeddwl – Wham bam thank you ma'am, job done.' Roedd Magw wedi newid ei thôn. 'Blydi hel, dwisho ffag. Ma' siŵr cha i'm un yn fama chwaith.'

'Dwi mor sori Magw.'

'Wyt ti? Wyt ti o ddifri'n sori?'

'Do'n i'm yn gwybod be i 'neud. O'n i'n meddwl taswn i'n gadael, yna mi fasa petha'n haws i ti a'r genod.'

'Haws? Wyt ti'n gall dŵad?" Ysgydwodd ei phen yn wawdlyd. 'Dodda chdi'm yn hannar call nag oeddat? "Non compos mentis, maniac – creadur yn *depressed*". Dyna oeddan nhw i gyd yn ei ddeud, a finna'n deud dim.'

'O'n i'n meddwl 'mod i'n gneud y peth iawn Magw. Do'n i'm byd mond trafferth i bawb ers y ddamwain.'

'Doedd 'na'm disgwyl i betha fod yn berffaith ar ôl y ddamwain, Elwy. Ond ro'n i'n disgwyl i ni ddod drwyddi efo'n gilydd.'

'O'n i'n racs. Ro'dd byw efo'r euogrwydd 'mod i 'di lladd teulu bach yn annioddefol.'

'Damwain oedd hi Elwy.' Rhoddodd Magw ei dwylo naill ochr i'w fochau a'u sodro'n bendant. ''Nest ti'm trio'u hitio nhw. Roedda chdi ar frys. Ar frys i ddod i 'ngweld i. Iesu Grist, Elwy, o'n i ar fin rhoi genedigaeth.'

'Damwain o ddiawl. Mi ddylwn i fod wedi gallu eu hosgoi nhw. Gyrwyr sy'n colli rheolaeth, nid cerbydau. Fi oedd ar fai. O'dd y fan yn mynd yn rhy sydyn gen i. Nesh i daro'r brêcs, ond ro'n i'n methu stopio.'

'Stopia hyn Elwy, does dim angen i chdi egluro wrtha i.'

'O'n i'n gallu gweld y tri ar ochr y ffordd o 'mlaen i. O'n i'n gwybod bod rhaid i fi 'rafu, ond do'n i'm yn gallu mewn da bryd. Ac ro'dd 'na gar yn dod ochr arall y lôn.' Erbyn hyn roedd Elwy yn ei ddagrau.

'Fi oedd ar fai yn gofyn i'r nyrsys ddeud wrtha chdi am frysio.'

'Magw, roeddat ti ar fin geni Lena, mi oeddat ti isio fi wrth dy ochr, doedd 'na'm disgwyl i ti ddeud fel arall.'

Bu tawelwch rhwng y ddau am dipyn cyn i Magw ddechrau holi eto. 'Pam 'nest ti adael i fi dy ffeindio di efo gwn yn dy geg? Yn ein gwely ni o bob man? Dyna oedd y peth gwaethaf un. Roedd o'n gwbl, gwbl ofnadwy Elwy.' Edrychodd arno i wneud yn siŵr ei fod o'n gwrando. 'Dwi 'di gneud dipyn o ddarllen am y peth ers hynny, gwaith ymchwil ac ma'n debyg nad ydi hunanladdiadau efo pistols yn gadael llawer o lanast, ond *12-bore* ddewisaist ti, yr un gwaetha posib.'

'Dim ond y gwn yna oedd gen i, yr un oeddan ni'n saethu'r tyrchod daear yng nghae cefn efo fo. Doedd gen i'm dewis.'

'Oedd, mi oedd gen ti ddewis. Dewis peidio gwneud.' Gwyrodd Elwy ei ben eto. ''Sgen ti syniad be welish i'r bore hwnnw? 'Sgen ti obadeia pa mor greulon oedd o? Cynnwys dy benglog di ar y gobennydd – yn asgwrn, cig a chnawd. Doedd gen ti'm wyneb ar ôl, dim ond twll o waed.'

Teimlodd Magw'n oer drosti o gofio'r bore hunllefus hwnnw. Roedd Naomi yn yr ysgol feithrin, a Lena yn y feithrinfa. Dyma'r unig fore oedd ganddi heb blant. Wrth ddadbacio'r neges yn y gegin, gwelodd 'sgidiau Elwy wrth y drws cefn. Mi oedd o wedi cael gwaith yn y warws fwyd newydd yng Nghibyn, a doedd hi ddim yn ei ddisgwyl yn ôl cyn tri.

'O'dd rhaid i mi neud yn siŵr y basa fo'n gweithio'r tro cynta Magw.'

'Dyna pam 'nest ti gymryd yr holl bils 'na hefyd felly? I neud yn siŵr?'

'Ia, doedd 'na'm dal y baswn i'n tynnu'r glicied.' Wrth y seidbord ar y pryd roedd tair potel blastig fach wag, ac yn blith draphlith ar y llawr gorweddai ambell barcetamol a thabledi lliwiau llachar.

'Chwarae teg i chdi, mi adewaist ti botel o *gin* ar ei hanner ar ôl i fi – o'n i 'i hangen hi!'

'Nesh i adael llythyrau.'

'Do, dwi'n gwybod.'

'I'r tair ohonoch chi.'

'Wn i. Welish i 'rioed mohono chdi'n sgwennu cyn hynna, dim ond ar gardiau pen-blwydd!'

'Nesh i adael llythyr i Mrs Henderson hefyd. Gafodd hi hwnnw?'

'Neuthon ni drio rhoi'r amlen iddi yn ystod y cwest ond doedd hi'm isio gwybod. Doedd hi'm yn gallu edrych arna i. 'Nes i feddwl tasa hi'n gweld y babi y basa hi'n meddalu, ond roedd 'na ffasiwn ffieidd-dod yn ei llygaid pan welodd hi Lena yn y pram – 'nes i adael llonydd iddi. Edrychodd hi ar Lena â chas perffaith. Wyddwn i ddim cyn hynny fod pobl yn gallu edrych ar fabis fel 'na.'

''Nes i sgwennu er mwyn iddi hi wybod pa mor sori oeddwn i am ladd ei gŵr a'i mab. Dim ond wyth oed oedd o, neno'r tad.'

''Nest ti'm eu lladd nhw ar bwrpas Elwy. Damwain oedd hi, dyna ddudodd y crwner ar ddiwedd y cwest.'

'Doedd Mrs Henderson ddim yn meddwl hynny.'

Edrychodd Magw i'r gofod o'i hamgylch. Chwiliodd ar y llawr unwaith eto am betalau pinc y coed ceirios, ond doedden nhw ddim yno. Craffodd i'r pellter rhag ofn iddi weld ei thad, ond doedd o ddim yno chwaith.

Rhoddodd Elwy ei fraich am ei hysgwydd, a gosod ei phen ar ei frest. Doedd dim sŵn calon yn curo.

RHAN 2

1

Mae tudalen yr NHS ar y we sy'n cyfeirio at drawiadau ar y galon yn dweud ei bod hi'n bosib, er mai'r gronyn lleiaf o obaith sydd, y gall pobl sydd mewn coma agor eu llygaid neu wneud sŵn. Doedd Magw ddim yn gwneud y naill na'r llall.

Roedd yna weiars lliwgar a nodwyddau'n egino ohoni, ac awyriadur oedd yn helpu'r hynny o anadl oedd ganddi i ddod i'r fei. Yr unig dalp o groen nad oedd wedi ei gysylltu â phlwg oedd ei choesau. Roedd gwaelod rheiny yn y golwg ac yn *varicose veins* i gyd, ffrydiau piws oedd wedi cludo oes o waed a phoen meddwl.

Eisteddai Beth wrth waelod y gwely yn chwarae â thraed ei nain. Bodiodd ei bysedd bach naw oed rhwng rhai sychion ei nain. Mi fyddai Magw wedi rhedeg milltir tasa Beth wedi cosi ei thraed fel hyn yn Parc Villa, ond doedd y goglais yma ddim yn taro unrhyw nerf.

Edrychai Lena ar frest ei mam yn codi i fyny ac i lawr o dan y cynfasau. Doedd gan Lena, â'i holl brofiad o farwolaeth, ddim syniad beth i'w ddweud na beth i'w wneud. Iddi hi roedd edrych ar gorff oedd wedi marw eisoes yn llawer haws na hyn; o leiaf roedd pethau mewn mortiwari yn ddu neu'n wyn. Yn fama roedden nhw rywle yn y canol llwydaidd, ac roedd gweld angau yn gosod ei stondin o'i blaen yn rhywbeth cwbl newydd iddi.

Siŵr bo' Nain yn hoffi hynna, arwyddodd Naomi i gyfeiriad Beth.

Gwenodd hithau.

Da iawn. Ychwanegodd Lena cyn taro ei chluniau mewn ystum yn gofyn i'w nith ddod i eistedd ar ei glin. Aeth Beth ati ar ei hunion. Er bod y ferch fach yn drist bod Nain yn sâl, roedd cael ei modryb adref yn gwneud yn iawn am hynny yn ddi-os.

Gwnaeth Beth ei hun yn gyfforddus ar ei chôl, gan anwylo cefn ei phen yn erbyn brest ac ysgwyddau ei modryb fel cath yn rhwbio.

'Ma' hon yn llyncu mwytha,' meddai Naomi wrth ei chwaer fach.

'A finna hefyd! Ewadd dwi 'di colli'r ledi fach yma.' Gwasgodd hi'n dynn, cyn dechrau anwesu dafad fach oedd ganddi ar ei bys bawd a chael cysur rhyfedda o fwytho'r amherffeithrwydd.

'Mae hi'n colli chdi hefyd sti.' Oedodd Naomi. ''Dan ni i gyd yn dy golli di.'

Cynigiodd Beth weddillion y paced creision oedd wrth ymyl y fas o ffrisias wrth ochr y gwely. Yna, aeth ati'n ddestlus i blygu'r paced gwag yn ei hanner, yna yn ei hanner eto, ac eto, ac eto, ac eto cyn codi ei llaw a dangos pump. Cododd Lena ei bawd arni gan grugo wrth sylwi mai llathen o'r un brethyn oedd hon a chanddi hithau chwiwiau anarferol fel ei modryb i blygu pethau'n dwt ac mewn patrwm. Roedd modd plygu paced creision bum gwaith arwyddodd Beth. Biti nad oedd o'n eilrif, meddyliodd Lena ond ddwedodd hi ddim.

147

Pen-blwydd dydd Sadwrn. Arwyddodd Beth o flaen Lena.

Yndi. Dwi'n mynd yn hen – 36!

Gawn ni neud rhywbeth sbesial?

Cawn. Dwi'n siŵr na fydd Nain yn meindio, arwyddodd Lena gan nodio i gyfeiriad Naomi.

'Mae Beth isio mynd â chdi i ddathlu i rywle arbennig yn ganol dre,' eglurodd Naomi wrth ei chwaer.

Syrpreis! arwyddodd Beth gan siarsio ei mam i gadw'n dawel.

Syrpreis! cytunodd Naomi gan wincio ar Lena.

Syrpreis i Lena Price! giglodd Beth.

Doedd dim gwella i fod i Magw. Yn ôl y meddygon mater o ddyddiau neu oriau efallai oedd ar ôl. Doedd Beth ddim yn deall difrifoldeb y sefyllfa eto, ond mi oedd Naomi a Lena.

'Mam.' Gwyrodd Lena ei thalcen at y gobennydd. 'Mi fydd popeth yn iawn sti.'

A dyna hi, y ferch afradlon wedi galw Magw yn 'Mam' am y tro cyntaf ers blynyddoedd. Daeth rhyw ias drosti, wrth i'w stumog lenwi efo pili palas bach o chwithdod, cyn sylwi bod yr atgasedd a deimlodd cyhyd tuag at ei mam bellach wedi troi'n dosturi.

2

'Lena Ann. Lena Ann.' Crawciodd llais o rywle.

Bu bron i Lena neidio i'r gwrych mewn braw. Edrychodd o'i chwmpas ond doedd neb yno.

'Lena Aaann. Lena Aaann.'

'Lle wyt ti'r diawl bach?' atebodd Lena'n chwaraegar. 'Dwi'n gwybod bo' chdi yna.'

Dim ond un person yn yr holl fyd oedd yn ei galw hi wrth y ddau enw yma, ac Emlyn drws nesaf oedd hwnnw. Wyddai hi ddim pam ei fod o'n mynnu gwneud hyn, achos doedd ganddi ddim enw canol hyd yn oed.

Wedi carthu ei wddf galwodd eto. 'Lenaa Aaann.'

'Lle wyt ti Emlyn Clement Roberts? Ty'd yma i mi gael dy weld di. Mi ddudodd y frân wen wrtha i fod gen ti flew gwyn newydd ar dy ben a bod angen rhywun i'w cyfri.'

Mewn chwinciad o glywed datganiad mor ddi-gywilydd, neidiodd Emlyn fel Jac yn y bocs o du ôl i'r potiau blodau ger y drws i'r cowt cefn. Roedd gan Emlyn wastad fyd efo'i wallt, a gwyddai Lena y byddai crybwyll blew gwyn yn siŵr o ennyn ymateb.

'Ti'n *cheeky* Lena Ann,' mwmblodd Emlyn gan blygu ei ben i'r ochr.

'Ty'd yma'r cythraul i ni gael cydyl.'

Pranciodd Emlyn ati fel oen 'di colli ei fam, cyn gafael am ei chanol, ei chodi a'i lluchio tua'r haul. Sgrechiodd

149

Lena'n gynhyrfus, yn floedd reid ffair nid sgrech o ofn. Wrth wneud, cododd dipyn o fraw arni ei hun, achos chlywodd hi ddim y fath sŵn yn dod o'i genau ers oes. Doedd pencadlys yr FBI ddim yn lle priodol i wichian rywsut.

'Rho fi lawr, y cnaf.' Rhwbiodd Lena ei gorryn, gan stompio'i wallt du oedd yn llwydo ar yr ochrau. Hogyn ifanc oedd Emlyn Clement Roberts mewn corff dyn dros ei hanner cant. Bu'n byw efo'i dad yn Trem Arfon, y tŷ drws nesaf i Parc Villa, ers cyn geni Lena. Roedd teulu tad Emlyn, fel teulu tad Lena, yn dod o Ddyffryn Clwyd, a dros y blynyddoedd mi ddaeth y cymdogion yn ffrindiau garw.

Cafodd ei fagu gan ei dad wedi i'w fam fynd a'u gadael pan oedd Emlyn yn ifanc. Yn y pumdegau roedd bod yn rhiant i blentyn anabl yn afiechyd. Trodd gobeithion ei fam am fywyd syml yn dipiau mân ac fe ledodd ei chwerwder i'r fath raddau nes yn y diwedd doedd hi ddim yn gallu ymdopi. Symudodd i ffwrdd i Blackpool efo dyn arall ac Emlyn ond yn bump oed. Doedd hi ddim wedi deall bryd hynny ei fod o'n gerddor heb ei ail, yn gallu canu'r piano, Rachmaninoff yn bennaf, â'i lygaid 'di cau. Bu farw ei dad ddeng mlynedd yn ôl, ac roedd Emlyn bellach yn byw ar ei ben ei hun, gyda help dyddiol gan ofalwyr.

'Faint oed ti'n meddwl ydw i erbyn hyn?' gofynnodd yn harti.

'Dyna gwestiwn.' Ysgydwodd Lena'i phen mewn penbleth cogio. 'Dau ddeg un?' Gwenodd Emlyn yn fodlon iawn â'r ateb, cyn i Lena dorri'r ganmoliaeth yn ei blas efo ychwanegiad powld. 'A dau ddeg un arall, ac un arall?!'

'Damia chdi Lena Ann,' chwyrnodd Emlyn a rholio chwerthin wedyn. 'Sut mae Magw Price heddiw? Dwi ddim yn licio fod Magw Price yn sâl.'

'Tydi hi'm yn dda o gwbl Emlyn. Ond ma'r petha 'ma'n digwydd dydi? Diolch i chdi am holi.'

'Ma' Magw Price yn mynd i farw dydi?' Nodiodd yn bendant. 'Damia hi Magw Price yn marw, y smôcs 'na 'di'r bai. Dwi wedi warnio hi lot o weithia i stopio.' Er bod Lena ugain mlynedd a mwy yn 'fengach nag Emlyn roedd hi wedi mynd i'r arfer o siarad efo fo fel plentyn, a hynny'n ddi-alw-amdano'n aml gan ei fod o'n gallach na llawer un. 'Ma'n siŵr bo' chdi 'di arfer hebddi'n barod yn do a chditha'n byw mor bell? Dwi'n neud yn iawn heb Dad. Dwi'n edrych ar ôl fy hun yn reit dda, ac mi fyddi di'n medru hefyd.'

Dyna'r frawddeg ddoethaf i Lena ei chlywed ers dyddiau. Dim rhyw ffug obeithio neu grio am yn ail, dim ond ei dweud hi fel ag yr oedd. 'Dyn doeth wyt ti Emlyn Roberts. Wsti be? Faswn i'n cynnig paned, ond mae gen i gant a mil o betha i neud a dwi heb fod i mewn i'r tŷ eto. Arhosish i efo Naomi a Beth yn Bont neithiwr.'

'Ma'n iawn Lena Ann. Ga i banad efo chdi fory ella. Achos ma' fory'n ddiwrnod sbesial dydi? Dwi *yn* cofio. Ma' calendr penblwydds Dad yn dal i fyny wrth ymyl y twll dan grisia.'

'Diwrnod arbennig i bwy dŵad?' Sbiodd Lena arno mewn dryswch ffals.

'Tisho *hand* efo dy fagia? 'Na i adal llonydd i chdi wedyn.'

'Mi fasa hynna'n lot o help. Diolch Mr Roberts. Ewadd mae'n braf dy weld, cofia.'

Rhoddodd Lena goblyn o goflaid arall iddo. Roedd

Emlyn wastad wedi bod fel brawd mawr answyddogol iddi gan nad oedd Naomi yn plesio bob amser. Wrth dyfu i fyny drws nesaf i'r gŵr unigryw yma dysgodd Lena fod yna garedigrwydd i'w gael yn y byd ond fod yna hefyd greulondeb.

'Dwi'm yn licio bo' chdi'n byw i ffwrdd, Lena.' Edrychodd Emlyn arni o ddifri. 'Dwi'n colli chdi. Dwi'n colli Dad hefyd. Dad druan.'

'Biti,' atebodd Lena, ddim cweit yn sicr be i'w ddweud. 'Dwi'n lwcus o gymharu â chdi cofia, welist ti 'rioed 'mo dy dad di naddo Lena Ann? Dwi'n cofio'r diwrnod yr a'th o.' Gwrandodd Lena'n astud fel tasa hi'n clywed y stori o'r newydd, er iddi ei chlywed ganwaith. "O'n i a Dad . . . fy nhad i dwi'n feddwl nid dy dad di,' eglurodd Emlyn rhag ofn i Lena gam-ddeall. 'Yn 'rar' gefn oeddan ni'n dau. Wrthi'n plannu hada. Ac mi glywon ni Magw Price yn gweiddi mwrdwr dros y lle.' Cerddodd Emlyn at y giât ffrynt i nôl y bagiau. '12-bore oedd o 'de? Uffar o wn da i hela sgwarnogs medda Dad.' Bu bron i Lena roi gwên. "Nath Elwy Price ddim hel sgwarnogs efo fo naddo Lena? Y 12-bore 'lly?'

'Naddo Emlyn, mwya'r piti. Mi fasa hela sgwarnogs wedi bod yn well i ni yn basa?' Edrychodd Lena o'i chwmpas. Gallai weld Mynydd Eliffant yn sbecian dros do'r tŷ. 'Ty'd 'laen, waeth i ni beidio dal pen rheswm yn fama, gei di helpu fi i neud panad yli. 'Sgwn i oes gan Mam Kit Kats yn cwpwrdd? Ti dal i licio Kit Kats wyt?' 'Yndw'n tad, ond ma'n well gen i Wagon Wheel os oes 'na ddewis.'

'Wagon Wheel amdani felly. Dim bob diwrnod ma' hen ffrindia'n cael aduniad fel hyn naci?'

'A chditha'n hogan fawr fory Miss Price.' Plethodd y

ddau freichiau a chydgerdded at y drws ffrynt. 'Ffrisias,' meddai Emlyn o nunlle wrth i Lena ymbalfalu am y goriadau.

'Ffrisias?'

'Hada ffrisias. Dyna oedd Dad a fi wrthi'n plannu'r bora 'nath dy dad neud amdano'i hun.'

'O reit. Diddorol.' Bwrodd Lena olwg go ddryslyd arno.

'Ffrisias ydi blodau ffefryt Magw Price ti'n gweld.'

'Ti'n iawn. A fy rhai i hefyd.'

''Nath Dad a fi roi bwnshiad o ffrisias mawr i Magw Price ar ôl i dy dad fynd.' Rhoddodd Emlyn ei fraich am ysgwydd Lena ar ôl gosod y cês ar lawr y cyntedd.

'Chwarae teg i chi, dwi'n siŵr fod hynny 'di codi 'i chalon hi.'

'Drud oeddan nhw braidd medda Dad.' Ceisiodd Lena gadw wyneb syth. 'Druan â Magw. 'Di hiraethu amdana chdi bob dydd ers i chdi fynd. Mae hi'n deud petha wrtha i sti. A rŵan bo' chdi yma – tydi hi ddim. Bechod 'de?'

Gwyrodd Lena ei phen wrth i eiriau hirben y seithmlwydd bytholwyrdd ei hatgoffa bod y gwir yn brifo.

3

Roedd Lena wastad yn gweld siapiau mewn cymylau. Cestyll, dreigiau, wynebau prif weinidogion. Y broblem fawr oedd eu bod nhw fel rheol yn diflannu cyn iddi allu esbonio be welodd hi. Wrthi'n hel hen stympiau sigaréts o'r potiau blodau yn yr iard gefn yr oedd hi pan welodd hi'r ceffyl gwedd yn yr awyr. Biti na fyddai Emlyn yn dal yno er mwyn iddi ddangos. Mi arhosodd o am dair paned a phedwar Wagon Wheel. Roedd gan Magw jar wydr arbennig efo'i enw wedi'i ludo ar ei blaen, felly roedd Emlyn yn gwybod lle i chwilio am ddanteithion. Bu clywed sut yr oedd hi ar y byd drwy'i lygaid o yn falm i enaid Lena, ond doedd o ddim yn un da am wybod pryd i fynd. Felly bu'n rhaid iddi ryw led awgrymu ei bod hi'n amser *stop tap* er mwyn iddi hi fwrw ati i ddadbacio, nôl neges ac ati. Doedd dim isio iddi boeni am bechu Emlyn, doedd 'na ddim asgwrn cas yn perthyn iddo. Mi gofiodd yn y diwedd ei fod o angen dewis tonau ar gyfer yr emynau yn capel ddydd Sul. Fo oedd yn gyfrifol am ganu'r organ yno bob yn ail benwythnos.

Rhoddodd y stympiau yn y twb ailgylchu bwyd â'i chynffon rhwng ei choesau braidd. Am flynyddoedd llwyddodd i ddarbwyllo'i hun ei bod hi wedi bod yn wrol yn mudo. Creu bywyd newydd ar ei liwt ei hun gan ddringo ysgol yrfa na fyddai neb o'r pentref bach yma wedi dychmygu ei wneud. Trodd ei chefn ar Waunfawr, ac er nad oedd yn fwriad ganddi, mi gefnodd, hefyd, ar y rhai oedd wedi ei chynnal gydol ei phlentyndod. Meddyliodd yn aml mai'r peth iawn oedd symud i fyw. Rŵan sylweddolai nad oedd o'r peth iawn i bawb.

Roedd y tŷ'n oer a doedd Lena ddim yn siŵr iawn sut i danio'r gwresogyddion. Roedd hi'n oerach fyth yn y gegin oherwydd hen ddrafft siarp oedd yn dod o gil gwaelod y drws. Drwy'r ffenest gefn roedd Mynydd Eliffant i'w weld yn gliriach erbyn hyn. 'Mynydd Mawr' oedd yr enw iawn, ond 'Mynydd Eliffant' oedd ei lysenw. Wrth edrych arno o'r tŷ, doedd dim byd yn anghyffredin amdano. Roedd y grug piws oedd wedi'i lapio o'i gwmpas yn hardd ond ddim yn rhagori ar unrhyw fryn arall yn Eryri. O bellter, fodd bynnag, yng Nghaernarfon yn bennaf, gellid gweld ei gyfaredd. Y graig anferth oedd fel eliffant yn gorwedd yn braf. Ei goesau ôl wedi eu tynnu am ei ganol, ei drwnc yn llipa dros Fetws Garmon a'i gynffon o'r golwg ochrau Rhosgadfan.

Yn y cae tu ôl i'r cowt roedd yna ŵyn bach yn chwarae rownd hen fonyn coeden oedd â'i wreiddiau wedi codi fel bysedd gwrach yn tylino'r tir. Byddai Lena'n arfer casglu briallu yn y cae hwn. Blodyn mis Ebrill. Blodyn na welai Magw fyth eto.

Wrth gornel chwith y ffenest gefn roedd yna soser o dopiau moron mewn dŵr. Arferiad ei nain oedd hyn, a rŵan roedd ei mam yn cadw'r traddodiad yn fyw. Dull o dyfu'r gwyrddni oedd o, er mwyn defnyddio'r deiliach mewn salad ac ati, er bod ei nain yn arfer dweud mai dyma'r unig *pot plants* roedd hi'n medru eu fforddio.

Drws nesaf i hwnnw roedd yna fasged o geriach. Cododd Lena'r papurau mewn un pentwr a'u hastudio fesul un. Biliau a llythyrau'r banc oedd y rhan fwyaf, ond hefyd ar waelod y llwyth roedd yna hen gwpons ffwtbol. Byddai Magw wastad yn mynnu tawelwch llwyr am bump o'r gloch ar bnawniau Sadwrn er mwyn clywed James Alexander Gordon yn darllen y canlyniadau ar y radio. Doedd 'na ddim ail gyfle i wrando'r adeg hynny, felly roedd rhaid i bawb ganolbwyntio. Ystyriodd Lena a oedd ei hobsesiwn efo odrifau wedi dechrau'r adeg yna.

Cerddodd i'r ystafell fyw. Roedd popeth fel ag yr oedd ers echdoe pan gafodd Magw'r trawiad. Cylchgrawn ar ei ganol ar y bwrdd coffi, sbectol ddarllen Magw'n gorwedd ar ei ben, a dau stwmp sigarét mewn blwch llwch efo llun y Tŷ Gwyn yn cuddio ymysg y lludw. Anrheg gan Sali, debyg iawn, achos fyddai Lena byth yn anfon unrhyw beth fyddai'n annog ei mam i smocio.

Yn ôl Naomi mi lwyddodd Magw i'w ffonio ar y ffôn symudol pan gafodd hi'r harten. Mi ddudodd fod ganddi goblyn o boen yn ei brest ac nad oedd hi'n medru symud. Roedd ei gwynt yn brin, a sŵn panig yn ei llais. Pan gyrhaeddodd Naomi Parc Villa roedd Magw ar y soffa yn anymwybodol. Daeth y gwasanaethau brys o fewn da bryd ar ôl i Naomi eu ffonio, ond roedd gormod o oedi wedi bod a doedd y prognosis ddim yn addawol. Tasa Magw wedi ffonio'r ambiwlans yn hytrach na Naomi efallai y byddai pethau wedi bod yn wahanol.

Cerddodd Lena rownd y soffa at y drws gwydr oedd wrth ymyl y grisiau. Roedd ganddi ofn cyffwrdd â'r celfi, fel tasan nhw'n ddodrefn mewn arddangosfa yn Sain Fagan. I fyny â hi a throi heibio'r ystafell ymolchi ac yn syth i'w hen lofft. Doedd Magw ddim wedi newid dim byd yno. Ar y gwely gorweddai'r union ddwfe y cysgodd Lena oddi tano am flynyddoedd. Gorchudd â phatrwm streipiau tenau du, melyn a choch, yr un oedd y llenni hefyd, ond fod y streipiau'n lliwiau gwahanol, rêl steil y nawdegau cynnar. Roedd ei theganau meddal i gyd ar ben y cwpwrdd yn union fel ag yr oedden nhw pan adawodd hi, a phob un yn syllu gystal â gofyn 'Lle ddiawl wyt ti 'di bod?' Yr unig wahaniaeth, yn y bôn, oedd bod y waliau'n wag. Roedd Magw wedi tynnu'r posteri Dean Saunders a Back to the Future. Dim ond ôl y blu tack oedd yno bellach, yn atgof o hen ffotograffau a breuddwydion merch ysgol.

A Lena wedi gwneud gymaint o ffws dros y blynyddoedd ei bod eisiau gadael y tŷ hwn, yr eiliad yma yr unig beth oedd ar ei meddwl oedd aros yma. Daeth pwl o euogrwydd drosti; doedd Parc Villa ddim mor ddrwg â hynny, doedd bosib felly fod Magw chwaith. Y foment honno, nid Asiant Arbennig dri deg a phump oed lwyddiannus oedd hi isio bod ond hogan fach ddeg oed eto. Dim ond am hanner awr.

Cydiodd yn Llew, un o'r cŵn bach ar dop y cwpwrdd. Pam yn y byd y galwodd hi gi yn 'Llew' wyddai hi ddim. Un o'i hymdrechion bach i geisio nofio yn erbyn y lli mae'n siŵr.

Cerddodd yn ôl i lawr y grisiau'n ofalus. Roedd hi wedi anghofio pa mor gul oedd tai Cymru yn gallu bod. Wedi arfer â ffasiwn open-plan America, roedd Parc Villa fel tŷ lego o'i gymharu.

Y parlwr oedd nesaf ar ei gwibdaith i'r gorffennol. Mi beidiodd â mynd i'r ystafell honno'n fwriadol tan rŵan. Fama oedd ei hafan hi fel plentyn. Camodd i mewn yn nerfus. Mi fyddai rhywun wedi meddwl ei bod yn cerdded i mewn i barlwr angladdol, nid y parlwr ffrynt. Wrth y ffenest roedd y bwrdd plygu mahogani lle treuliodd oriau'n sbio ar y byd a'i bethau'n mynd heibio. Roedd yr *hi-fi* yn dal i fod yn y gornel, a'r gist recordiau o'i flaen.

Cododd gaead y gist wiail. Roedd y recordiau'n enfys o liw – yn llythrennol. Byddai ei mam yn gosod y recordiau yn ôl lliwiau'r ymylon. Eilrifau a llythrennau i Lena. Lliwiau oedd 'pethma' Magw. Beth bynnag y bônt, roedd gan y ddwy gyflyrau gorfodol o ryw fath. Yr angen i roi pethau mewn patrwm taclus, a threfn yn teyrnasu.

Byseddodd Lena'r cloriau amryliw. Gwelodd enwau na welodd mohonynt ers blynyddoedd. Yn eu mysg Eddie Cochran, Don Williams, the Kinks a Delwyn Siôn, cyn glanio ar un record a fodiodd sawl tro o'r blaen. Andy Williams. Gwenodd.

Cododd gaead yr hi-fi a rhoi'r pŵer ymlaen. Tynnodd yr hen Andy o'r clawr, yr un lle gwisgai siwmper wlanog a chanddo sigarét yn ei law chwith. Gafaelodd yn ofalus yn y ddisgen ddu sgleiniog rhwng ei chledrau, a'i gosod fel 'tai'n fabi'n cysgu ar y trofwrdd, cyn rhoi'r nodwydd ar ei phen.

Edrychodd drwy'r ffenest, a sylwodd fod ei mam wedi cael gwared â'r cyrtens net. Gallai am y tro cyntaf yn ei bywyd weld drwy'r ffenest yn ddidrafferth heb orfod codi'r llenni efo un llaw. Gwyliodd draffig Waunfawr yn pasio yn dow-dow, rhai am Gaernarfon eraill i Feddgelert, tra bo Andy'n ei morio hi yn y cefndir.

Roedd hi'n gymaint gwell yma heb y llenni les, meddyliodd. Doedden nhw'n dda i ddim byd ond i ddylu'r olygfa. Anadlodd oglau cyfarwydd y parlwr yn ddwfn i'w hysgyfaint, yn sylwi mai cyfyng oedd ei golwg hi ar bethau wedi bod hefyd.

America oedd ei chariad cyntaf, doedd dim gwadu hynny a Chymru druan yn gorfod bodloni ar fod yn ail feiolin. Rŵan, fodd bynnag, gyda chymorth synnwyr trannoeth roedd cydwybod y bycanîr bach yn pigo.

4

Doedd dwylo Magw ddim yn grychlyd fel hen ddynes. Yn chwe deg a phedair oed nid hen ddynes mohoni. Wedi gwreiddio ar ei hewinedd, fodd bynnag, roedd yna gramennau melyn ac roedd blaen ei bawd, ei mynegfys a'r bys canol wedi melynu oherwydd ei pherthynas hiroesol â'r sigaréts.

Doedd dim newid wedi bod yng nghyflwr Magw y prynhawn hwnnw, a gan fod Beth yn yr ysgol a Naomi wedi gorfod galw yn y gwaith, cafodd Lena fod yng nghwmni ei mam ar ei phen ei hun am y tro cyntaf ers oes.

Gafaelodd yn ei llaw yn dyner. Wythnos ynghynt fyddai hi byth wedi dychmygu dal llaw ei mam heb deimladau o ddicter, ond wythnos yn ôl roedd Lena'n berson gwahanol. Bryd hynny roedd Joe bach ar goll a Magw ymhell o'r golwg.

Erbyn hyn roedd Lena wedi meirioli. Gyda dwy farwolaeth yn pwyso ar ei chydwybod – ei thad a Kathia Carcamo – yn sicr doedd hi ddim eisiau ychwanegu trydydd.

Roedd hi'n teimlo'n fwy cartrefol yn Parc Villa erbyn hyn, a buan iawn y daeth yr hen arferion yn eu hôl o edrych mewn droriau a chypyrddau yno. Chwilio am ei thad oedd hi wrth wneud hynny yn blentyn, chwilio am ei mam yr oedd hi rŵan.

Penderfynodd y noson honno y byddai'n cysgu yng ngwely Magw yn hytrach nag yn ei hystafell ei hun. Yn y llofft hon gorweddodd ei thad â'i *12-bore*, yn y gwely na rannodd ei mam â neb wedyn.

Er bod drewdod hen smôcs yn tindroi yno, roedd oglau unigryw ei mam ar y gobennydd hefyd. Arogl yr anghofiodd amdano, ond un a ddaeth â chymaint o gysur iddi pan oedd hi'n cael trafferth cysgu ers talwm. Sut yn y byd oedd hi wedi gallu anghofio'r pethau da? Wrth gyrraedd ei harddegau gwthiodd Lena holl rinweddau da ei mam o'r neilltu er mwyn gwneud lle i'r chwerwedd. Y dal dig hwnnw a barodd mor hir – tan rŵan.

Ar y cwpwrdd ochr gwely roedd yna flwch llwch glân, ac ambell lyfr. Edrychodd Lena ar y cwpwrdd bach – roedd hi'n methu dal yn ôl. Rhaid oedd agor y drôrs cyn cysgu.

Yno, roedd pentwr o nodlyfrau blodeuog, rhai rhy flodeuog i chwaeth arferol ei mam, meddyliodd. Tri oedd yno i gyd, a'r tri ohonyn nhw'n union yr un fath. Doedd Lena ddim yn gwybod bod ei mam yn cadw dyddiaduron. Agorodd y clawr cyntaf. *Annwyl Naomi, dyma stori i chdi ei darllen pan fydda i wedi gadael y byd yma.* Agorodd yr ail lyfr oedd yn dweud yr union yr un peth ond ei fod wedi ei gyfeirio at Beth. Pwyllodd Lena cyn agor y trydydd clawr, yn gwybod yn iawn beth oedd ar droed: *Annwyl Lena, dyma stori i chdi ei darllen pan fydda i wedi gadael y byd yma.* Caeodd y clawr yn syth.

Yn unol â natur plismones, penderfynodd Lena na

fyddai'n weddus darllen ymlaen. Roedd neges ei mam yn gwbl glir a'r rheolau wedi eu gosod – i'w ddarllen *ar ôl* i Magw farw. Yn dechnegol doedd hi heb fynd eto, felly myfyriodd mai gwell fyddai gadael pethau, rhag deffro'r ci sy'n cysgu. Pharodd ei ffyddlondeb at gyfraith a threfn fawr ddim, oherwydd mewn chwinciad roedd y clawr ar agor a'i bysedd yn symud yn esmwyth ar hyd y paragraffau.

Yn gyntaf eglurodd ei mam yn ei ffordd ddihafal ei hun fod y syniad yma o ysgrifennu llythyrau i'w phlant wedi dod i'r fei ar ôl darllen mewn cylchgrawn hanes dynes oedd wedi gwneud yr un peth i'w chwech o blant a deg o wyrion. Os oedd honno wedi llwyddo i ysgrifennu ar gyfer gymaint ohonyn nhw, siawns, meddai Magw, y gallai hi ddod i ben ag ysgrifennu i dair.

Fel y gwyddost Lena tydw i fawr o 'sgrifenwraig, a does yna'm gobaith i mi lenwi dyddiadur dyddiol i chi'ch tair, ond feddyliais i y byddwn i'n sgwennu ambell lythyr. Llythyrau a fydd, gobeithio, yn egluro pethau oedd yn rhy anodd i mi eu dweud wyneb yn wyneb.

Byseddodd Lena ei llawysgrifen. Sylwodd hi ddim cyn hyn fod gan ei mam lawysgrifen mor hardd, gan mai dim ond pytiau ohoni mewn cardiau cyfarch a welodd erioed. Pwysodd ei llaw dros y ddalen gyntaf dim ond i wneud yn siŵr ei bod yna go iawn.

Os wyt ti wedi ffeindio'r llyfr yma dy hun, yna mae'n debyg iawn nad ydw i'n bod mwyach. Felly, yn hynny o beth dwi'n falch dy fod wedi cael hyd iddo – faswn i'm yn licio 'mod i wedi mynd i'r drafferth o'i sgwennu a neb yn ei ddarllen! Mae'r ffaith nad ydw i yma mwyach yn golygu felly

na cha i fyth dy gyffwrdd di eto Lena, ac mae hynny'n un o'r
teimladau gwaethaf y gall unrhyw fam ei brofi. Dwi'n gallu
dweud hynny efo arddeliad achos mi fues i bron â dy golli di
unwaith.

Symudodd Lena yr un fodfedd, a'i chorff wedi cyffio'n
llwyr. Roedd y detholiad cyntaf wedi ei ddyddio bum
mlynedd yn ôl.

Annwyl Lena,
    Mae hi bron yn ddeng mlynedd ers i chdi adael Parc Villa
am borfeydd brasach, a tydi'r gwacter adawaist ti ar dy ôl
heb lenwi'r un gronyn. Mae dy lofft di'n union fel ac yr oedd,
er i Naomi awgrymu y dylwn i ailbapuro. Dwi wedi peintio
ei hystafell hi, achos mi oedd hi yma i roi ei chaniatâd. Dwyt
ti ddim.
    Dwi'n gwybod erbyn hyn, na ddoi di yn dy ôl. Dwi'n deall
hefyd mai fi sydd wedi dy yrru di i ffwrdd. Coelia fi Lena –
doedd hynny ddim yn fwriadol. Y peth olaf yn y byd roeddwn
i am ei wneud oedd dy weld di'n gadael.
    Dy gael di wrth fy ochr oedd y peth pwysicaf erioed i mi,
er i mi sylwi ganwaith fy mod i'n dy fygu di. Ella y bydda i'n
medru esbonio wrthat ti ryw ddydd, ond rhag ofn na cha i
gyfle dyma roi pensel ar bapur.

Allai Lena ddim coelio bod ei mam wedi mynd i'r fath
drafferth. Wyddai hi ddim o'r blaen fod gan ei mam
ddawn ysgrifennu. Meddyliodd am oblygiadau darllen
ymlaen, a oedd yn y bôn fel agor blwch Pandora. A
fyddai agor droriau a llyfrau Magw yn arwain at yr un
tranc?

    Bu bron i chdi farw.
    Bron iawn, dwi'n pwysleisio, ond y pnawn hwnnw mi
welodd dy fam dy ffarwél.

Dwi'n gwybod dy fod ti'n cofio'r diwrnod achos dyna pam mae gen ti ofn dŵr yndê? Lwyddais i erioed i dy gael di i eistedd mewn bath ar ôl hynny. Mi fasa chdi'n gwichian fel mochyn taswn i'n awgrymu dy fod ti'n mynd i mewn i'r bybls at Naomi. Mi 'nes i drio egluro wrtha chdi pan oeddat yn fychan be oedd wedi digwydd, ond dwi'n gwybod dy fod ti, fel fi, methu gadael i bethau fynd nes bo'r meddwl yn chwarae bob math o driciau. Dwi'n dallt be 'di coelio bod rhywbeth wedi digwydd neu yn mynd i ddigwydd nes bod dy grebwyll yn cael ei chwalu gan feddyliau drwg.

Gafaelodd Lena yng nghoban ei mam oedd wedi ei phlygu ar y gobennydd a'i chodi at ei ffroenau.

Padlo oeddet ti efo Naomi a hogan fach arall oedd ar ei gwyliau yn yr un maes carafanau â ni yn Rhoscolyn, Sir Fôn. Roeddech chi wrth ymyl y creigiau a chditha'n chwarae efo dy rwyd newydd las. Diwedd Awst oedd hi, a'r tymor ysgol bron iawn ar gyrraedd. Ti'n cofio? Roeddet ti ar fin dechrau ym mlwyddyn 2 ac wedi cyffroi dy fod ar fin cael sgwennu efo beiro yn lle pensil. Roedden ni'n hapus. Ni'n tair. Yn fodlon am y tro cyntaf ers colli dy dad.

Rhoscolyn, meddyliodd Lena. Gyda'i holl wybodaeth ddaearyddol o'r byd yn sgil ei gwaith, doedd ganddi ddim clem lle'r oedd Rhoscolyn. Ond fe wyddai rŵan mai tonnau fanno fuodd bron â'i lladd.

Mi est ti a'r hogan fach bengoch o'r Alban i drafferthion yn y môr pan ddaeth ton anghyffredin o fawr drosoch. Mi ddigwyddodd y cwbl mor sydyn a finna wedi meddwl eich bod yn iawn gan fod y dŵr yn fas. Roedd Naomi yn naw oed ac yn medru nofio'n dda. Chditha'n chwech, chefaist ti erioed wers nofio. Mi lamodd Naomi atat i geisio dy achub.

Roedd sgrech Naomi yn fyddarol, ond chlywish i'r un sgrech gen ti. Roedd y ferch bengoch hefyd fel chditha'n cael ei chario gan y dŵr.

Mi redais i a'i thad hithau i'r dŵr. Y ddau ohonon ni am y gorau i achub ein babis, ond roedd y cerrynt yn rymus. Yn llawer cryfach na'r disgwyl. Roeddwn i'n methu dy gyrraedd, roedd pob cam o'n i'n cymryd yn cael ei rwystro gan drymder y llanw.

Gwaeddodd yr Albanwr ar Naomi i gydio yn ei ferch o. Roedd Naomi yn y canol rhyngot ti a'r ferch. Roedd ganddi goblyn o ddewis, ond dy achub di wnaeth hi heb oedi. Chdi ddewisodd hi. Chdi oedd ei chwaer fach.

Drwy ryfedd wyrth, llwyddodd Naomi i gael gafael yn dy fraich a dy dynnu'n ôl i fyny. 'Nes i gyrraedd a dy gario i'r lan. Mi oeddet ti'n gwbl lipa yn fy mreichiau, ddim yn ymateb, ddim yn anadlu.

Roeddwn i'n sgrechian, Naomi'n sgrechian a'r tad o'r Alban yn sgrechian. Ond doedd y ferch fach bengoch ddim yn sgrechian. Doedd hi'm yn unlle. Roedd hi wedi mynd.

Erbyn hyn, roedd Lena'n gwasgu ymylon y llyfr fel tasa hi'n gafael yn llaw Naomi yn y môr.

Doedd dim ffonau symudol yr adeg hynny, ac mi gymrodd yr ambiwlans oriau i gyrraedd. Yn digwydd bod, roedd yna feddyg teulu ar y traeth efo'i deulu ac mi lwyddodd o i dy gael di'n ôl. Dyna funudau hiraf fy mywyd, fel canrif o leiaf.

Roedd dy gorff bach wedi troi'n las, a dy wyneb a'th draed yn biws tywyll. Roedd y doctor yn wych, a phan ddechreuaist ti dagu a phoeri, dyna'r sŵn brafiaf i mi ei glywed erioed. Fel y sŵn crio babi mae rhieni'n ysu i'w glywed ar ôl genedigaeth.

Doedda chdi ddim wedi marw. A finna'n meddwl dy fod ti.

Trodd Lena'r dudalen a gweld cyfres o hen doriadau papur newydd wedi eu gludo'n daclus, y penawdau bras a'r adroddiadau wedyn.

GIRL DROWNS ON ANGLESEY BEACH
DROWNING TRAGEDY IN NORTH WALES
SIX YEAR OLD SWEPT TO SEA,
LOCAL GIRLS SURVIVE

Tra 'mod i'n gorfoleddu, mi oedd yr Albanwr yn hysterical. Doedd ei ferch fach o ddim yn fyw nac yn farw. Doedd hi jest ddim yno, ac mi oedd o'n beio dy chwaer.

'You killed her. You killed my daughter.'

Dyna ddwedodd o wrtha i, ac yn wyneb Naomi. Nid unwaith nid ddwywaith ond ddegau o weithiau. Dwi'n gwybod bod gweld y geiriau yna'n beth ofnadwy i chdi eu darllen ond mae'n rhaid i chdi weld y gwir.

Er i mi brotestio drwy 'nagrau wrth afael yn sownd yno' chdi, eisteddodd Naomi yn fud ar y tywod, atebodd hi mohono'n ôl, dim ond syllu i'r gorwel gan wrando a choelio pob gair. Yn ei llygaid hi mi oedd o'n dweud y gwir.

Wrth ddarllen, rhwbiai Lena gornel isa'r ddalen rhwng ei bysedd a syllu i'r unfan ar y geiriau. Roedd hyn yn newid popeth.

Roedd gen ti, Lena, dueddiad i gyhuddo Naomi o geisio dy foddi di wedi'r ddamwain; 'nes i geisio rhoi stop ar hynny ond 'mond plentyn oedda chdi, doedd dim disgwyl i chdi ddallt. Wrth i chdi daflu bai, doedd Naomi prin yn dweud dim yn ôl, dim ond diodde'r sen yn dawel. O dipyn i beth mi wnaethon ni'n tair stopio siarad am y ddamwain. Siaradodd Naomi erioed am y peth wedi hynny, a dyna pam na fuon ni fyth am dro i Sir Fôn wedyn.

*Plis fedri di ddeall rŵan nad oedd dim bai ar Naomi – dy
ddewis di wnaeth hi, ar draul rhywun arall, ac mae hi wedi
cario'r euogrwydd hwnnw o fethu achub yr Albanes gydol ei
hoes. Neuthon ni ddim dweud wrtha chdi am ffawd y ferch
fach, am nad oedd Naomi isio i chdi wybod. Roedd hi'n
sylweddoli dy fod ti eisoes yn meddwl mai o dy herwydd di
wnaeth dy dad ladd ei hun am ei fod o'n goryrru ar ddiwrnod
dy eni. Yn chwech oed roedd gen ti ymennydd rhywun ugain.
Doedd Naomi, felly, ddim isio i chdi wybod am farwolaeth
rhywun arall. Hen ben ar ysgwyddau ifanc oedd dy chwaer
fawr, wedi gorfod aeddfedu'n gynt na merched eraill. Doedd
hi ddim am i chdi, fel hithau, gael dy dynnu i lawr gan
euogrwydd enbyd.*

Bodiodd Lena weddill y llyfr nodiadau i weld faint
mwy oedd i ddod. Roedd rhagor o doriadau papur
newydd yn dweud yr hanes a sawl llun o'r ferch fach o'r
Alban. Lluniau ohoni'n chwarae ar ei beic ac un ohoni
mewn gwisg ysgol a'i chwrls cringoch yn gorwedd ar ei
hysgwyddau. Yn ôl yr adroddiadau, chwech oed oedd hi.
Ystyriodd Lena tybed a oedd hithau hefyd yn edrych
ymlaen at gael sgwennu'n sownd efo beiro.

*Bu bron i mi dy golli di'r pnawn hwnnw Lena. Am rai
munudau mi feddyliais dy fod wedi mynd. Fedra i fyth
anghofio hynny.*

*Mae'r poen o golli plentyn yn ddigymharol, yn wewyr sy'n
troi pobl yn wallgo'. 'Nes i ddim dy golli di, ac felly mae'n
anodd egluro wrth eraill pam fy mod yn teimlo fel hyn, ond
mi gollais bob synnwyr o realaeth wedi'r helynt.*

*Es i'n rhannol o ngho' ynghylch dy les di a Naomi. Nid
ceisio dy orthrymu di oeddwn i drwy beidio gadael i chdi adael
y tŷ dros y blynyddoedd. Ofn oedd gen i. Ofn llethol o dy*

adael di fynd, ac ofn y byddai rhywbeth yn dy gymryd di fel
'nath y môr yn Rhoscolyn.

 Doedd dim bai ar neb bryd hynny, damwain dyna i gyd,
ond mi wn i mai fy mai i yn llwyr ydi 'mod i wedi dy golli di
rŵan.

Dy garu di.

Mam x

Os oedd Lena wedi cael trafferth dangos emosiwn
wrth dyfu, mi wnaeth yn iawn am hynny y noson honno.
Roedd y dagrau'n llifo. Rhyddhad yn bennaf o sylwi nad
oedd ganddi fam mor ofnadwy wedi'r cwbl, a'r tristwch
ei bod hi'n rhy hwyr i'r ddwy ddod i nabod ei gilydd o'r
newydd.

Plannodd ei phen yn y gobennydd er mwyn ogleuo ei
mam. Rhwbiodd goban Magw drosodd a throsodd yn
erbyn ei boch gydag un llaw a gyda'r llall rhoddodd ei
bawd yn ei cheg.

5

Theimlai Lena fawr gwahanol i ddoe er ei bod hi flwyddyn yn hŷn ers hanner nos. Roedd Naomi wedi gosod balŵns wrth wely Magw ar gais Beth, a Lena'r asiant arbennig wedi dotio.

Doedd Lena heb gyffwrdd mewn balŵn ers blynyddoedd, a meddyliodd yn dawel bach mor od oedd hynny. Er bod ganddi swydd ei breuddwydion collodd afael ar bethau bach bywyd. Roedd yna wastad falŵns ar benblwyddi yn Parc Villa. Pnawniau braf oedd y rheiny, ond bod Lena wedi dewis eu hanghofio. Chwarae *musical statues* i gân yr 'Agadoo' efo ffrindiau ar ôl 'rysgol, bwyta draenogod caws a phinafal ac eira banana efo Dream Topping o lyfr *Del a Dei yn y Gegin*. Cafodd Lena'r profiadau hapus yma gan ei mam ond dewis dwyn i gof y pethau drwg wnaeth hi. Dros y blynyddoedd holodd sawl troseddwr oedd yn defnyddio *selective memory* i gael eu hunain allan o dwll, a dyma hi rŵan yn sylwi bod ganddi hithau'r un cyflwr.

Fi ddewisodd y balŵns, arwyddodd Beth yn falch.

'A fi ddewisodd hwn,' meddai Naomi gan roi anrheg wedi ei lapio i Lena.

'Doedd ddim isio i chdi siŵr,' atebodd Lena â'r ystrydeb oesol honno. Rhwygodd y papur ar frys fel tasa hi'n ôl ddeg mlynedd ar hugain yn chwarae *pass the parcel.* Gwenodd fel giât pan welodd y dvd – *T.J. Hooker.*

'Meddwl basa hwn yn dod ag atgofion o'r dyddiau pan oedda chdi'n breuddwydio am gael bod yn blismon. Ti'n cofio chdi'n clymu fi i 'ngwely efo'r *handcuffs* smal 'na?'

'Yndw, sut fedra i anghofio, 'nes i golli'r goriadau!'

'Do, a chditha'm yn gadael i fi alw ar Mam. Isio neud bob dim dy hun. Miss Annibynnol,' winciodd Naomi.

Dyma fyddai wedi bod yr amser delfrydol i Lena afael yn dynn yn ei chwaer a gofyn am faddeuant am fod mor annheyrngar iddi dros y blynyddoedd. Gydol y bore roedd hi wedi bod yn pendroni sut y byddai'n dechrau sôn wrth Naomi am lythyrau Magw. Roedd hi wedi golygu rhedeg at Naomi yn y ward a'i chofleidio gan ymddiheuro o waelod calon am roi bai ar gam arni gyhyd. Ond pan ddaeth i'r pen roedd hi'n methu magu plwc. Ddwedodd hi ddim byd, dim ond diolch.

Penderfynwyd y byddai'r tair yn mynd am swper i rywle neis y noson honno i ddathlu'r pen-blwydd, ond cyn hynny roedd Beth yn mynnu mynd â'i modryb am siocled poeth arbennig i Gaernarfon. Ufuddhaodd Lena gan benderfynu yn y fan a'r lle ei bod hi'n hen bryd iddi wneud yn iawn am yr holl flynyddoedd coll a dangos y gallai hi fod cystal modryb i Beth ag y bu Sali iddi hi.

6

Mae o'n grêt, arwyddodd Beth.

Grêt? Mae o'n anhygoel, arwyddodd Lena yn ôl.

Pan soniodd Beth yn gynharach am y siocled poeth arbennig ddychmygodd Lena erioed y byddai hi'n eistedd mewn caffi yn un o dyrau'r castell yn ei yfed. Er mor hoff oedd hi o Giuliano's roedd y caffi hwn yn llawer difyrrach.

Newydd agor oedd y fenter newydd 'Te yn y Tŵr' ac mi oedd yn brofiad a hanner eistedd yn edrych dros Gaernarfon o'r uchelfannau. Llwyddodd y ddwy i gael y seddi gorau yn yr adwy oedd yn edrych dros y maes.

Yn ôl y weitar roedd yna frwydro mewnol mawr wedi bod ymysg cynghorwyr y dre am flynyddoedd dros roi caniatâd cynllunio i'r fath syniad, a dadlau tanbaid yn lleol ac ar lefel genedlaethol.

Roedd Beth ar ben ei digon efo'i siocled poeth a'r mynydd malows melys a hufen yn gopa iddo tra bo Lena'n gwirioni ar yr olygfa. Roedd y dref wedi altro'n ddychrynllyd ers iddi fod adref ddiwethaf. Mi barciodd Lena ei char ar y maes, ac roedd Beth wrth ei bodd ei bod yn gallu ei weld o'r pellter. Wyddai Lena ddim a oedd hi'n iawn iddi barcio ei char yno, ond roedd pawb arall i weld fel tasa nhw'n gwneud felly mi wnaeth hi.

Wrth i Beth roi'r byd yn ei le efo'i modryb, sylwodd

Lena fod y cwsmeriaid eraill yn syllu. Roedden nhw'n cogio peidio edrych ond anodd iawn oedd peidio a hwythau'n rhyfeddu at weld y ddwy'n siarad â'i gilydd drwy arwyddo.

Sylwodd Beth ar y llygadu hefyd, ond roedd hi wedi hen arfer. Felly, heb flewyn ar dafod cododd ei bawd ar un cwpl oedrannus a gwenu fel tasa menyn ddim yn toddi cyn troi at Lena ac arwyddo – *Ma' isio gras!* Bu bron i Lena dagu ar ei malows melys a rhoddodd wên fenthyg i'r cwpl cyfagos.

Pwy ddysgodd chdi i siarad fel 'na? arwyddodd Lena a oedd wedi ei thiclo'n llwyr gan hiwmor direidus ei nith.

Nain!

Cilwenodd Lena mewn sioc o glywed bod gan ei mam y fath synnwyr digrifwch. Roedd Beth yn nabod Magw'n llawer gwell na'i merch ei hun. Teimlai Lena'n eiddigeddus braidd fod gan Beth berthynas mor dda â'i nain. Un nain gafodd Lena erioed, ac er ei bod hi'n ddynes ddigon clên, doedd hi ddim yn cofio llawer amdani. Collodd ei thad ei fam o'n ifanc felly doedd gan Lena ddim nain o'r ochr arall.

Pam ti'n byw i ffwrdd? holodd Beth gan dorri ar y dernyn o dawelwch.

Gwaith.

Fedri di fod yn blismon yng Nghymru?

Na.

Pam?

Dwi'n blismon gwahanol i'r plismyn sy'n fama.

Dwi'n gwybod hynny. Ti'n blismon sbesial. Mae Mam a Nain wedi egluro. Ti fel rheina mewn ffilms dwyt?

Tydi petha ddim fel ffilms, Beth. Rhwbiodd Lena goryn ei nith yn annwyl.

Dyfala faint ydi fy oed i, meddai Beth ar ei hunion.

Naw.

Ia, ond be 'di hynny'n Saesneg?

Nine, atebodd Lena gan wybod bod y ddau rif yr un peth yn yr iaith arwyddo, ond roedd hi'n amlwg fod gan Beth jôc ar droed.

Deud eto.

Nine.

'Nes i'm dallt, heriodd Beth.

Nine, smaliodd Lena fod yn ddiamynedd.

Chwerthodd Beth lond ei bol. *Nine, Nine, Nine – jôc. Tisio ffonio plismon?*

Un ddoniol wyt ti Beth. Tyrd - 'sa'n well i ni ei throi hi am Waunfawr. Mae dy fam am ddod i nôl ni o Parc Villa cyn mynd am swper.

Lle mae Mam rŵan?

Efo Nain.

Nain, Nain, Nain! Arwyddodd Beth gan biffian chwerthin eto.

Wrth ddychwelyd yn ôl at y car ar y maes, sylwodd y ddwy ar warden traffig yn llygadu'r car. Wrth iddyn nhw nesáu, mi welodd yntau hwythau. Arwyddodd Beth gan bwyntio at ei horiawr ac edrych arno efo'i llygaid llo bach gystal â dweud mai mond wedi picio i'r siop yr oedden nhw. Syllodd hwnnw yn ôl arni, ddim yn siŵr iawn be oedd y ferch yn ceisio ei ddweud.

'Tydi hi ddim yn clywed. Fy nith ydi hi, mae hi'n fyddar,' esboniodd Lena wrth ymyl y car.

173

'Ydach chi'n ddall hefyd?' gofynnodd yntau'n syth ac yn swta.

'Pardwn?' gofynnodd Lena wedi dychryn braidd â'i hyfdra.

'Ma'r arwydd yn glir yn fanna. Dim Parcio.' Sillafodd y geiriau gan bwyll. 'Ma'r arwydd yn dweud mai dim ond gyrwyr efo bathodyn glas sy'n cael parcio yma.'

'Welish i mo'r arwydd. Dwi ddim wedi bod yn G'narfon ers tipyn. Dwi 'di symud i fyw ers tro, a ddim yn deall y drefn newydd mae gen i ofn.'

Gwyliodd Beth y sgwrs. Yna, a hithau'n benderfynol nad oedd ei modryb am gael cam, camodd rhwng ceidwad y ceir a Lena gan arwyddo'r llythrennau FBI yn wyneb y warden a phwyntio at Lena'n ymffrostgar.

'Be mae hi'n drio ei ddeud?' holodd y diawl blin.

Chwarddodd Lena ar ddigywilydd-dra ei nith. Roedd hon yn dipyn o hogan. 'Deud oedd hi, ei bod hi isio bod yn blismones pan ma' hi'n hŷn.'

'Wel, wel, wel, dwedwch wrthi am beidio dilyn esiampl ei anti felly, cheith hi'm ymuno â'r heddlu wrth dorri'r gyfraith!'

Ceisiodd Lena gadw wyneb syth. 'Sori eto. Fedrwch chi roi pardwn tro 'ma?' gan obeithio y byddai ciwtrwydd Beth yn tyneru'r twll tin o ddyn.

'Tydi 'sori' ddim yn gweithio'n fama, del.' Marciodd y darn o bapur a'i gynnig i Lena cyn gwenu'n sbeitlyd.

FBI arwyddodd Beth eto gan ei dwt twtian wrth fynd i mewn i'r car. *Mochyn,* arwyddodd wedyn.

Pwy ddysgodd y gair yna i chdi? holodd Lena cyn tanio'r injan. Dyma'r ddwy'n sbio ar ei gilydd ac yn arwyddo'r un pryd.

Nain!

7

'Tydyn nhw ddim i mewn.' Pwysodd Emlyn ei ddwy law a chwrcwd dros y wal oedd yn gwahanu Trem Arfon a Parc Villa. 'Does 'na neb adra,' meddai'n arafach am iddo gael ei anwybyddu gyda'r cyfarchiad cyntaf. Yn ôl ei arfer, wrthi'n darllen y *Daily Post* oedd o ar y gadair blygu gynfas wrth y drws ffrynt, pan welodd o rywun yn sbecian drwy ffenest parlwr y tŷ drws nesaf. Chlywodd o ddim sŵn car yn parcio cyn hynny. 'Ma' hi'n braf,' galwodd, ond ddaeth dim ymateb o gyfeiriad y dieithryn.

Doedd Emlyn ddim yn gallu gweld wyneb y person am fod helmed ar ei ben, ond mi fedrai weld o'i wal fod y rhywun yma'n gymharol dal ac yn eithaf main. Ac yntau'n sgwrsiwr o fri doedd Emlyn heb arfer â phobl yn ei ddiystyru, felly roedd y peidio â chymryd sylw yma wedi torri ei grib ryw ychydig. 'They're not in, I'm afraid.' Trodd at yr iaith fain gan feddwl y byddai hynny'n datrys y broblem. Ond nid felly y bu. Cerddodd y person o'r ffenest at y drws oedd yn arwain at y buarth tu ôl i'r tŷ. Agorodd y drws a diflannodd o'r golwg.

Gan fod Emlyn yn eistedd yn ddeddfol yn ei gadair bob pnawn yn darllen ei bapur roedd ganddo syniad go dda am y mynd a'r dod yn Waunfawr. Roedd o'n nabod pawb yn y pentref a phawb yn ei nabod o. O'r herwydd, doedd pethau ddim cweit yn taro deuddeg ynglŷn â'r sefyllfa yma. Er teyrngarwch felly i Magw a'r merched, mi gymrodd arno mai ei ddyletswydd o fyddai mynd i ymchwilio. Rhoddodd y *Daily Post* ar y llawr a gosod ei baned oedd ar ei hanner i ddal y papur yn ei le.

Yn fân ac yn fuan cerddodd yn ei sliperi brethyn i gyfeiriad cefn Parc Villa. Pan gyrhaeddodd doedd dim golwg o neb.

'Iŵ hŵ, iŵ hŵ,' cyfarchodd fel tylluan. Craffodd hyd y cowt ond doedd dim byd i'w weld ond y felin wynt fach yn un o'r potiau blodau yn troi'n ysgafn. Yna, sylwodd fod drws yr hen gwt glo yn gilagored.

'Helo. Is there anybody there?' gofynnodd gan rowlio pob 'r'. Yng nghongl ei lygad gwelodd gysgod yn mynd rownd y gornel at ddrws y gegin. Roedd hi'n cymryd dipyn i ddychryn Emlyn, ond mi oedd y sefyllfa yma'n codi ofn arno braidd. Trodd rownd i wynebu'r dieithryn, a chofiodd fod ei dad wedi ei ddysgu i fod yn wrol, a pheidio meddwl ddwywaith os oedd o'n credu bod rhywbeth yn chwithig. Sythodd ei gefn fel soldiwr, tapiodd ei ddwrn dde ar ei galon a cherddodd draw.

Erbyn hyn roedd y pen helmet yn sbecian drwy'r ffenest gefn.

'Sgiwshwch fi.' Nesaodd Emlyn. 'Does 'na neb adra. There's nobody home.' Doedd fawr o ddewis gan y person bellach ond ei gydnabod ac yntau'n medru teimlo anadl Emlyn ar ei foch. 'Can I help you? I live next door you see.'

'Na, dwi ddim yn meddwl. Popeth yn iawn diolch,' atebodd y llais yn dawel.

'Nefoedd yr adar dynes ydach chi – a Chymraes!' Chwarddodd Emlyn, mewn rhyddhad. 'O'n i'n meddwl

mai hen ddyn drwg diarth oeddach chi am funud.
Ffrind i Magw?'

'Naci, ffrind i'r merched.'

'Tydyn nhw ddim adra chwaith. Mae Magw'n sâl yn
yr hosbitol.'

'Ydi, dwi'n gwybod hynny.' Tynnodd y wraig ei helmet.
'Y dyn drws nesa ydach chi ie? Dwi wedi clywed
amdanoch chi lawer gwaith.'

Nodiodd Emlyn arni'n falch. 'Emlyn Clement Roberts
ydi'r enw.' Gafaelodd yng ngholer ei grys siec yn amlwg
wedi'i blesio o glywed fod ei enw'n cael ei grybwyll
mewn cylchoedd ehangach. 'Neu "Em Clem" i fy
ffrindiau. Fedra i'ch helpu chi?'

'Gallwch ddigwydd bod. O'n i'n deall gan y merched
fod yna oriad sbâr rywle yn y cefn. Mi ddwedon nhw
wrtha i am ddisgwyl amdanyn nhw yn y tŷ.'

'O reit. Oes tad, ma'n nhw'n cadw un sbâr yn y cefn
'ma. Dowch hefo fi.' Cerddodd Emlyn am gyfeiriad y cwt
glo. 'Yn fama mae o ylwch, yn yr hen debot clai 'ma. Ma'
Magw yn deud bob dim wrtha i.' Tynnodd Emlyn y
goriad o'r tebot oedd ar y silff dal bob dim a'i gynnig i'r
ddynes. Ond, cyn ei drosglwyddo'n llwyr gofynnodd. 'A'r
enw plis?'

Edrychodd y ddynes arno mewn penbleth. 'Enw?'

'Ych enw chi plis, i mi gael sôn wrth Lena pan wela i
hi.'

'Joan Davies.'

'Dyma chi Joan Davies. Goriad y drws cefn ydi hwn.'

Gyda hynny, trodd Joan ar ei hunion at y drws, ei
agor, ac i mewn â hi. Wrth ei chynffon safai Emlyn. 'Os
'dach chi'm yn meindio dwi am gymryd pum munud cyn
iddyn nhw gyrraedd. *Lie down* bach.' Yn ofalus ond yn

gadarn gwthiodd Joan Emlyn yn ei ôl dros drothwy'r drws.

Roedd wastad croeso iddo yn Parc Villa ac roedd hyn yn anghyffredin iawn, felly camodd Emlyn dros y stepen eto.

''Dach chi'n meindio?' Edrychodd Joan arno'n fwy llym y tro hwn.

Daliodd Emlyn ei dir. 'O le ddudsoch chi oeddech chi'n dod?'

'O Fangor,' atebodd hithau'n swta.

'Lle ym Mangor?'

'Yng nghanol y dref.'

'Lle'n union? Dwi'n nabod Bangor yn reit dda.'

'Tydach chi'n llawn cwestiynau pnawn 'ma, Emlyn bach?'

'Oes 'na ateb i'w gael?'

'You're very adamant Mr Roberts.' Ymbalfalodd Joan am ei geiriau. 'Os oes rhaid i chi wybod, wrth y Brifysgol. Nawr, os gwnewch chi fy esgusodi, dwi am gau'r drws, er mwyn i mi gael rhywfaint o seibiant.' A dyma Joan yn dangos y drws iddo a'i gau yn ei wyneb.

'Wel, am ddigywilydd,' sibrydodd dan ei wynt a chododd hithau ei llaw arno'n goeglyd o'r gegin gefn.

Cerddodd Emlyn yn ôl am Trem Arfon a'i ben yn ei blu, a sylwodd ar feic wedi ei osod ar y wal ochr arall i'r lôn. Mae'n rhaid mai beic Joan oedd hwn, meddyliodd. Eisteddodd ar y gadair blygu, a chymrodd lymaid o'r baned oer cyn dal ati i ddarllen. Methai'n lân â chanolbwyntio. Roedd ei feddwl ymhell, ac un llygad ar Parc Villa. Dechreuodd adrodd drosodd a throsodd *Paid bod ofn, achos dwi gyda thi. Eseia pedwar deg un: adnod deg* wrth siglo'n ôl ac ymlaen uwch y *Daily Post*.

8

Mi fu Emlyn yn canu'r piano am o leiaf dri chwarter awr cyn penderfynu mynd yn ôl drws nesaf. Doedd ganddo fawr o awydd darllen y papur ar ôl y *rendezvous* anghyfforddus yno felly aeth ati i leddfu ei bryderon efo'r ifori. Ar fin rhoi pen ar Nocturne No.2 Chopin oedd o pan gododd o'i sedd a rhuthro fel gafr ar daranau i weld beth oedd hanes Joan.

Doedd drws cefn Parc Villa heb ei gloi, felly cerddodd i mewn, ond y tro yma, yn groes i'w natur, ddwedodd Emlyn yr un gair. Roedd y tŷ yn ddistaw. Efallai ei bod hi'n dal i gysgu, meddyliodd.

Aeth drwy'r gegin ac i'r ystafell fyw, ond doedd dim golwg ohoni.

'Joan,' galwodd. 'Musus Davies. Iŵ hŵ.'

Cafodd fraw pan ymddangosodd Joan yn ddigynnwrf o gyfeiriad gwaelod y grisiau.

'Chi sy 'na eto Mr Roberts. A be ma' *checkpoint Charlie* isio nawr?'

'Galwch fi'n Emlyn ar bob cyfri. Ydach chi'n iawn?' holodd. 'Gweld fod y genod heb gyrraedd eto, a meddwl ella y basach chi'n hoffi cwmni wrth ddisgwyl amdanyn nhw.'

'Dwi'n iawn, taswn i ond yn cael llonydd, diolch yn fawr.' A'i how shiwio am allan. O weld ei hymateb, mi benderfynodd Emlyn yn y fan a'r lle nad oedd o'n hoffi Joan Davies o gwbl. Doedd o ddim yn gyfarwydd â phobl mor siort â hon. Symudodd hi'n nes ato. 'Diolch am eich help Mr Roberts, ond dim diolch.' Syllodd arno fel cath yn dychryn deryn y to, gan symud mor agos ato nes oedd rhaid i Emlyn gerdded a'i gefn at y gegin.

'Peidiwch plis. Does dim angen i chi fod mor flin.'

'Tydw i ddim yn flin Emlyn, ond mi fydda i os na ewch chi.'

'Sut 'dach chi'n nabod Lena?' torrodd ar ei thraws.

'O! 'Dan ni'n mynd yn ôl ymhell.'

'Rhyfedd o fyd, dwi erioed wedi clywed Magw'n sôn amdanoch.'

'Ydi Magw yn dweud bob dim wrthych chi, felly, Mr Roberts?'

'Yndi, fel arfer, ddudes i hynny wrthach chi gynna,' atebodd yn handi. 'Pryd weloch chi nhw ddiwetha felly?'

'O, mi fydda i'n gweld Lena'n reit aml.'

'Byddwch wir?' mwmiodd dan ei ddannedd. 'Rhyfedd iawn achos tydi Lena ddim yn byw yn fama ers blynyddoedd. Tydi hi ddim hyd yn oed yn byw yng Nghymru.'

Trodd Joan yn welw, a gallai Emlyn weld y crensian dannedd, a'i bod hi'n anadlu'n arafach drwy ei thrwyn.

'Ewch chi o 'ma plis? Mae gen i gur yn fy mhen ofnadwy.'

''Dach chi'm yn deud y gwir nadach?'

Doedd cyfarfod ag Emlyn Clement Roberts ddim yn rhan o gynllun Joan Davies, ac roedd hi'n colli ei hamynedd yn arw. Heb feddwl, cydiodd mewn padell ffrio oedd yn hongian wrth ochr y popty, a'i ddal uwch ei ben yn fygythiol.

'Rargian ddynes, 'dach chi'm yn gall.'

'O be wela i, chi ydi'r un annoeth, Mr Roberts. Caewch eich ceg os gwelwch yn dda.'

'Na wnaf, wna i ddim. Dwi'n licio siarad.'

'Dwi wedi gofyn yn neis unwaith. Caewch eich ceg, ac ewch o 'ma.'

'Ga i'ch cywiro chi'n fanna, Musus Davies, tydach chi ddim wedi gofyn yn neis iawn yr un waith. I ddeud y gwir, tydach chi ddim yn ddynes neis o gwbl.'

Roedd Joan Davies yn anadlu'n drymach ac yn gynt, a'i hwyneb gwelw bellach yn goch. Roedd arni angen cael gwared â'r ddraenen od hwn o'i hystlys. 'Shut up, you idiot,' bloeddiodd a'r badell ffrio'n dal i chwifio uwch ei ben.

'Na 'naf. Rhowch gora iddi,' plediodd Emlyn, ac yntau erbyn hyn yn crynu'n afreolus, ond yn ddigon dewr i beidio ildio.

Yna gydag un ergyd berffaith mi darodd hi Emlyn ar ei dalcen efo'r badell.

9

Doedd Joan ddim wedi bwriadu ei frifo, dim ond ei lonyddu. Emlyn amharodd arni hi, mi ddylai o fod wedi gwrando arni. Edrychodd arno'n gorwedd yn ddiymadferth ar lawr y gegin. Plygodd ar ei gliniau ato – roedd o'n hollol lonydd, un ai'n anymwybodol neu'n farw. Rhoddodd ei llaw ar ei dalcen a theimlodd waed cynnes ar ei bysedd. Roedd o'n globyn o ddyn, ac nid peth hawdd fyddai ei gario oddi yno, ond roedd rhaid iddi ei gadw o'r golwg. Agorodd y drws cefn led y pen ac edrych o'i chwmpas. Doedd ganol prynhawn ddim yn amser delfrydol i symud dyn mor fawr ond doedd fawr o ddewis.

Cododd ei ben swrth a gafael yng nghefn ei grys cyn rhoi ei breichiau o dan ei geseiliau a'i gario am yn ôl dros riniog y drws cefn. Roedd ei bwysau yn ormod iddi, ac felly mi ollyngodd ei gafael am ychydig eiliadau er mwyn cael ei gwynt ati.

Roedd Joan yn ddynes heini, ac wedi cyrraedd Waunfawr ar ei beic, ond doedd cario corff ddim yn dod yn hawdd. Ffeindiodd ryw nerth o rywle wrth i'r adrenalin greu cryfder o'r newydd ac mi lwyddodd i lusgo Emlyn ar hyd y concrit at y cwt glo.

Agorodd ddrws y cwt cyn tynnu Emlyn dros y stepen fach i mewn. Baglodd dros hen frwsh llawr a'i osod yn drwswgl i orwedd wrth ymyl y rhewgell yn y gornel.

Doedd Joan dal ddim yn siŵr iawn a oedd hi wedi ei ladd, achos symudodd o'r un fodfedd. Plygodd ar ei gliniau eto a rhoi ei chlust yn nes at ei wyneb, ond doedd dim sŵn anadlu. Roedd ei lygaid ar gau a'r gwaed yn ludiog ar ei dalcen. Roedd ei dwylo wedi eu staenio ac o dan ei hewinedd yn goch tywyll. Rhoddodd ddau fys ar wddw Emlyn a phwyso'n ysgafn i chwilio am guriad ei galon. Yna, clywodd sŵn gweiddi o gyfeiriad y tŷ. Cododd ar ei hunion mewn panig wrth i arogl metalaidd y gwaed lenwi ei ffroenau.

Roedd rhywun yno.

10

'Lena, ti fewn?' Naomi oedd yno yn gweiddi o dop y grisiau. 'Ma' drws cefn yn gorad.'

Roedd Joan wedi gadael y cwt glo erbyn hyn ar ôl gorchuddio Emlyn efo hen lieiniau. Llwyddodd i gerdded drwy'r gegin heb wichiad. Cymrodd olwg sydyn rownd y gegin a sylwodd fod y badell ffrio ar y *working top* wrth y drws cefn, ac ystyriodd a ddylai hi ei rhoi yn ôl yn ei lle uwchben y popty. Clywodd sŵn Naomi yn camu'n ôl ac ymlaen ar hyd y landin, cyn iddi dawelu yn yr ystafell wely tu blaen. Roedd Joan yn gwybod mai llofft Magw oedd honno am iddi archwilio'r lle'n drylwyr cyn i Emlyn ddod i'w styrbio.

Camodd yn ôl at y drws cefn a'i gloi, gan roi'r goriad ym mhoced ei throwsus. Roedd pethau fel tasan nhw wedi llonyddu fyny'r grisiau nes iddi glywed Naomi yn siarad eto. Erbyn deall, gadael neges ar beiriant ateb rhywun oedd hi.

'Dwi yma'n barod. Gobeithio bo' chi 'di cael pnawn braf. Wela i chi'n munud. Lena, 'nest ti anghofio cloi'r drws cefn gyda llaw! Ta-ra.'

Wrth wrando, llwyddodd Joan i gyrraedd gwaelod y grisiau yn dawel heb roi achos i unrhyw un godi'i glustiau. Edrychodd o'i chwmpas, ac oedodd am eiliad er mwyn ystyried ei cham nesaf. Er ei bod hi newydd adael dyn i waedu i farwolaeth yn y cwt doedd ganddi ddim bwriad ffonio'r gwasanaethau brys. Rhwystr oedd Emlyn, dyna'r cwbl. Rhwystr yr oedd hi wedi llwyddo i gael gwared ohono. Câi barhau â'i chynllun gwreiddiol rŵan.

O glywed y neges adawodd Naomi ar y ffôn i'w chwaer, roedd Joan yn gwybod i sicrwydd fod Lena ar ei ffordd. Daeth yr amser o'r diwedd, meddyliodd. Roedd yr holl ymarferion a'r paratoi yn ei phen ar fin cael eu gwireddu. Mawrth y pumed. Y diwrnod yr oedd popeth ar fin newid am byth. Diwrnod pen-blwydd Lena. Dydd y farn. Doedd dim troi'n ôl i fod.

Cymrodd glamp o wynt a lenwodd ei hysgyfaint, a chyda phob cam gofalus i fyny'r grisiau lledaenodd ei gwên. Gafaelodd yn y canllaw a chymryd gofal i beidio rhuthro fel nad oedd Naomi yn gallu ei chlywed o'r llofft. Roedd ei thu mewn yn sboncio, wrth iddi edrych ymlaen at yr hyn oedd i ddod.

11

Bu Joan yn ofalus iawn rhag gwneud sŵn, hyd nes cyrraedd y landin. Roedd y lloriau'n gwichian â phob cam, ac mi glywodd Naomi.

'Lle 'dach chi 'di bod y cnafon? Mwy nag un siocled poeth mae'n siŵr!' galwodd Naomi. 'Lena, ti sy 'na? Lle ma' Beth?'

Agorodd y drws a gweld y ddynes ddiarth yn sefyll o'i blaen. Edrychodd Naomi arni'n syfrdan. 'Who are you? What are you doing in this house?' Syllodd y ddynes reit drwyddi heb ddweud yr un gair, ac yna gwenodd. O'r eiliad honno gwyddai Naomi fod rhywbeth mawr yn bod.

Chwiliodd ym mhoced ei chôt am ei ffôn bach ond cofiodd iddi ei osod ar sil y ffenest rai eiliadau ynghynt. Camodd wysg ei chefn i'w nôl ond cyn iddi gael hanner cyfle roedd Joan wedi neidio amdani a'i throi rownd gan osod ei breichiau tu ôl i'w chefn.

Dechreuodd sgrechian, 'Don't. Please. You're hurting me.' Am eiliad doedd Naomi ddim yn gallu symud, wedi ei fferru gan ofn, yna ceisiodd gyda'i holl nerth wthio'r wraig orffwyll ddiarth i ffwrdd, ond methu wnaeth ei hymdrechion pan daflwyd hi ar y gwely'n un swp ar ôl i Joan roi dyrniad iddi ar ei thalcen.

Roedd Joan yn gwybod yn union lle i anelu ei dwrn,

a hynny heb achosi difrod i'w llaw ei hun. Ergyd i'r trwyn oedd y gorau er mwyn achosi poen siarp fel na all person gymryd ei wynt, ond anfantais hynny, fel y gwyddai Joan, oedd fod y poen hwnnw'n gostegu maes o law. Er mwyn achosi cur estynedig, y talcen oedd orau. Felly dyna gafodd Naomi.

Wedi'r ergyd, doedd Naomi ddim yn siŵr lle'r oedd hi, roedd ei llygaid yn dyfrio a dechreuodd deimlo'n sâl ac yn ffwndrus. Cyflymodd ei chalon, gan fwrw pinnau bach i bob asgwrn.

Tynnodd Joan raff o'i bag, a oedd yn debycach i wregys gŵn nos nag i gortyn. Clymodd ddwylo Naomi efo'i gilydd dros ei bol a chlymodd ei thraed gyda thennyn arall. Yna, tynnodd rolyn o dâp gaffer tew o'i bag, a'i lapio rownd ei phen fel ei fod yn gorchuddio ei cheg.

Roedd Naomi yn udo crio erbyn hyn, ei chalon yn dyrnu a'i dillad yn damp dan chwys oer. Ceisiodd siarad drwy'r tâp ond doedd ddim posib deall pen na chynffon o'r dweud.

Job done, meddyliodd Joan. Tawelu Naomi oedd y bwriad, nid ei lladd hi yn y fan a'r lle. Gwyddai na fyddai'n mygu o dan y tâp; dim ond tamed i aros pryd oedd hyn.

12

Roedd pen Naomi brifo'n ofnadwy a'r ystafell yn chwyrlïo o'i chwmpas. Yna, clywodd sŵn hymian car tu allan, injan yn diffodd a drysau'n cau drachefn. Anadlodd yn gyflymach. Tynnodd Joan gornel y cyrtens i edrych pwy oedd yno. Roedd popeth yn disgyn i'w le, a'r rhan nesaf o'i chynllun ar fin dod i fwcwl. Ddwedodd hi'r un gair, dim ond camu yn ei hôl yn ofalus a nodio'n foddhaus.

Gyda phob anadl frysiog gobeithiai Naomi mai Lena oedd yna, ac y byddai hi, a'i holl brofiad, yn gwneud popeth yn iawn. Rhoddodd ei ffydd i gyd yn ei chwaer fach. Yna, cofiodd fod Beth yna hefyd. Pan wawriodd hynny arni, aeth i banig gwyllt, yn bownsio i fyny ac i lawr ar y gwely yn ceisio datod ei hun o'r rhwymau.

Cerddodd Lena a Beth at y drws ffrynt. Cymrodd Lena gip sydyn dros y wal i gyfeiriad Trem Arfon yn disgwyl gweld Emlyn yno'n darllen ei bapur. Gwelodd ei gadair wrth y portsh ond doedd dim golwg ohono fo.

Tydi Emlyn ddim yna, arwyddodd Lena wrth Beth, a chododd y fechan ei hysgwyddau.

Aeth y ddwy yn eu blaenau i'r cowt cefn. Roedd hi wedi dechrau oeri, a'r cymylau'n isel fel mwg yn codi o'r coed o flaen Mynydd Eliffant. Dechreuodd Beth chwarae efo'r felin wynt oedd yn un o'r potiau blodau pan glywodd Lena sŵn curo a grwnan yn dod o gyfeiriad y cwt glo, ac i'w ganlyn sŵn llestr yn taro'r llawr. Meddyliodd i ddechrau fod cath strae yn sownd yno. Roedd Beth yn dal i droi llafnau'r felin rhwng ei bysedd ond fe synhwyrodd fod ei modryb wedi newid cyfeiriad. Siarsiodd Lena hi i aros lle'r oedd hi. Ond doedd Beth ddim eisiau, ac am y tro cyntaf erioed bu rhaid i Lena ddangos rhywfaint o awdurdod ac arwyddo'n bendant iddi aros lle'r oedd hi wrth y blodau.

Agorodd Lena ddrws y cwt yn ofalus, ac yna'n torri ei galon ar y llawr oer yng nghanol y llanast eisteddai Emlyn. Roedd ei ben rhwng ei bengliniau ac mi oedd o'n siglo'n ôl ac ymlaen. Wrth ei ymyl roedd pentwr o lieiniau blêr a'r tebot dal goriad sbâr yn deilchion.

'Emlyn bach, be ar wyneb y ddaear sy 'di digwydd?' Edrychodd arni â rhyddhad amlwg yn ei lygaid, fel ci wedi ffeindio'i feistr o'r diwedd. 'O druan â chdi, Emlyn. Wyt ti wedi brifo?' Anwylodd ei ysgwyddau.

Roedd golwg fel y galchen arno, a gwaed ar ei dalcen a'i foch. 'Be w't ti 'di'i wneud i dy ben? Syrthio 'nest ti?'

Roedd Emlyn yn dal i bendilio yn ôl ac ymlaen yn ei gwman, a'i grio erbyn hyn wedi troi'n nadu. Cofiodd Lena am Beth, a diolchodd am unwaith na fedrai hi glywed. Er mwyn ei harbed rhag gweld yr olygfa drist yma o Emlyn annwyl aeth allan o'r cwt a dweud wrthi am fynd i eistedd i'r tŷ i ddisgwyl amdani. Rhoddodd oriadau'r drws ffrynt iddi ac awgrymu ei bod hi'n mynd i sbio ar y teledu. Gwyddai Beth fod rhywbeth yn bod, a mynnodd ei bod hi'n cael sbecian tu fewn i'r sièd. Dim gobaith, meddai Lena, gan addo y byddai'n esbonio'r cwbl wrthi wedyn.

Gwnaeth yn siŵr fod Beth wedi mynd tuag at y drws

ffrynt cyn agor drws y cwt eto. 'Paid â phoeni Emlyn, mi 'nawn ni dy sortio di mewn dim. 'Di cael damwain anffodus wyt ti yndê, a di cael dy hun mewn tipyn o stad.'

Ysgydwodd Emlyn ei ben o ochr i ochr fel tasa fo'n gwallgofi a phwyntiodd at y tŷ.

Roedd Lena'n meddwl ei fod o'n cyfeirio at y silff dal bob dim, a'r llanast oedd ar y llawr. 'Paid â phoeni, dim ond hen debot ydi o. Baglu 'nest ti?'

Ysgydwodd Emlyn ei ben eto.

'Yli, awn ni fewn i gael paned a golchi dy wyneb. Mae Beth i mewn yn barod; fyddi di'n teimlo'n well o'i gweld hi.'

Pan glywodd Emlyn enw Beth mi ddechreuodd ysgwyd yn gynt a chynt, a thrwy ei ddargrau mi lwyddodd i siarad. 'Beth tu fewn? Yn Parc Villa? Na, na, na!' llefodd.

'Be sy Emlyn? Ti'm yn gwneud sens.'

Pwyntiodd Emlyn at y tŷ eilwaith.

'Mae 'na rywun drwg yn y tŷ,' esboniodd, a'i atal dweud yn dwysáu. Daeth tro i stumog Lena – roedd hi newydd roi'r goriadau i Beth. Roedd Beth mewn peryg.

Gwyrodd Lena reit at wyneb Emlyn. 'Aros di'n fama, mi a' i at Beth ac wedyn mi ddo i'n ôl yn syth. Paid â phoeni.'

Rhedodd Lena o'r cwt gan adael Emlyn ar y llawr o hyd. Ei ddagrau a'i drwyn yn llifo, a'i bi-pi yn rhedeg yn un llinell daclus lawr y concrit at y drws.

13

Wrth gerdded i mewn i'r cyntedd clywodd Lena'r
teledu'n bytheirio o'r ystafell fyw. Aeth i mewn, a dyna
lle'r oedd Beth yn ddiogel braf yn eistedd ar y soffa wedi
cael hyd i gelc o dda-da o ddrôr y seidbord. Cododd Lena
ei bawd arni a dweud wrthi am aros lle'r oedd hi.
Nodiodd Beth yn ufudd.

Aeth Lena i'r gegin yn gyntaf ond roedd popeth fel ac
yr oedd pan adawodd yn y bore. Tarodd ei phen rownd
drws y parlwr ac yna clywodd sŵn cerdded ar y lloriau
uwch ei phen. Roedd rhywun i fyny'r grisiau.

Pwyllodd am eiliad, ac yna clywodd sŵn crio aneglur
o ystafell ei mam. Roedd hi wedi torri i mewn i dai
troseddwyr erchyll mewn tywyllwch heb wybod beth
oedd yn ei hwynebu ganwaith o'r blaen gyda'i chyd-
weithwyr o Quantico, ond roedd hyn yn gwbl wahanol,
a doedd ganddi ddim syniad beth i'w wneud nesaf.
Mwythodd ei thalcen â'i thri bys canol i ostegu
rhywfaint ar ei hofn. Gosododd ei llaw arall ar wregus
ei throwsus, er mwyn gwneud yn siŵr fod popeth yn ei
le, cyn sylwi nad oedd ganddi wn nac arf o gwbl. Roedd
y crio uwchben erbyn hyn yn swnio'n uwch, a siarsiodd
ei hun i roi'r gorau i rwbio'i thalcen. Roedd yn rhaid iddi
sadio. Roedd yn rhaid iddi fynd i fyny'r grisiau.

Doedd gan Magw ddim ffôn tŷ, ac roedd Lena wedi

gadael ei ffôn bach yn y car. Ystyriodd hel Beth yn ôl i'r car, ond gwyddai na fyddai Beth yn ufuddhau heb esboniad. Doedd hi ddim isio gweld ei nith yn mynd i banig, a chan nad oedd hi'n clywed beth bynnag, gwell fyddai iddi eistedd yn gwylio'r teledu am y tro, tra bo Lena'n cael trefn ar y sefyllfa.

Cydiodd mewn canhwyllbren pres o'r parlwr ac i fyny'r grisiau â hi, a'i chalon yn curo mor galed yn erbyn ei brest fel ei bod yn gallu clywed y curiad yn ei chlust. Edrychodd yn ôl at waelod y grisiau, un golwg olaf cyn mentro. Ystyriodd am eiliad redeg lawr y grisiau, nôl Beth a'i heglu hi oddi yna. Dyna fyddai'r peth callaf i'w wneud, meddyliodd. Roedd ei greddf, fodd bynnag, yn gryfach ac yn ei gwthio yn ei blaen. Roedd Lena'r blismones yn ysu i weld beth oedd tu hwnt i'r drws. Dychmygodd fod bathodyn aur yr FBI ar ei bron, ac atgoffodd ei hun yn dawel nad oedd swyddogion arbennig yn ffoi. Roedden nhw'n wynebu perygl ar ei ben.

Heb oedi rhagor, agorodd y drws gyda chic â blaen ei throed, a gweld ei chwaer ar y gwely wedi ei chlymu. Ysgydwodd Naomi ei phen yn wyllt o weld Lena gan geisio nodio i gyfeiriad y drws er mwyn rhybuddio ei chwaer fod rhywun tu ôl iddi, ond aeth pob synnwyr cyffredin FBI-aidd o'r golwg wrth i Lena ollwng yr ornament pres wrth waelod y gwely a cheisio datod y clymau yn syth. Heb i Lena gael cyfle i droi, mi neidiodd y ddynes o du ôl i'r drws a'i gwthio ger ochr y gwely. Llwyddodd Lena i godi ar ei gliniau a thaflu'r ddynes i'r llawr. Ond, wrth i'r ddwy ymbalfalu i godi ar eu traed, Joan gafodd y llaw uchaf, a hyrddiodd Lena at y drws. Crafodd ei chefn ar nobyn y drws wrth syrthio, a saethodd poen miniog o'i phen-ôl i'w gwar. Poen a gymerodd ei gwynt am rai eiliadau. Amhosib oedd gweld wyneb y ddynes gan ei bod hi'n gwisgo penwisg. Rhyw fath o falaclafa tyn. Y math o gwfl a ddefnyddir gan ddringwyr, oedd yn gorchuddio'r rhan fwyaf o'r wyneb heblaw am y llygaid. Doedd gan Lena ddim syniad pwy oedd y gelyn, ond gwyddai mi dynes oedd hi.

Ceisiodd ddianc gan chwifio'i breichiau yn wyllt yn erbyn y benwisg, ond fe stopiodd yn ei hunfan pan dynnodd y ddynes gyllell o'i bag. Daliodd y llafn o dan ên Lena. Safodd hithau'n llonydd, gan syllu ar y llygaid oedd yn ei bygwth. Pwysodd honno y llafn yn nes at y croen a'i bigo.

Dyma'r eildro i Lena gael ei bygwth â chyllell mewn llai nag wythnos. Doedd y digwyddiad efo Kathia Carcamo yn y Metro ddim byd tebyg i hyn, fodd bynnag. Bygwth drwy ofn wnaeth Kathia, ond roedd y person yma yn mwynhau pob eiliad. Maen nhw'n dweud bod y llygaid yn ffenest i'r enaid, ac mi welodd Lena fileindra na welodd o'r blaen yn nhwll y mwgwd.

'Put the knife down,' gorchmynnodd Lena yn ei llais swyddogol proffesiynol. 'I'm a police officer.'

Chwarddodd y person tu ôl i'r masg yn llawn sbeit.

'Put the knife down. I've called the police and they're on their way.'

Tynhaodd y ddynes ei gafael yn Lena gan bwyso min y gyllell i'w chroen nes i ffrwd fain o waed lifo o'i gên. Roedd y cripiad yn llosgi ac yn brifo. Ceisiodd beidio dangos ei phoen na'i hofn. Sythodd ei chefn yn barod i frwydro'n ôl, cyn gwingo'n dawel yn ei blaen ar ôl clywed sŵn camau bach yn cerdded ar hyd y landin.

Trodd y tair i edrych i gyfeiriad y drws, a gyda'i braich rownd gwddf Lena, cerddodd y ddynes â hi i ochr arall yr ystafell at y ffenest. Ceisiodd Naomi weiddi, ond doedd dim iws a Beth yn methu clywed.

Daeth y camau bach yn nes ac yn nes, a doedd dim byd y gallai'r ddwy chwaer ei wneud i'w stopio.

14

Safodd Beth yn stond pan welodd ei mam ar y gwely. Yna, sylwodd ar Lena wrth y ffenest. Roedd hi'n edrych yn fach yno'n sefyll ar ei phen ei hun mor fregus wrth y drws. Er bod Lena'n sownd dan afael y ddynes, roedd ei dwylo'n dal yn rhydd, a cheisiodd arwyddo wrth Beth i adael yr ystafell. Ond roedd y ferch naw oed yn ddisymud gan ofn, a doedd yr hyn yr oedd ei modryb yn ceisio'i ddweud wrthi ddim yn treiddio. Syllodd yn ei blaen fel tasa hi wedi ei rhewi mewn amser.

Tu ôl i'r mwgwd rhoddodd y ddynes bwff o chwerthin. Roedd ei chynllun ar y trywydd iawn o'r diwedd, roedd hi wedi llwyddo i gael y tair yn yr un lle gyda'i gilydd.

O'r gwely mwmiodd Naomi, yn ceisio ystumio wrth ei merch i redeg, ond yn gwbl groes i hynny, llamodd Beth at ei mam a'i chofleidio. Ceisiodd ei gorau i agor y clymau, ond roedden nhw'n llawer rhy dynn i'w bysedd bach. Ceisiodd wedyn dynnu'r tâp oedd dros ei gwefusau, a llwyddodd i dynnu darn bach ohono wrth i'r glud rwygo'r croen o dan ei ffroenau. O'r diwedd gallai ei mam anadlu'n iawn unwaith eto. Cusanodd ei merch drosodd a throsodd ar ei phen, a lapiodd Beth ei breichiau am ei gwddf fel cadwyn.

Gyda Naomi rŵan yn gallu siarad, rhaid oedd i'r ddynes wneud yn siŵr nad oedd yr un o'r tair yn gallu dianc. Rhoddodd hergwd i Lena i'r llawr wrth iddi geisio ymestyn at Beth, a cherddodd am yn ôl at ddrws y llofft gan ddal y gyllell o'i blaen gydol yr amser.

Er ei bod hi mewn cornel ar y llawr, a'r trawiad gan y gyllell wedi ei gwneud yn benysgafn, gwelodd Lena mai dyma oedd ei chyfle i gymryd rheolaeth. Roedd rhaid iddi geisio rhoi heibio ei hemosiynau teuluol a chaledu. 'Put the knife down. Put it down carefully on the floor. If you do as I say, then we can talk.' Sychodd y gwaed o'i cheg, a chododd y ddynes y gyllell yn uwch gan wasgu ei gafael amdani. 'If you put the knife down we can forget this ever happened.'

'Dim peryg!' atebodd y ddynes yn syth. 'Symud yn ôl at y ffenest.'

Roedd y ddynes yn siarad Cymraeg – doedd Lena heb ystyried o gwbl mai Cymraes oedd hi. Saesneg oedd iaith troseddwyr fel arfer.

'Cymraes ydach chi? Plis rhowch y gyllell i lawr,' meddai Lena yn llawer addfwynach na'r gorchymyn cynt. 'Mi allwn ni drafod yn gall.'

''Dach chi'n gwneud coblyn o gamgymeriad,' ategodd Naomi o'r gwely.

'Chi sydd wedi gwneud camgymeriad,' atebodd y ddynes.

Er ei phrofiad eang, roedd Lena erbyn hyn mewn byd yn meddwl beth i'w wneud nesaf gan fod y sefyllfa yn un mor od. Gwyddai na ddylai'r ffaith fod y person anhysbys yn medru'r Gymraeg wneud unrhyw wahaniaeth na'i gwneud hi'n llai peryglus; i'r gwrthwyneb efallai. Ond roedd Lena'n straffaglu i feddwl sut y dyle hi ymdrin â hi.

'Steddwch,' gorchmynnodd y llais tu ôl i'r mwgwd.

Yn rhyfeddol doedd Beth ddim yn crio, ond mi oedd hi'n llonydd fel tasa hi mewn breuddwyd. Arwyddodd Lena arni i eistedd.

'Ydach chi isio rhywbeth? Mi fedra i roi fy waled i chi, ac os oes gan Naomi ei phwrs mi gewch chi hwnnw hefyd.'

'Meddylgar iawn, Special Agent Price.' Pwyntiodd y gyllell ati a cherddodd yn nes.

Sut ar wyneb y ddaear oedd y ddynes orffwyll yma yn gwybod beth oedd ei henw, meddyliodd Lena, cyn sylweddoli nad digwyddiad ar hap oedd hwn. Roedd y ddynes hon wedi dod i Parc Villa am reswm ac yn od o beth roedd ei llais yn swnio'n gyfarwydd.

Cerddodd yn nes at Lena, a'r llafn yn sgleinio wrth i haul diwedd pnawn daflu golau arno.

'FBI Price, mi 'nes i feddwl y basa hen ffrind yn cael gwell croeso na hyn.' Gan ddal ei gafael yn y gyllell â'i llaw dde, gyda'i llaw chwith tynnodd y benwisg. Ysgydwodd ei phen a'i gwallt cwta mewn rhyddhad o gael aer ar ei bochau eto.

Teimlodd Lena'r llawr oddi tani'n suddo a phatrwm y carped yn crebachu wrth ei thraed. Roedd hi'n methu credu'r hyn oedd o'i blaen. Roedd yr hyn a welodd yn ddychryn. Roedd yr wyneb a welodd yn newid popeth. Gallai Naomi weld y dychryn yn llygaid ei chwaer, un na welodd o'r blaen. 'Lena!' gwaeddodd. 'Lena, gwna rywbeth,' ond atebodd ei chwaer fach mohoni.

'Brysia Lena, pam na wnei di egluro wrth dy chwaer fawr?' anogodd y ddynes.

Deffrodd Lena o'i breuddwydio. 'Be 'dach chi'n dda yn fama? Pam? Be ydi pwrpas hyn i gyd?'

Dechreuodd Naomi aflonyddu gan ysgwyd i fyny ac i

lawr, 'Ti'n nabod hon, Lena? Pwy ddiawl ydi hi? Be sy'n digwydd i ni?'

'Bydd yn ddistaw, Naomi,' meddai'r ddynes yn smalio bod yn glên. 'Dwi'n deall dy fod yn un dda am gadw'n dawel, ac yn un dda am roi pobl eraill yn gyntaf. Rho eraill yn gyntaf nawr, a phaid â holi.'

'Pwy ydach chi? Sut ydach chi'n gwybod be 'di'n enw i?'

Chwarddodd y ddynes yn goeglyd. 'Ydach chi wedi colli'ch tafod Special Agent Price? Mi fyddai Corey yn siomedig iawn. Dyma'r ail *incident* i chi â chyllell mewn wythnos yndê? Roeddet ti'n lwcus yn Bethesda, chafodd y ddynes druan yn fanno ddim cyfle i ddefnyddio'r gyllell. Ond mi lwyddoch chi i ladd, eto, yn do Lena?'

Roedd Lena'n fud.

'Lena, ateba wir Dduw. Pwy gythraul ydi hi? Sut uffar ti'n nabod hon?' plediodd Naomi.

Edrychodd Lena ar ei chwaer mewn anghrediniaeth. Edrychodd ar Beth druan yn ei chwman; roedd rhaid iddi ddeffro o'i syfrdan a dod ati ei hun reit handi er mwyn egluro wrth Naomi. 'Mae'r ddynes yma yn ein nabod ni i gyd Naomi.'

'Ond dwi 'rioed wedi ei gweld hi o'r blaen. Pwy ydi hi, Lena?'

Gyda hynny, edrychodd Lena ar y smotyn harddwch cyfarwydd oedd yn gorwedd uwch wefus y ddynes ddirgel cyn codi ei golygon at ei llygaid. 'Rachel James ydi hon. Rachel James o Washington. Un o ffrindiau gorau Anti Sali.'

15

'7cm.' Edrychodd Rachel James ar y gyllell yn llawn edmygedd. 'An odd number. O diar, Lena. It's not your day is it? Dwi'n gwybod am dy obsesiwn di gyda rhifau.' Esbonio oedd hi wrth y tair am rinweddau'r gyllell glo a brynodd mewn canolfan arddio ym Mangor y bore hwnnw. Roedd cyllyll bychain a main fel hon, meddai, yn well na chyllyll cegin arferol. Mae'r rheiny'n tueddu i blygu neu dorri ar y trawiad.

Ers i Lena ddatgelu pwy oedd y ddynes ddiarth, mi siaradodd y ddysgwraig o Washington fel melin bupur wrth i Lena a Naomi sbio ar ei gilydd drwy'r truth mewn mudwch o anghrediniaeth. Llwyddodd Naomi i eistedd ar i fyny yn sythach ar y gwely ac roedd Beth wedi dringo wrth ei hochr. Doedd gan y gradures ddim syniad beth oedd yn digwydd, a gwyddai na allai ei mam na'i modryb esbonio wrthi. Mewn ymgais, felly, i gau'r drwg o'r golwg plannodd ei phen ym mynwes ei mam, er mwyn iddi beidio gallu gweld yn ogystal â pheidio clywed. Rhwydodd ei breichiau rownd canol Naomi fel y gwnâi i'w thedi glas wrth gysgu, ond am y tro cyntaf erioed doedd ei mam ddim yn gallu gafael ynddi hi yn ôl.

'Pam, Rachel? O'n i'n meddwl ein bod ni'n ffrindiau. Be sy 'di digwydd i chi? Sut ddaethoch chi i fama?'

Torrodd Lena ar draws parabl robotaidd Rachel James ynglŷn â gwychder y gyllell.

'Mi fasat ti'n gwneud cwis feistres dda, Lena. Ond dwyt ti'm yn gallu datrys y pos nagwyt? Ti sydd efo'r statistics i gyd. Ti'n cofio ti'n sôn wrtha i ar y ffordd i Quantico fod over fifty percent of violent crime yn cael ei wneud gan bobl sy'n nabod ei gilydd.' Nodiodd yn ddeifiol. 'Pobl sy'n nabod ei gilydd Lena, knowing me, knowing you . . .'

'Plis, er mwyn y nef gadwch i Beth fynd. Tydi hi ddim yn haeddu gweld hyn. Dim ond naw oed ydi hi.'

'Naw oed?' Crychodd Rachel ei thalcen. 'Blwyddyn yn hŷn na Ben.'

'Ben?'

'Hy! Typical. Tydi'r enw Ben yn golygu dim i ti? A titha'n seren ddisglair efo'r FBI, oeddwn i'n meddwl y basat ti'n deall bellach.'

'Dwi'm yn gwybod am be 'dach chi'n sôn, Rachel.' Cododd Lena ei hysgwyddau i gyfeiriad ei chwaer.

'Ben Henderson. H-e-n-d-e-r-s-o-n. Ydi'r ail enw'n help?' O glywed yr enw hwnnw gwingodd Naomi ar ei hunion. Rodd hi'n gwybod pwy oedd Ben. 'Efallai fod y chwaer fawr yn gwybod yn well . . . Naomi?'

'Yndw, dwi'n gwybod,' nodiodd Naomi a'i llygaid yn troi am i lawr at y carped. 'Dwi'n gwybod pwy ydi Ben Henderson.'

'Pwy ydi o Naomi? Deud.' Roedd Lena ar goll.

Gyda'r cwestiwn hwnnw, rhoddodd Rachel goblyn o swaden i Lena ar draws ei hwyneb gan dolcio ei thrwyn nes i'w llygaid ddyfrio â'r poen. 'Pwy ydi Ben Henderson, I hear you ask? Glywaist ti erioed mo'i enw fo o'r blaen? Ben Henderson oedd y person pwysica yn fy mywyd i erioed, a does gen ti ddim syniad pwy oedd o. Ti'n fy ngwneud i'n sâl, Lena Price.'

Roedd gan Lena gywilydd mai hi oedd yr unig un yn yr ystafell nad oedd yn gwybod pwy oedd Ben Henderson. Ceisiodd ganolbwynio'n arw ar ddwyn i gof pwy oedd o, ond roedd ei thrwyn a'i llygaid yn llosgi wedi'r gelpan, a chyda phob eiliad o oedi gallai weld casineb yr Americanes yn berwi'n sych. 'Dwi'n sori Rachel ond . . .'

Cyn i Lena orffen ei brawddeg roedd Rachel wedi achub y blaen arni. 'Ben oedd fy mab i. Mi gafodd o'i ladd pan oedd o'n wyth oed. Blwyddyn yn ieuengach na Beth.'

Llyncodd Lena ei phoer. 'Mae hynna'n ofnadwy Rachel. Doedd gen i ddim syniad. Sonioch chi ddim byd o'r blaen . . . Ydi Sali'n gwybod? . . . Pam deud rŵan?'

'Dad.' Cododd Naomi ei llais, roedd ei cheg yn sych grimp ac ewyn gwyn yn dod ohono. 'Dad. Dad 'nath.'

'Marciau llawn i Naomi Price.' Trodd Rachel at Naomi a chlapio ei dwylo'n swrth. 'Mae Naomi'n fwy o dditectif na ti, Lena.' Methai Lena'n glir â rhoi trefn ar yr holl wybodaeth oedd yn cael ei thaflu ati. 'Do you need me to spell it out? Ben Henderson, wyth oed a Mason Henderson, fy ngŵr, oedd yn dri deg a chwech oed – yr un oed â ti yn union heddiw, Lena. Y ddau'n cael eu lladd ar y diwrnod yma yn 1979 . . . diolch i ddreifio peryglus Elwy Price. Dy dad. Eich tad.' Edrychodd Rachel ar y ddwy chwaer yn eu tro.

'Wyddwn i ddim byd, hynny yw mai eich teulu chi oeddan nhw,' meddai Lena wrth i Rachel gamu'n nes. 'Cymrwch bwyll, does 'na'm angen i chi frifo neb. Camwch yn ôl.'

Cododd Lena ar ei thraed yn simsan a rhwbio'r gwaed o'i gên. Roedd hi'n dal i deimlo'n chwil ar ôl y dwrn i'w thrwyn, ac mi lamodd Rachel James gan afael yn ei braich eto a'i thynnu tuag ati. Stampiodd Lena ei throed ar droed Rachel yn galed gan achosi iddi neidio'n sydyn mewn poen a thrywanu Lena unwaith yn rhagor – yn ei braich y tro yma. Sgrechiodd Naomi mewn rhwystredigaeth o fethu â'i hatal, a gwnaeth hynny i Rachel afael yng ngwallt Lena o'r corun a'i chwipio am yn ôl yn frwnt. Gydol ei hoes roedd hi wedi brwydro yn erbyn pob math o rwystrau, ac roedd hi wastad yn cyrraedd y lan, ond wrth iddi golli rhagor o waed, teimlai'n ddiymadferth wrth i Rachel gydio'n dynnach yn ei gwallt.

Gwyddai Lena fod yn rhaid iddi weithredu ar frys er mwyn dod â'r gwallgofrwydd yma i ben; roedd gwythiennau ei gwddf yn pwnio yn erbyn yr ochrau. 'Dwi'n dallt eich bod chi'n ypset, Rachel.' Brwydrodd am ei gwynt. 'Roedd hi'n ddamwain erchyll. Mor erchyll fel nad oedd Dad yn gallu byw efo'i hun wedyn.'

'Damwain? Damwain ddudoch chi? No way! Dydi accidents ddim jest yn digwydd. O'n i'n meddwl y basat ti o bawb yn cytuno Lena, a ti'n blismon. Mae damweiniau'n bod am mai pobl sy'n eu hachosi nhw. A ti Lena oedd achos yr un yma. Tasat ti ddim wedi cael dy eni ar Fawrth y pumed 1979 fasa Ben a Mason yn dal yma.'

Gwyddai Lena fod geiriau Rachel yn wir; roedd hi wedi dweud ar hyd y ril mai hi oedd ar fai fod ei thad wedi lladd ei hun. Yr hyn oedd ganwaith gwaeth rŵan oedd mai hi oedd ar fai, hefyd, am farwolaeth dau arall. Ei bai hi oedd y cwbl, a hynny am iddi gael ei geni.

'Paid â gwrando arni Lena, ma' hi'n gwbl wallgo,' bloeddiodd Naomi wrth weld ei chwaer yn gwanhau o'i blaen.

'Gyda llaw, dim Rachel ydw i. Enw gwneud oedd hwnnw pan symudais i D.C. Nina Henderson ydw i go iawn.'

'Pam newid yr enw?' holodd Lena gan lyncu ei phoer oedd fel lwmpyn o wlân yn ei gwddf.

'I fod yn anonymous siŵr iawn. Ers colli Ben a Mason dwi wedi dilyn hanes eich teulu chi i gyd. Roeddwn isio gwybod popeth am y bobl wnaeth ddinistrio fy nheulu i. A nawr rwy'n cael gwneud yn iawn am yr hyn a wnaethoch chi i mi.'

Heddiw oedd y diwrnod y bu Rachel James yn disgwyl amdano ers blynyddoedd, y diwrnod y byddai hi'n sicrhau cyfiawnder i'w theulu. Y diwrnod yr oedd hi am dalu'r pwyth yn ôl. 'Roedd hi'n anodd ar y dechrau achos doedd hi'm yn hawdd ffeindio gwybodaeth ar ddechrau'r eighties. Ond ers i'r we gyrraedd, mae pethau wedi bod yn llawer haws. Ffeindiais dy fod ti wedi gadael Cymru ac wedi symud i fyw i Virginia, ac felly 'nes i benderfynu mai'r unig ffordd i gael dial oedd symud yno i fyw. Symud yno i dy ddilyn di a dy deulu. Dwi 'di gweithio mor galed i gyrraedd fan hyn.'

'Ond sut 'dach chi'n siarad Cymraeg?'

'O Lena fach, tydach chi fawr o detective, ydach chi?' Roedd Rachel James fel tasa hi'n mwynhau cael bwrw ei bol o'r diwedd. 'Pan oedd Mason yn fyw, mi oedd Mason yn mynd i Welsh lessons yn Ohio, roedd o'n keen iawn i ddysgu'r iaith gan fod ei ancestors i gyd yn dod o Gymru. Ar ôl iddo fo farw nesh i ffeindio yn un o newsletters y Welsh North American Association bo' ti a Sali'n aelodau o'r Gymdeithas Gymraeg yn D.C, ac felly doedd gen i ddim dewis ond mynd ati o ddifri i ddysgu Cymraeg er mwyn gallu dod i'ch nabod chi'ch dwy yn well.'

'Rachel . . . Nina . . . be bynnag ydi'ch enw chi. Pam gwneud hyn rŵan? Pam dod drosodd i Gymru?'

'Twt twt, Lena.' Oedodd Nina am eiliad er mwyn rhoi cyfle i'r Asiant Arbennig geisio dod â dau ben llinyn ynghyd. 'Dy ben-blwydd di Lena, wrth gwrs. Gan fod dy dad wedi cael get away, chdi oedd yr ail ddewis. Ar ddiwrnod dy eni, collais i bopeth, felly hwn ydi'r diwrnod y bydda i'n cael justice. Dwi'n neud hyn i gyd ar gyfer Ben a Mason. Mae'n rhaid i chi dalu am achosi'r 'ddamwain' fel 'dach chi'n ei alw fo.'

'Ond fy nhad oedd yn gyrru, nid fi. 'Dach chi'n fy nabod ers dros bum mlynedd. Pam rŵan? Pam fama?'

'Lena, Lena. Doedd 'na'm pwynt i mi ruthro. Ro'n i angen amser i ddod i dy nabod di. Isio i ti deimlo poen ydw i, yr un poen ag a ges i, y poen dwi'n ddioddef o hyd. I wneud hynny'n iawn, roedd rhaid i mi ddysgu am what makes you tick. Fasa dy gosbi ar dy ben dy hun ddim yn ddigon. Roeddwn i angen dod i wybod be fyddai yn dy frifo di fwya.'

'Gadwch lonydd iddi,' protestiodd Naomi, wedi cael llond bol o druth hunangyfiawn y cipiwr. ''Dach chi 'di colli arni.'

'Cau dy geg,' gorchmynnodd Nina, 'neu mi fydda i'n rhoi tâp rownd ceg Beth hefyd.'

'Gadwch lonydd i Beth. Plis gadewch iddi hi fynd. Cymrwch fi,' plediodd Lena, ond anwybyddodd Nina Henderson ymbilio'r ddwy chwaer.

'Roedd mynd i dy fyd di'n eithaf hawdd, yn enwedig gan fod Sali yn trystio fi gymaint. Ddwedodd hi bob dim wrtha i. A dwi'n gwybod yn bendant erbyn hyn mai dau beth sydd yn wirioneddol bwysig i ti. Neu dwy ddylwn i ddweud? Sali a Beth.' Pan glywodd enw Beth yn cael ei grybwyll, ailgydiodd Naomi yn ei hymdrechion gwyllt i ddod yn rhydd, ond heb lwyddiant. 'Ma' Sali'n lwcus mewn ffordd, mae hi wedi gallu osgoi hyn i gyd. Roeddwn i wedi bwriadu cael yr aduniad yma yn ei thŷ hi heddiw. Ond, pan glywais dy fod ti'n gorfod gadael ar frys roedd rhaid i finna newid fy nghynlluniau, ac mi ges i flight drosodd yn syth.'

'Plis. Rhowch y gyllell i lawr. Gadwch i Beth fynd. Fi ydi'r rheswm ein bod ni yma, 'dach chi wedi fy nal i. Cymrwch fi, a gadwch Beth a Naomi'n rhydd. Tydi hyn ddim yn gwneud synnwyr.'

'Be sydd ddim yn gwneud sens ydi fy mod i wedi gweld fy mhlentyn a 'ngŵr yn cael eu lladd o flaen fy llygaid. Dim ond mynd am dro bach ar y beics oedden ni a hithau'n tynnu at ddiwedd y gwyliau. Roedden ni'n gwisgo helmedi, roedden ni wedi paratoi, ond doedd gennym ni'm siawns pan ddaeth dy dad o nunlle a'n taro ni ag un ergyd fel sgitls.' Syllodd Nina ar y wal wrth siarad, yn rhythu'n llonydd ar y patrwm streipiog fel tasa hi'n gweld y beics yn teithio dros y papur wal. 'O'n i'n meddwl 'mod i'n mynd i farw. Dim ond torri coes 'nes i. Dyna pam 'mod i fymryn yn gloff. Mi fasa'n llawer gwell gen i taswn i wedi marw. Os faswn i wedi marw, faswn i ddim wedi gorfod byw drwy'r hunllef yma o fywyd.'

'Mae'r holl beth yn erchyll.' Ceisiodd Lena ddangos fod ganddi dosturi gwirioneddol. 'Plis wnewch chi

ollwng Naomi a Beth? Fi 'dach chi isio yndê? Fy mai i
oedd o i gyd.'

'Lena fach. Dwyt ti ddim wedi gwrando ar air dwi
wedi ei ddweud? Tydw i ddim isio dy anafu di. Dwi isio
i ti fyw. Dyna'r holl bwynt. Taswn i'n dy frifo di, neu'n
waeth, fasa hynny ddim yn ddigon. Dwi angen brifo
rhywun ti'n ei garu. Y poen mwyaf y gall rhywun deimlo
ydi gweld person maen nhw'n ei garu â'u holl galon yn
cael loes neu'n marw – hwnnw ydi'r teimlad gwaethaf
posib. Felly, dim ond ar ôl i ti weld a theimlo'r poen yna
y gelli di ddeall fy mhoen i.' Gyda hynny trodd Nina
Henderson ei golygon at Beth oedd yn dal a'i phen wedi
ei gladdu ym mynwes ei mam.

16

Erbyn hyn roedd Rachel wedi gollwng gafael yng ngwallt Lena ac wedi ei phwnio i'r gornel yn ei hôl. Roedd hi'n dal i afael yn y gyllell, a gallai Lena weld migyrnau Nina'n troi'n wyn wrth iddi ei gwasgu'n dynnach. Yna, camodd yn nes at y gwely a rhoi ei llaw yn addfwyn ar gefn Beth. Ceisiodd Lena ei stopio ond daeth wyneb yn wyneb â'r llafn pigog eto ac felly fe fethodd.

'Na!' erfyniodd Naomi. 'Peidiwch â'i chyffwrdd hi. Dim ond plentyn ydi hi . . . fel Ben.'

Wrth deimlo'r llaw ar ei chefn, cododd Beth oddi ar fynwes ei mam a throi rownd. Gafaelodd Nina ynddi a'i hebrwng gerfydd ei braich i gornel arall yr ystafell ger y ffenest. Neidiodd Lena amdani eto ond methodd o ychydig filimetrau a min y gyllell yn cripio ei braich arall wrth iddi ddisgyn i'r llawr.

Estynnodd Nina gadair i Beth eistedd arni. Am ychydig eiliadau bu tawelwch, yna daeth y llonyddwch i ben wrth i Beth o'r diwedd ddeffro o'i pharlys a dechrau beichio crio. Udo crio ac ochneidio bob yn ail. Chlywodd Naomi erioed mohoni'n crio fel hyn, ddim hyd yn oed pan oedd hi'n fabi. Er ei byddardod mi wynebodd fywyd â gwên, heb gwyno'r un waith. Doedd Beth ddim yn un i roi'r ffidil yn y to. Ond eto, rŵan hyn, roedd hi'n dioddef, a'i gwroldeb yn deilchion. Y cwbl roedd arni hi ei eisiau oedd ei mam. Arwyddodd yn wyllt drosodd a throsodd. *Mam. Mam. Mam.*

Roedd Naomi'n torri ei chalon, a doedd dim y gallai ei wneud ond edrych o bell.

Wrth geisio dal y gwaed rhag llifo o'i braich gan wasgu ei llawes yn dynn, penderfynodd Lena fod yn rhaid iddi stopio bod yn ddioddefwr a chymryd rheolaeth o'r sefyllfa. Roedd hi'n rhydd, wedi'r cwbl, doedd hi ddim wedi ei chlymu. Mi allai neidio dros y gwely a rhedeg allan drwy'r drws i nôl help, ond gwyddai hefyd y gallai hynny waethygu'r sefyllfa gan fod Beth erbyn hyn yng ngafael Nina. Un o'r elfennau pwysicaf a ddysgodd yn ei gwersi negydu yn Quantico oedd bod rhaid atgoffa'r cipiwr am ganlyniad ei weithredoedd. Roedd angen i Lena, felly, bwysleisio wrth Nina y byddai brifo Beth yn gwneud ei sefyllfa ganwaith gwaeth. 'Nina. 'Dach chi wedi brifo un person yn barod. Mae Emlyn allan yn y cwt ar ei ben ei hun ac mae o angen help. Plis peidiwch â brifo neb arall, neu mi fydd pethau'n waeth arnoch chi yn y pen draw.'

'Gwaeth? Sut all pethau fod yn waeth i mi? Dwi wedi colli plentyn, does dim yn waeth na hynny.'

Edrychodd Lena ar Nina gan holi ei hun sut na welodd hi fod rhywbeth o'i le ynghynt. Dynes glên oedd y Rachel James yr oedd hi'n ei hadnabod, doedd bosib fod ganddi'r gallu i niweidio plentyn. Moment o wallgofrwydd dyna'r cwbl oedd hyn, gydag emosiynau'n llifo dros yr ymylon. Roedd gan Nina broblemau dwys, oedd, ond nid llofrudd gwaed oer mohoni.

'Dwi'n eich 'nabod chi, Nina. Dwi'n gwybod na fedrwch chi niweidio plentyn. Be am i ni i gyd fynd lawr y grisiau i siarad yn gall? Sbiwch ar Beth, peidiwch â'i chyffwrdd hi.' Roedd calon Lena ar dorri o weld ei nith yn y fath stad o'i herwydd hi, a diawliodd na welodd hi'r drwg yn y caws cyn hyn. Ysai ei dagrau i ddangos eu hunain, ond cafodd nerth o rywle i'w cadw draw.

'Be 'dach chi isio, Nina? Oes yna rywbeth fedra i ei roi i chi fyddai'n gwneud i chi ailystyried?' Bu Lena mewn digon o sefyllfaoedd cyffelyb i wybod bod cipwyr fel rheol yn cyrraedd rhyw bwynt lle y cwbl maen nhw'i eisiau ydi i rywun wrando ar eu stori. Roedd Lena yn eithaf siŵr, o ddarllen y sefyllfa yma, mai dyna roedd Nina ei eisiau hefyd. Dyma benllanw tri deg a chwech o flynyddoedd o gasineb. Roedd arni angen tywallt ei dicter.

'Mae Magw ar ei gwely angau tydi?' holodd Nina'n sarrug a'r gyllell erbyn hyn yn nesáu at gorff Beth wrth iddi afael amdani o'r cefn. 'Dwi'n gwybod fod colli rhiant yn anodd, ond mae colli plentyn yn incomparable.' Fferrodd Naomi wrth feddwl am ing o'r fath, yn llawn sylweddoli bod bywyd ei merch ar drugaredd y ddynes loerig hon. 'Dwi'n deall mai nid ti oedd yn gyrru'r car ar y diwrnod hwnnw, Lena, ond o dy achos di wnaeth dy dad fynd ar y lôn. O dy achos di wnaeth o benderfynu rhoi ei droed ar yr accelerator yn galetach nag arfer. Fo oedd ar fai, ond fuodd yna ddim court case i ddeud hynny. Dim justice. Damwain ydi damwain oedden nhw'n ddweud. A dyna oedd canlyniad y cwest hefyd. Damwain. Does 'na'm ffasiwn beth â damwain, Lena.'

'Mae damweiniau *yn* digwydd Nina . . . yn anffodus,' atebodd Lena'n addfwyn.

'Ydyn nhw wir? Fel y ddamwain ar y traeth yn Ynys Môn pan fu'r eneth o Scotland farw? Yr adeg wnaeth

Naomi drio dy foddi di? Dwi'n gwybod o le da nad oeddet ti'n meddwl mai damwain oedd honno chwaith.'

Methai Lena â chredu'r hyn yr oedd hi'n ei glywed. Roedd y ddynes yma'n gwybod popeth amdani. Mae'n rhaid bod Anti Sali wedi dweud y cwbl. 'Dwi'n gwybod erbyn hyn mai damwain oedd y cwbl. Doedd dim bai ar Naomi. Damwain oedd hynna i gyd.' Plygodd Naomi ei phen; dyma'r tro cyntaf iddi glywed ei chwaer fach yn cydnabod nad oedd bai arni. Wedi blynyddoedd o arwahanrwydd, roedd Lena o'r diwedd yn deall mai damwain oedd y cyfan yn Rhoscolyn. Meddyliodd Nina tybed ai chwarae efo geiriau roedd ei chwaer fach er mwyn chwalu mympwyon Nina neu a oedd hi'n dweud y gwir? 'Mae damweiniau jest yn digwydd weithiau a does dim y medrwn ni wneud am y peth.' Nodiodd Lena i gyfeiriad Naomi mewn ystum o ymddiheuriad, yn ysu i afael yn ei llaw wedi'r holl flynyddoedd o beidio.

'"There is no such thing as an accident. It is fate misnamed." Napoleon ddwedodd hynny.' Torrodd Nina ar draws yr ysbaid o gariad brawdol.

'Wyddoch chi be Nina, roedd Mam yn mynd â blodau gwyllt at y safle lle golloch chi Ben bob blwyddyn,' ymyrrodd Naomi gan fod yn ofalus rhag defnyddio'r gair damwain.

'O'n i'm yn gwybod hynny,' meddai Lena.

'Oedd, yn ddeddfol. O cae cefn, mi fydda hi'n casglu'r blodau a'u gosod i orwedd ar ochr y ffordd lawr lôn i gofio am Ben a Mason.'

Gwelodd Lena newid yn nhrem Nina o glywed hyn. 'Fedra i fyth anghofio gweld Ben ar ochr y ffordd a'i gorff bach wedi ei rwygo ger y clawdd.' Ochneidiodd wrth chwilio am ei geiriau. 'Roedden ni newydd fod yn sgwennu postcards yn y bed and breakfast. Roedd o wrth ei fodd yn sgwennu'r hanes, roedd o'n hapus y bore yna. Roedd o'n fwythlyd ac yn fachgen Mam. Chafon nhw erioed eu postio – y postcards. And I never had another hug form my boy. Dyna'r tro olaf i mi ei weld o'n fyw. But all I can see when I close my eyes is his mangled little body.' Gwyrodd ei phen; roedd ei llais wedi tawelu.

'Os ydi o unrhyw gysur i chi,' ategodd Naomi, a hithau hefyd wedi sylwi ar y newid yn ei gwedd, 'roedden ni wastad yn meddwl amdanoch, Mam yn enwedig. Yng nghanol y chwilio am bresantau i chdi ar dy ben-blwydd, Lena, roedd Mam yn gwneud yn siŵr ei bod hi'n cael amser i chwilio am flodau i Ben hefyd.'

'Ben bach,' atebodd Nina a golwg fod yr argae ar fin torri. ''Dach chi wedi deud ei enw fo Naomi. My Ben. My poor Ben.'

'Wrth gwrs,' meddai Naomi. 'Ben oedd eich mab chi yndê Nina? Fel mae Beth yn ferch i mi.'

Edrychodd Nina ar Beth yn cnoi llawes ei siwmper nes bod yr ymylon yn wlyb socian.

'Ylwch ar Beth. Mae hi'r un oed â Ben. 'Dach chi'm isio ei brifo hi nagoes?' Roedd Naomi fel tasa hi wedi darganfod ail wynt o rywle, a rhyfeddai Lena at ei dawn siarad. 'Tybed be fyddai Ben isio i chi wneud? Fasa Ben ddim isio i chi frifo Beth, na fasa?'

Sylwodd Naomi fod y llid a welodd yn llygaid Nina yn gynharach bellach wedi newid yn rhythiad marw. Gollyngodd Nina'r gyllell drwy agor ei dwrn yn llipa a gollyngodd ei gafael yn Beth yn syth. Roedd Naomi wedi llwyddo i'w llonyddu.

Llamodd Beth o'i chadair at y gwely a mwytho'i phen

yn erbyn ysgwydd ei mam, a'i byd ddim mor dawel ag y bu. Gan bwyll bach, camodd Lena o'i chornel at Nina. Gwyrodd yn ofalus i'r llawr a chymryd y gyllell. Symudodd Nina yr un fodfedd, dim ond parhau i syllu i'r nunlle o'i chwmpas. Camodd Lena yn ei hôl, a gyda'r llafn torrodd yn ofalus y cortynnau oedd wedi eu clymu am ei chwaer.

Gwasgodd Lena ei nith yn annwyl a chusanodd ei thalcen, cyn troi at ei chwaer a'i chofleidio. Doedden nhw erioed wedi gafael yn ei gilydd fel hyn o'r blaen. Roedd y gafael yn ddiarth ond yn gynnes. Coflaid oedd yn dweud heb yr un gair ei bod hi'n llawn diolch am ddewis ei hachub hi yn Rhoscolyn, ac am ei glewder wrth arbed Beth rai eiliadau ynghynt. Er gwaethaf holl brofiad Lena, Naomi lwyddodd i dorri'r storm.

17

Eisteddai Nina yn y gadair yn syllu i'r gofod o'i blaen.
Roedd golwg gwbl anobeithiol arni, dim byd tebyg
i'r ddynes hyderus oedd yn annerch y Gymdeithas
Gymraeg lai nag wythnos yn ôl.

Dim ond hi a Lena oedd yn yr ystafell wely erbyn hyn.
Roedd Naomi a Beth wedi gadael yn syth bin er mwyn
mynd at Emlyn. Roedd Beth yn hynod o lonydd.
Gwyddai Naomi fod ganddi lawer o waith egluro, ac
roedd yn benderfynol y byddai Beth yn cael gwybod y
cwbl. Roedd gormod o gyfrinachau wedi bod yn llechu
ymysg y teulu yma ers blynyddoedd. Dyma'u cyfle i
newid y drefn.

Sbiodd Lena drwy'r ffenest gan edrych ar y lôn oedd
yn arwain at safle'r ddamwain. Yna edrychodd rownd
yr ystafell. Fe welodd y llofft hwn ei siâr o drallod, a
byddai llawer un wedi symud yn syth, ond aros wnaeth
Magw gan mai fama oedd adref. 'Mae popeth yn iawn
rŵan Nina, y cyfan drosodd.'

'Ydi o?' atebodd Nina a'i phen wedi plygu at ei brest.

Roedd Lena'n dal mewn sioc, ac er mai ildio wnaeth
Nina yn y diwedd, roedd ei geiriau yn seinio'n glir ac
wedi treiddio reit i berfeddion meddwl Lena. Yr
ymennydd hwnnw oedd mor llawn o obsesiynau yn
barod, ond oedd â digon o le yno i dyfu chwiwiau
newydd.

'Pryd wyt ti am ffonio'r heddlu?' holodd Nina'n wantan. 'I Ben a Mason wnes i hyn. Ti'n deall hynny yn dwyt? Mae mam yn fodlon gwneud unrhyw beth i amddiffyn ei phlant.'

Tynnodd Lena'r cyrtens at ei gilydd cyn mynd i eistedd ar erchwyn y gwely fel bod llygaid y ddwy ar yr un lefel. 'Tydw i ddim am ffonio'r heddlu.' Edrychodd Nina arni'n syn. ''Dach chi wedi byw drwy gymaint o boen. Colli Ben. Colli Mason. Dwi'n deall sut mae'r meddwl yn gweithio a sut mae dal dig yn cyniwair dros amser ac yn troi'n obsesiwn. 'Dach chi'n siarad ag arbenigwraig yn y maes hwnnw, coeliwch chi fi.'

Roedd Nina wedi dal gafael yn ei phoen am dri deg chwech o flynyddoedd, ac wedi ei ddefnyddio i fegino ei chynllun mawr i dalu'r pwyth yn ôl. Meddyliodd Lena am ei chariad tuag at Ben a phŵer ei phoen – a fyddai hi byth yn gallu maddau?

Atebodd Nina mohoni, dim ond parhau i syllu ar y papur wal yn troi'n dwll o'i blaen.

''Dach chi'n cofio fi'n sôn am y "Black Swan theory"?' holodd Lena. 'Wel, dyma ni yn ei ganol o!' Symudodd Nina i syllu ar wyneb Lena. 'Digwyddiad annisgwyl. Fel hwn. Ond wrth edrych yn ôl mi lasa rhywun callach na fi, ella, wedi gallu gweld beth oedd ar fin digwydd. Dewis peidio gweld mae'r rhan fwya ohonon ni. Methu gweld 'nes i.'

'Faswn i'm yn gweld bai arnat ti am ffonio'r heddlu, yli ar y gwaed sydd arnat ti . . . ac Emlyn.'

'Hitiwch befo, dwi wedi dioddef gwaeth. Ewch, Nina, a pheidiwch byth â dod yn ôl. Peidiwch â chysylltu â Sali a pheidiwch â dod ar ein cyfyl ni fel teulu eto.' Cododd Nina ar ei thraed, ond roedd hi'n llesg ac yn simsan felly estynnodd Lena ei llaw i'w helpu. 'Dwi'n gwybod mai chi oedd yn iawn yn deud mai fi oedd achos y ddamwain, ac mi fydda i'n teimlo'n euog weddill fy oes. Y gwir amdani, Nina, fel ddudsoch chi – taswn i ddim yn bod, mi fyddai Ben yn bod. Felly, ewch adre i Ohio, a thriwch anghofio'r dal dig. Ewch i fyw bywyd newydd, gan wybod fy mod i'n cymryd y bai. Does dim angen brifo neb arall. Mae'r cwbl drosodd. Rydach chi wedi talu'r pwyth yn ôl.'

Cydiodd Nina yn ei bag. Nodiodd â hanner gwên o ddiolch. Doedd yna ddim ysgwyd llaw, na choflaid. Dim ond dealltwriaeth rhwng dwy.

18

Pythefnos yn ddiweddarach . . .

Roedd yr ymwelwyr wedi dechrau cilio erbyn hyn, a dim ond crystiau'r bara brith oedd ar ôl. Bu colli Magw yn ergyd ond, mewn ffordd ryfedd, yn fendith a lwyddodd i uno teulu Parc Villa unwaith eto. Roedd gan Lena a Naomi ddigon i'w cadw'n brysur ers yr angladd. Ffurflenni cyfreithiol i'w llenwi, bocsys i'w sortio a gwneud yn iawn am flynyddoedd coll efo'i gilydd.

Mi fuo yna lawer o siarad, o drafod a gafael yn dynn, wrth i Naomi egluro'r cwbl am y diwrnod hwnnw lle bu rhaid iddi ddewis un ai achub ei chwaer neu'r ferch fach ddieithr yn y môr. Roedd hi'n teimlo'n euog o hyd. Beth tasa hi wedi ymddwyn yn wahanol? A fasa hi wedi gallu rhwystro'r drychineb rhag digwydd? Ceisiai Lena ddal pen rheswm, ond roedd Naomi'n fyddar i unrhyw gysur. Mi ddylia hi fod wedi mynd yn ei hôl i'r môr i chwilio amdani, meddai. Mi ddylia hi fod wedi gallu achub y ddwy, a tasa hi heb erfyn ar ei mam i fynd am drip i'r traeth y diwrnod hwnnw yna fasa'r drasiedi ddim wedi digwydd. Ei bai hi oedd y cwbl. Yn yr un modd roedd Lena'n gorfod cario'r baich ei bod hi wedi dieithrio ei chwaer dros yr holl flynyddoedd ar gam.

'Mi fyddai Magw wedi bod yn falch iawn o'r ddwy ohonoch chi,' meddai Sali wrth setlo lawr ar y soffa a'i chryndod yn ei amlygu ei hun yn waeth wrth afael yn y gwpan goffi. Roedd Sali wedi teithio'n ôl i Gymru ar ei hunion ar ôl i Magw farw er mwyn bod yn gefn i'r merched. Yn union fel y gwnaeth i Magw ar ôl i Elwy farw dri deg a phum mlynedd ynghynt.

Roedd Lena'n poeni amdani; roedd y sioc o glywed am Rachel James wedi dweud arni'n arw. A hithau'n fusgrell beth bynnag, doedd darganfod mileindra un o'i ffrindiau gorau ddim wedi bod yn hawdd.

Erbyn hyn, roedd Beth wedi mynd yn ôl i'r ysgol, ond roedd y profiad o gael ei dal gan Rachel James a marwolaeth ei nain ychydig ddyddiau wedyn wedi cael cryn effaith arni. Stopiodd arwyddo, stopiodd gyfathrebu yn gyfan gwbl, ond y cyngor gan arbenigwyr oedd y dylai fynd yn ei hôl i'r dosbarth at ei ffrindiau. Roedd Beth yn ferch wydn ac roedd dyfodiad Anti Sali wedi bod yn gymorth mawr ac yn donic i'r tair ddechrau dygymod â'r hyn oedd newydd ddigwydd.

Un arall oedd yn donic drwy'r cwbl, er mor fregus ei wneuthuriad, oedd Emlyn. Yn syth wedi'r trybini aethpwyd â fo i'r ysbyty, ond bu'n rhyfeddol o lwcus, a chael ei drin am *concussion* yn unig. Anodd oedd esbonio wrtho pwy oedd Rachel James a oedd yn Joan Davies iddo fo, ond yn Nina Henderson go iawn. Cytunodd Emlyn mai taw pia hi os mai dyna oedd dymuniad y merched. Roedd Naomi a Lena fel chwiorydd iddo, ac er ei ddiniweidrwydd, roedd yna sylwedd cadarn i'r hen Emlyn a gwyddai fod cadw'n ddistaw weithiau'n well na datgelu'r gwir. Roedd y cyflenwad cyson o Wagon Wheels hefyd yn help.

'Mi fydd rhaid i ni gael trefn ar y ffeiliau yma cyn bo hir, a chyn i fi fynd yn ôl,' meddai Lena a hithau ar ei phengliniau yng nghanol toreth o bapurau a *paperclips*. O'i chwmpas, roedd bocsys yn llawn dop o ddogfennau swyddogol a oedd yn perthyn i'w rhieni. Cyfrifon banc, ewyllysion, tystysgrifau geni, tystysgrifau marwolaeth ac ati.

Gyda'i thrwyn yn un o'r ffeiliau holodd am deulu Elwy, ac am ei fam yn benodol. 'Biti na chafodd Dad gyfarfod ei fam yndê? Chafodd Dad ddim cyfle i'w nabod, a finna'n dewis peidio nabod fy un i.' Roedd cydwybod Lena yn gwrthod ildio, ac mi fyddai'n cymryd amser iddi arfer â'r ffaith ei bod hi wedi trin ei mam mor wael. 'Ann Price oedd ei henw hi. Enw ei fam go iawn o. 'Drychwch mae ei henw hi'n glir yn fama ar y dystysgrif. Ac wrth ochr y teitl 'Father' ma'r gair – 'unknown'. Biti yndê?'

'Mi oedd Dad *yn* gwybod mai rhyw berthynas pell oedd 'i fam o,' eglurodd Naomi. 'Mi ddwedodd Mam wrtha i am hynny. Ond chafodd o fyth wybod pwy oedd hi, nac o le yr oedd hi'n dod. Doedd ganddo fawr o awydd cael hyd iddi chwaith, yn ôl Mam. Roedd o'n reit fodlon ei fod o wedi cael magwraeth hyfryd gan Taid ar y fferm yn Henllan. Toedd hi'n braf arnoch chi yn cael byw mor agos ato, Anti Sali? Roedd gan Dad feddwl y byd ohonoch chi yn doedd?'

Cododd Sali ar ei thraed yn reit swta fel tasa hi ar gychwyn i rywle. "Steddwch. 'Dach chi fel cath mewn cortyn o gwmpas lle 'ma. Ymlaciwch wir,' pregethodd Lena, ond dal i sefyll wnaeth Sali.

'Anti Sali,' trodd Naomi i wynebu ei modryb gan roi'r pentwr o bapurau oedd ar ei glin wrth ei hochr ar y soffa. 'Ydach chi'n gwybod pwy oedd yr Ann Price 'ma? W'chi, gan eich bod chi'n hŷn na Dad, meddwl ella basa chi wedi clywed rhywun yn sôn.'

Tagodd Sali ar ei phoer ac eisteddodd yn ôl yn ei chadair. Roedd hi'n crynu'n afreolus, yn waeth nag arfer. Closiodd Lena ati'n syth a'i chysuro wrth sylwi bod ei modryb yn cael pwl drwg. Roedd y Parkinson's yn gwaethygu, meddyliodd.

'Dwi'n sori am greu trafferth,' baglodd dros ei geiriau. 'Ddylwn i ddim fod wedi . . . be dwi'n drio ei ddeud . . .'

'Deud be, Anti Sal?'

'Mi 'nes i be roeddwn i'n feddwl oedd orau i bawb ar y pryd. Tasan ni fel teulu heb wneud y penderfyniad yna does wybod lle fasa Elwy wedi gorfod mynd.'

'Pwyllwch. Cymrwch eich gwynt, Anti Sali' mynnodd Lena.

Cymrodd Sali ochenaid fawr i'w sadio, ond weithiodd o ddim. 'Roedd rhaid i mi wneud beth oedd orau. Coeliwch chi fi, doedd o ddim yn benderfyniad hawdd. Ond mae'n rhaid i mi ddeud rŵan.'

'Deud be Sali? 'Dach chi'n fy nychryn i,' meddai Naomi wedi ei hysgwyd o weld y dagrau yn cronni yn llygaid ei modryb.

'Mae'n wir ddrwg gen i, genod,' llwyddodd i roi hanner gwên, drwy ei dagrau. 'Fi. Fi ydi Ann Price. Sali Ann Price. Fi oedd mam Elwy. Fi ydi'ch nain chi.'

19

Ers geni Elwy yn fab llwyn a pherth ar ddechrau pumdegau'r ganrif ddiwetha, bu'n rhaid i Sali fyw ag ofn parhaus y byddai rhywun yn darganfod ei chyfrinach un dydd. Dysgodd, felly, sut i gladdu'r sgwrs ar garreg yr drws. Doedd neb ond y hi, ei thad a'i hewythr yn gwybod y gwir.

Roedd cysgod cyfrinachau wedi llethu'r teulu yma gydol eu hoes.

Rŵan, gyda'r dirgelion ar ddisberod, rhaid oedd i'r tair ddysgu byw heb gelwydd, a dod i arfer â bywyd heb boeni bod y gwir ar fin dod i'r golwg.

Ond weithiau, mae dyn yn dewis peidio gweld y gwirionedd.

20

Pedwar mis yn ddiweddarach – Tecsas, UDA

Roedd mwy o bobl nag arfer yn y cyfarfod y prynhawn hwnnw, a phawb wedi ymlâdd ar ôl bwrw eu boliau. Yn wythnosol, roedd degau yn ymgynnull i'r oedfa ar gyfer pobl â *post traumatic stress* mewn festri yng nghanol tref Beevile yn Tecsas. Cyfle oedd o i bobl rannu eu straeon a'u hemosiynau ar ôl digwyddiadau trawmatig yn eu bywydau, a dyma'r eildro i Karl Benett ddod yma. Roedd o wedi bod yn dioddef o iselder dychrynllyd ar ôl bod ynghlwm â damwain bws ysgol a laddodd fachgen pymtheg oed flwyddyn yn ôl. Fo oedd y gyrrwr.

Doedd dim camau cyfreithiol wedi eu cymryd yn ei erbyn gan mai damwain oedd y digwyddiad, ond roedd y cyfryngau ar y pryd wedi adrodd fod y gyrrwr wedi bod yn gweithio shifftiau hirfaith ac mai gorflinder oedd ar fai. Heddiw oedd y tro cyntaf iddo fod yn ddigon dewr i siarad am y profiad. Roedd y cwbl wedi ei aflonyddu o'r newydd ac mi aeth i eistedd efo'i goffi ar ei ben ei hun wrth un o'r byrddau yn y gornel.

Ymhen hir a hwyr daeth dynes i eistedd ato. Gwenodd arno yn ffeind heb ddweud gair. Yna ysgydwodd ei law a'i ganmol am fod mor ddewr yn siarad mor huawdl o flaen y gynulleidfa. Cynigiodd gwpan o goffi gan egluro ei bod wedi ei weld unwaith o'r blaen. Eglurodd ei bod hi'n arfer gweithio fel derbynnydd dros dro yn yr uned ddamweiniau yn yr ysbyty lleol. Yn fanno y buodd Karl Benett yn cael triniaeth am fân anafiadau ar ôl y ddamwain bws. Roedd hi wrth ei bodd yn gwneud gwaith gwirfoddol, meddai, ac yn dod i'r cyfarfodydd PTS er mwyn rhoi help llaw efo'r paneidiau, a chymryd rhan yn y sesiynau gwrando a deall efo'r rhai oedd â'r cyflwr.

'Apologies,' meddai'r ddynes ar ôl sylwi ar ei hyfdra. 'I haven't introduced myself.' Cynigiodd ei llaw i Karl Benett unwaith eto. 'You've had a terrible experience. I'm so glad you are able to talk about it now. You can tell me anything.' Gwasgodd ei law yn dyner, a gwenodd yntau, yn llawn diolchgarwch. 'It's a pleasure to meet you. My name is Rachel James. I'm here to help.'

Karl Benett oedd targed newydd Nina Henderson, y diweddaraf mewn cyfres o bobl iddi eu cipio ers y drychineb yn Waunfawr yn 1979. Fo oedd ar fai am y ddamwain bws, ac mi oedd yn rhaid iddo dalu am ei gamgymeriad.

Roedd Nina'n tyrchu'r papurau newydd a'r gwefannau cymdeithasol yn gyson er mwyn chwilio am erthyglau a straeon am ddamweiniau erchyll ar draws y wlad. Pe digwyddai iddi ddod o hyd i hanes oedd yn taro tant, credai mai ei dyletswydd hi oedd gwneud yn siŵr fod dioddefwyr y ddamwain yn cael cyfiawnder; yn enwedig os nad oedden nhw'n cael hynny mewn llys. Yn ei meddwl hi, doedd dim y fath beth â damwain. Camgymeriad dynol oedd i gyfrif bob tro.

Bu Nina'n creu gweoedd o gelwydd am flynyddoedd.

Diolch i deulu Parc Villa, fodd bynnag, roedd ambell edefyn wedi torri. Ond, fel gwe pry cop go iawn, does dim angen dechrau o'r dechrau wrth ailadeiladu'r rhwyd. Wedi'r cwbl, tasa pob gwe yn malu pan fyddai pryfaid yn hedfan i mewn fydden nhw ddim yn drapiau da iawn.

Pan fo gwrthrych yn torri, fel rheol mae o'n gwanhau. Mae gwe corryn yn eithriad, achos dwysáu mae ei chryfder.

Ac mae Nina'n dal i nyddu.